Paul Auster

LA MUSIQUE DU HASARD

roman traduit de l'américain par Christine Le Bœuf

CW01499296

ACTES SUD

HUBERT NYSSEN ÉDITEUR

LA MUSIQUE DU HASARD

DU MÊME AUTEUR AUX ÉDITIONS ACTES SUD

Trilogie new-yorkaise, traduit par Pierre Furlan :
   – vol. 1 : *Cité de verre*, 1987.
   – vol. 2 : *Revenants*, 1988.
   – vol. 3 : *La Chambre dérobée*, 1988 ;
   coll. "Babel", 1991.
L'Invention de la solitude, traduit par Christine Le Bœuf, 1988.
Le Voyage d'Anna Blume, traduit par Patrick Ferragut, 1989.
Moon Palace, traduit par Christine Le Bœuf, 1990.

Titre original :
The Music of chance
© Paul Auster, 1990
Viking Penguin Inc.

© ACTES SUD, 1991
pour la traduction française
ISBN 2-86869-717-8

Illustration de couverture :
Fernand Poncelet, *La Vigie* (détail), 1978
Nous remercions Mme Poncelet pour son aimable autorisation.

Photo 4ᵉ de couverture :
Paul Auster
© Gamma, Ulf Andersen, 1990

1

Pendant une année entière, il ne fit que rouler, aller et venir à travers l'Amérique en attendant l'épuisement de ses ressources. Il n'avait pas prévu que cela durerait aussi longtemps mais, d'une chose à l'autre, quand il eut enfin compris ce qui lui arrivait, Nashe avait dépassé tout désir d'en finir. Le troisième jour du treizième mois, il rencontra le gosse qui se faisait appeler Jackpot. Ce fut l'une de ces rencontres accidentelles qui semblent surgies du néant par hasard – rameau brisé par le vent, tombé soudain à vos pieds. Si elle s'était produite à n'importe quel autre moment, il est probable que Nashe n'aurait pas ouvert la bouche. Mais parce qu'il avait déjà renoncé, parce qu'il estimait n'avoir plus rien à perdre, il considéra cet inconnu comme l'occasion d'un sursis, une dernière chance de réagir avant qu'il fût trop tard. Et c'est ainsi qu'il se lança. Sans le moindre frisson d'inquiétude, Nashe ferma les yeux et sauta.

A l'origine, une simple question d'ordre dans la succession des événements. S'il n'avait pas fallu six mois au notaire pour le trouver, il n'aurait pas été sur les routes le jour de sa rencontre avec Jack Pozzi et, par conséquent, rien de ce qui suivit cette rencontre n'aurait eu lieu. Nashe trouvait désagréable d'envisager les événements sous cet angle, mais le fait demeurait que son père était mort un bon mois avant le départ de Thérèse, et que s'il avait soupçonné l'existence de l'argent dont il était sur le point d'hériter, il aurait sans doute réussi à la persuader de ne pas le quitter. Et même si elle n'était pas restée, il n'aurait pas eu besoin de confier Juliette à sa sœur, dans le Minnesota, et à elle seule la présence de sa fille l'aurait empêché d'agir comme il l'avait fait. Mais il appartenait toujours au corps des pompiers, à cette époque, et comment aurait-on voulu qu'il assume la responsabilité d'une enfant de deux ans alors que sa profession l'obligeait à s'absenter de chez lui à toute heure du jour et de la nuit ? Avec de l'argent, il aurait pu engager une femme qui aurait vécu avec eux et se serait occupée de Juliette, mais d'abord, avec de l'argent, ils n'auraient pas habité la moitié inférieure d'une maison minable à Sommerville, et Thérèse ne serait peut-être jamais partie. Il ne gagnait pas si mal sa vie, mais sa mère avait eu une attaque, quatre ans plus tôt, et tout y était passé, et il continuait à envoyer des mensualités en Floride, à la maison de repos où elle était morte. Compte tenu des circonstances, confier Juliette à sa sœur lui était apparu comme la seule solution. L'enfant aurait au moins la chance de se trouver dans une vraie famille, entourée d'autres gosses et au grand air, et lui-même ne pouvait rien lui offrir de comparable. Et puis, soudain, ce notaire l'avait découvert, l'argent lui était tombé du ciel entre les mains. Il s'agissait d'une somme énorme – près de deux cent mille dollars, un montant presque inimaginable pour Nashe – mais il était déjà trop tard. Trop de choses s'étaient déclenchées au cours des cinq derniers mois, et même la fortune ne pouvait plus les arrêter.

Il n'avait pas vu son père depuis plus de trente ans. La dernière fois, il était âgé de deux ans, et par la suite il n'y avait eu entre eux aucun contact – pas une lettre, pas un coup de téléphone, rien. D'après le notaire chargé de la succession, le père de Nashe avait passé les vingt-six dernières années de sa vie dans une petite ville du désert, en Californie, non loin de Palm Springs. Propriétaire d'une quincaillerie, il jouait en Bourse à temps perdu et ne s'était jamais remarié. Il ne parlait jamais de son passé, avait raconté le notaire, et ce n'était que lorsque Nashe senior était entré un beau jour dans l'étude pour établir son testament qu'il avait pour la première fois mentionné ses enfants.

— Il mourait d'un cancer, avait poursuivi la voix au téléphone, et ne voyait personne d'autre à qui laisser ses biens. Il s'était dit que le mieux serait de les partager entre ses deux gosses – une moitié pour vous et l'autre pour Donna.

— Curieuse façon de se racheter, avait remarqué Nashe.

— Oui, c'était un type bizarre, votre paternel, ça c'est certain. Je n'oublierai jamais ce qu'il m'a dit quand je l'ai questionné à propos de vous et de votre sœur. Il m'a dit : "Ils doivent me détester cordialement, mais il est trop tard maintenant pour se lamenter. J'aimerais juste pouvoir revenir quand j'aurai claqué – juste voir leur tête quand ils recevront l'argent."

— Ce qui m'étonne, c'est qu'il ait su où nous trouver.

— Il n'en savait rien, avait répondu le notaire. Et, croyez-moi, j'ai eu un sacré mal à vous dénicher. Ça m'a pris six mois.

— Il aurait mieux valu pour moi que vous m'appeliez le jour de l'enterrement.

— On a parfois de la chance, et parfois non. Il y a six mois, je ne savais même pas si vous étiez vivant ou mort.

Eprouver du chagrin était impossible, mais Nashe avait imaginé qu'il ressentirait autre chose – peut-être une vague tristesse, une ultime bouffée de colère et de regrets. Il s'agissait de son père, après tout, et cela seul aurait pu justifier quelques sombres réflexions sur les mystères de la vie. En réalité c'était surtout la joie qui l'avait envahi. Cet héritage lui paraissait si extraordinaire, si monumental par ses conséquences que tout le reste en était submergé. Sans trop réfléchir à ce qu'il faisait, il avait remboursé les trente-deux mille dollars dus à la maison de repos de Pleasant Acres, s'était acheté une nouvelle voiture (une Saab 900 rouge à deux portières – la première voiture neuve qu'il eût jamais possédée) et avait fait valoir ses droits aux congés, accumulés au long des quatre dernières années. La veille de son départ de Boston, il avait organisé en son propre honneur une soirée grandiose et festoyé avec ses amis jusqu'à trois heures du matin, après quoi, sans se soucier d'aller au lit, il était parti pour le Minnesota au volant de sa nouvelle voiture.

C'est alors que le ciel avait commencé à s'écrouler sur lui. En quelques jours, malgré toutes les réjouissances et tous les souvenirs retrouvés, Nashe avait compris peu à peu que la situation était désespérée. Il était resté trop longtemps séparé de Juliette, et maintenant qu'il revenait la chercher, elle semblait avoir oublié qui il était. Il avait espéré que les coups de téléphone suffiraient, qu'en lui parlant deux fois par semaine il resterait vivant dans sa mémoire. Mais que peuvent représenter, pour une enfant de deux ans, des conversations à longue distance ? Pendant six mois il n'avait été pour elle qu'une voix, un nébuleux ensemble de bruits, et peu à peu il s'était transformé en fantôme. Même après qu'il eut passé deux ou trois jours dans la maison, Juliette demeurait envers lui timide et hésitante, et esquivait ses tentatives de la prendre dans ses bras comme si elle n'avait pas tout à fait cru en son existence. Elle faisait maintenant partie de sa nouvelle famille et lui n'était plus guère qu'un intrus, un personnage étrange tombé d'une autre planète. Il se maudissait de l'avoir laissée là, d'avoir tout si bien organisé. Juliette était maintenant la petite princesse adulée de la maisonnée. Elle avait ici trois grands cousins avec qui jouer, elle avait le labrador, le chat, la balançoire dans le jardin, elle avait tout ce qu'elle pouvait désirer. Il enrageait de constater qu'il avait été détrôné par son beau-frère et avait

avait dû lutter, au fil des jours, pour ne pas manifester son ressentiment. Nashe avait toujours considéré comme un imbécile cet ex-joueur de football devenu entraîneur et prof de maths dans un lycée, mais il lui fallait bien reconnaître que Ray Schweikert savait s'y prendre avec les enfants. Il était M. Gentil, le papa américain au grand cœur, et avec Donna qui tenait les rênes la famille était solide comme un roc. Nashe avait de l'argent, à présent, mais qu'est-ce que cela changeait, en vérité ? Quand il essayait de se représenter les avantages qu'entraînerait, dans l'existence de Juliette, son retour avec lui à Boston, il ne réussissait pas à trouver le moindre argument en faveur de sa propre cause. Il aurait bien voulu se montrer égoïste, revendiquer ses droits, mais il n'en avait pas le courage et à la fin il s'était rendu à l'évidence. Arracher Juliette à tout ceci lui ferait plus de mal que de bien.

Quand il s'en était ouvert à Donna, elle s'était efforcée de le faire changer d'avis, avec des objections identiques pour la plupart à celles qu'elle lui avait opposées douze ans plus tôt, quand il lui avait annoncé son intention d'abandonner ses études. Ne fais rien de précipité, attends un peu, ne brûle pas tes vaisseaux. Elle arborait cette expression de grande sœur soucieuse qu'il lui avait connue tout au long de son enfance et en ce moment encore, deux ou trois vies plus tard, il savait qu'elle était la seule personne au monde en qui il pût avoir confiance. Ils avaient poursuivi leur discussion jusqu'à une heure avancée de la nuit, assis dans la cuisine longtemps après que Ray et les enfants furent montés se coucher, mais elle s'était terminée, malgré toute la passion de Donna et tout son bon sens, de la même façon que douze ans plus tôt : Nashe était venu à bout de la résistance de sa sœur, elle s'était mise à pleurer, et il avait obtenu ce qu'il voulait.

La seule concession qu'il lui avait accordée était l'ouverture d'un compte de dépôt à l'intention de

Juliette. Donna le sentait sur le point de commettre une folie (c'est ce qu'elle lui avait déclaré cette nuit-là) et avant qu'il ne dilapide son héritage entier, elle voulait qu'il en réserve une partie pour la mettre en lieu sûr. Le lendemain matin, Nashe avait passé deux heures avec le directeur de la Northfield Bank afin de prendre les dispositions nécessaires. Il était encore resté ce jour-là et une partie du lendemain, puis avait emballé ses affaires et chargé le coffre de sa voiture. C'était une chaude après-midi de la fin juillet, et toute la famille était sortie sur la pelouse devant la maison pour assister à son départ. L'un après l'autre, il avait étreint et embrassé les enfants, et quand enfin le tour de Juliette était arrivé, il lui avait dissimulé ses yeux en la soulevant et en s'écrasant le visage dans son cou. Sois bien sage, avait-il dit. N'oublie pas que papa t'aime.

Il leur avait annoncé son intention de retourner dans le Massachusets, mais en fait, il s'était bientôt retrouvé en train de rouler dans la direction opposée. Il avait manqué la rampe d'accès à l'autoroute – une erreur assez commune – et au lieu de continuer, de parcourir les quelque trente kilomètres qui l'auraient remis dans le bon sens, il était monté impulsivement sur la rampe suivante tout en sachant fort bien qu'il était en train de s'engager sur la mauvaise voie. Il s'était décidé d'un coup, sans préméditation, mais en ce bref instant écoulé entre une rampe et la suivante, Nashe avait compris que cela revenait au même, qu'il n'y avait pas de différence, au bout du compte, entre les deux. S'il avait dit Boston, ce n'était que parce qu'il fallait bien dire quelque chose, et Boston avait été le premier nom à lui passer par la tête. Car en réalité personne là-bas ne s'attendait à le revoir avant deux semaines et, puisqu'il avait tout son temps, pourquoi aurait-il dû rentrer ? C'était une perspective vertigineuse – imaginer toute cette liberté, comprendre à quel point ses choix importaient peu. Il pouvait aller où il voulait, faire ce qui lui plaisait, personne au monde ne s'en soucierait. Aussi longtemps qu'il ne prenait pas le chemin du retour, il pouvait aussi bien être invisible.

Il avait roulé pendant sept heures d'affilée, s'était arrêté un moment pour faire le plein d'essence, puis avait continué pendant six heures jusqu'à ce que l'épuisement le gagne enfin. Il se trouvait alors dans le nord du Wyoming, et l'aube commençait à poindre à l'horizon. Il était descendu dans un motel, avait dormi huit ou neuf heures comme une masse, puis était allé se choisir sur le menu du restaurant voisin, où le service était continu, un petit déjeuner de steak et d'œufs. Il avait repris le volant en fin d'après-midi et, cette fois encore, avait roulé durant la nuit entière pour ne s'arrêter qu'après avoir parcouru la moitié du Nouveau-Mexique. A la fin de cette deuxième nuit, Nashe s'était rendu compte qu'il n'était plus maître de lui-même, qu'il était tombé sous la coupe de quelque force étrange et irrésistible. Tel un animal affolé, il fonçait à l'aveuglette d'un nulle part à un autre, mais si souvent qu'il décidât de cesser, il ne pouvait s'y résoudre. Chaque matin, il s'endormait en se disant qu'il en avait assez, que cela ne se répéterait plus, et chaque après-midi il se réveillait avec la même impatience, le même besoin irrésistible de remonter dans sa voiture. Il voulait retrouver cette solitude, cette course nocturne à travers le vide, le vrombissement de la route contre sa peau. Il avait continué ainsi tout au long de ces deux semaines, allant chaque jour un peu plus loin, s'efforçant chaque jour de tenir un peu plus longtemps que le jour précédent. Il avait parcouru tout l'ouest du pays, zigzaguant d'un côté à l'autre, de l'Oregon au Texas, dévalant les immenses autoroutes désertes qui sillonnent l'Arizona, le Montana et l'Utah. Il ne s'agissait même pas d'admirer les paysages, il regardait à peine autour de lui, et si l'on excepte une phrase de-ci, de-là pour acheter de l'essence ou commander à manger, il n'avait pas prononcé un seul mot. Quand enfin Nashe était revenu à Boston, il était persuadé de se trouver au bord de la dépression nerveuse, mais ce n'était que faute d'une autre explication pour ce qu'il avait fait. La vérité était beaucoup moins dramatique, il devait s'en apercevoir. Simplement, il était honteux d'avoir eu tant de plaisir.

Nashe tenait pour évident que c'était terminé, qu'il avait réussi à se débarrasser du virus bizarre dont il avait été atteint, et qu'il allait à présent reprendre le pli de son ancienne existence. Au début, tout avait paru bien se passer. Le jour de son retour, on l'avait charrié, à la caserne, parce qu'il n'était pas bronzé ("Où t'as été, Nashe, t'as passé tes vacances au fond d'une grotte ?") et en milieu de matinée il rigolait des blagues et des histoires cochonnes habituelles. Il y avait eu un grand incendie à Roxbury ce soir-là et, quand la sirène avait sonné pour réclamer des voitures de renfort, Nashe avait même été jusqu'à prétendre qu'il était content d'être rentré, que ça lui avait pesé d'être loin de l'action. Mais cette disposition ne devait pas durer, dès la fin de la semaine il s'était aperçu qu'il devenait nerveux, qu'il ne pouvait fermer les yeux le soir sans penser à la voiture. Il avait profité de son jour de congé pour faire un aller et retour dans le Maine, mais cela n'avait apparemment qu'aggravé la situation, car il restait insatisfait, dévoré d'envie de se retrouver au volant. En dépit de ses efforts pour recouvrer son équilibre, son esprit revenait sans cesse à la route, à la jubilation qu'il avait ressentie au cours de ces deux semaines, et il avait peu à peu commencé à considérer son cas comme désespéré. Il n'avait aucune envie de renoncer à son travail mais, puisqu'il ne pouvait plus espérer de vacances, quelle autre solution envisager ? Nashe avait passé sept ans chez les pompiers, et il se sentait horrifié à la seule évocation d'une telle possibilité – les abandonner sur un coup de tête, à cause d'une vague inquiétude. Cet emploi était le premier qui eût jamais signifié quelque chose à ses yeux et il avait toujours considéré qu'il avait eu de la chance de le trouver. Après avoir interrompu ses études, il avait tâté de plusieurs métiers pendant quelques années – vendeur dans une librairie, déménageur, barman, chauffeur de taxi – et ne s'était présenté à l'examen d'admission au corps des pompiers qu'un peu par hasard, à cause d'un type rencontré un soir dans son taxi, qui s'y préparait et l'avait persuadé d'essayer aussi. Ce type avait échoué, mais Nashe avait décroché le résultat le plus brillant de la session et s'était soudain vu proposer une profession à laquelle il avait dû penser pour la dernière fois quand il avait quatre ans. Donna avait ri quand il lui avait téléphoné pour lui annoncer la nouvelle, mais il avait tenu bon, et suivi l'entraînement. Une curieuse décision, sans aucun doute, mais ce travail l'intéressait et le satisfaisait, et il n'avait jamais remis en cause sa fidélité à ce choix. Quelques mois plus tôt, il lui eût été impossible d'imaginer qu'il pourrait s'en aller, mais c'était avant que sa vie ne se transformât en mauvais feuilleton, avant que la terre ne s'entrouvrît autour de lui pour l'engloutir. Le moment était peut-être arrivé de changer de cap. Il lui restait plus de soixante mille dollars en banque, peut-être fallait-il en profiter tant qu'il était encore temps.

Il avait expliqué au capitaine qu'il partait dans le Minnesota. Cela paraissait plausible, et Nashe avait fait de son mieux pour rendre son histoire convaincante, s'étendant longuement sur l'offre d'association que lui aurait faite un ami de son beau-frère (il s'agissait de l'ouverture d'une quincaillerie !) et sur les raisons pour lesquelles il pensait que cet environnement conviendrait à l'éducation de sa fille. Le capitaine avait marché, mais cela ne l'avait pas empêché de traiter Nashe d'imbécile.

— C'est la faute à ta petite putain de femme, avait-il déclaré. Depuis qu'elle s'est tirée de la ville, t'as la cervelle brouillée, Nashe. Il y a pas plus pathétique. Voir un type bien qui se laisse couler pour des histoires de con. Reprends-toi en main, mec. Oublie ces projets à la noix et fais ton boulot.

— Désolé, capitaine, avait répondu Nashe, mais c'est tout réfléchi.

— Réfléchi ? Je vois pas comment tu pourrais réfléchir. T'as plus rien dans le crâne.

— Vous êtes jaloux, tout simplement. Vous donneriez votre bras droit pour être à ma place.

— Et m'installer dans le Minnesota ? Pas question, camarade. Je peux trouver mille idées meilleures que d'aller me coller sous une congère neuf mois par an.

— Bon, eh bien, si vous passez par là, ne manquez pas de venir dire bonjour. Je vous vendrai un tournevis ou quelque chose comme ça.

— Un marteau, Nashe. Avec un marteau, je réussirais peut-être à faire entrer un peu de bon sens dans ton crâne.

Une fois le premier pas franchi, il n'avait pas été difficile d'aller jusqu'au bout. Pendant cinq jours, il s'était occupé de tout régler : il avait téléphoné à son propriétaire pour l'avertir de se chercher un nouveau locataire, donné son mobilier à l'Armée du Salut, fait arrêter ses compteurs de gaz et d'électricité, et couper son téléphone. Il ressentait avec une satisfaction profonde la témérité et la violence de ces gestes, mais rien n'égalait le simple plaisir de jeter. Le premier soir, il avait passé plusieurs heures à rassembler les affaires de Thérèse et à en remplir des sacs poubelle, se débarrassant enfin d'elle par une purge systématique, un enterrement collectif de tous les objets qui portaient peu ou prou la moindre trace de sa présence. Il avait dévasté son placard, raflant ses vestes, ses pulls et ses robes ; vidé les tiroirs où étaient rangés son linge, ses bas et ses bijoux ; ôté tous ses portraits de l'album de photos ; jeté ses produits de beauté et ses magazines de mode ; jeté ses livres, ses disques, son réveil, son costume de bain, ses lettres. La glace ainsi rompue, si l'on peut dire, quand il avait commencé le lendemain après-midi à considérer ses propres possessions, Nashe s'était conduit avec la même brutale intransigeance, traitant son passé comme bric-à-brac bon à mettre au rebut. Le contenu complet de la cuisine était parti vers un home pour les sans-abri dans le sud de Boston ; ses livres chez la lycéenne qui habitait l'étage au-dessus ; son gant de baseball chez un petit garçon de l'autre côté de la rue. Sa collection de disques avait été cédée à un magasin d'occasions à Cambridge. Ces transactions avaient certes un côté douloureux, mais Nashe commençait presque à accueillir la douleur comme un bien, comme s'il s'en fût senti ennobli, comme si plus il avait pris ses distances avec l'individu qu'il avait été, mieux il devait s'en trouver par la suite. Sa situation lui paraissait comparable à celle d'un homme qui aurait enfin trouvé le courage de se tirer une balle dans la tête – sauf que dans ce cas-ci la balle ne représentait pas la mort, mais la vie, c'était la détonation qui enclenche la naissance de mondes nouveaux.

Il savait que le piano aussi devrait disparaître mais, souhaitant n'y renoncer qu'au tout dernier moment, il l'avait laissé pour la fin. C'était un piano droit que sa mère lui avait offert à l'occasion de son treizième anniversaire, et il lui en avait toujours été reconnaissant, conscient de l'effort qu'elle avait dû fournir afin de rassembler la somme nécessaire. Sans illusions sur la qualité de son jeu, il s'arrangeait en général pour consacrer à l'instrument quelques heures par semaine et repasser tant bien que mal certains des morceaux qu'il avait appris dans son enfance. Cela ne manquait jamais d'exercer sur lui un effet calmant, comme si la musique l'avait aidé à distinguer plus clairement les choses, à comprendre sa place dans l'ordre invisible de l'univers. Une fois la maison vide, et lui prêt à partir, il était demeuré un jour de plus afin de donner devant les murs dégarnis un long récital d'adieu. Il avait joué, l'un après ·l'autre, plusieurs douzaines de ses morceaux favoris, commençant par les *Barricades mystérieuses* de Couperin et terminant par la *Jitterbug Waltz* de Fats Waller, martelant le clavier jusqu'à ce que ses doigts endoloris l'obligent à s'arrêter. Téléphonant alors à l'accordeur auquel il avait eu recours pendant les six dernières années (un aveugle nommé Antonelli), il était convenu de lui vendre le Baldwin quatre cent cinquante dollars. Quand les déménageurs étaient arrivés, le lendemain matin, Nashe avait déjà consacré ce montant à l'achat de bandes pour le lecteur de cassettes de sa voiture. Ce geste lui avait semblé approprié – l'échange d'une sorte de musique contre une autre – et l'économie de cette transaction lui plaisait. Après cela, rien ne pouvait plus le retenir. Il était resté pour regarder les hommes d'Antonelli sortir le piano de la maison puis, sans prendre la peine de dire au revoir à quiconque, il était parti. Sorti, tout simplement, monté dans sa voiture, et parti.

Nashe n'avait aucun projet particulier. Tout au plus envisageait-il de se laisser flotter pendant un certain temps, de voyager d'un endroit à l'autre et de voir ce qui arriverait. Il pensait qu'au bout de quelques mois il en aurait assez et qu'il s'appliquerait alors à décider ce qu'il devait faire. Mais deux mois s'écoulèrent, et il n'était toujours pas disposé à s'arrêter. Il s'était épris peu à peu de cette nouvelle vie de liberté et d'irresponsabilité, et dès lors, il n'y avait plus de raisons d'en changer.

La vitesse était à la clef, la joie de foncer en avant à travers l'espace, assis dans sa voiture. C'était devenu le bien suprême, une faim qu'il fallait assouvir à tout prix. Rien autour de lui ne durait plus d'un instant et, chaque instant succédant à un autre, lui seul semblait continuer d'exister. Il était un point fixe dans un tourbillon de variables, un corps immobile en parfait équilibre, au travers duquel le monde se précipitait et disparaissait. La voiture était devenue un sanctuaire inviolable, un refuge où rien ne pouvait plus le blesser. Aussi longtemps qu'il roulait, nul fardeau ne pesait sur lui, il ne se sentait plus encombré de la moindre particule de sa vie antérieure. Non que certains souvenirs ne surgissent en lui, mais ils ne paraissaient plus chargés de ses vieilles angoisses. Peutêtre la musique y était-elle pour quelque chose, les enregistrements de Bach, de Mozart et de Verdi qu'il écoutait interminablement lorsqu'il se trouvait au volant, comme si les sons avaient en quelque sorte émané de lui pour imprégner le paysage, transformant le monde visible en un reflet de ses propres pensées. Au bout de trois ou quatre mois, il lui suffisait de s'asseoir dans sa voiture pour se sentir libéré de son corps, sachant qu'aussitôt qu'il aurait posé le pied sur l'accélérateur et commencé à rouler la musique l'emporterait dans un royaume d'apesanteur.

Il préférait toujours les voies peu fréquentées aux routes encombrées. Ralentissements et décélérations y étaient moins nécessaires et, puisque son attention n'était pas requise par les autres voitures, il pouvait rouler avec l'assurance de n'être pas interrompu dans ses réflexions. Il avait donc tendance à s'écarter des zones fortement peuplées, à ne circuler qu'en pleine campagne, dans des régions peu habitées : le nord de l'Etat de New York et de la Nouvelle-Angleterre, les plaines agricoles du Centre, les déserts de l'Ouest. Il lui fallait encore éviter le mauvais temps, aussi gênant pour la conduite que le trafic, et quand arriva l'hiver avec ses tempêtes et ses intempéries, il se dirigea vers le sud et, sauf de rares exceptions, y demeura jusqu'au printemps. Même dans les meilleures conditions, Nashe se rendait compte qu'aucune route n'était totalement sans danger. Il devait être constamment sur ses gardes, à tout moment tout pouvait arriver. Un virage imprévu, un nid de poules, l'éclatement d'un pneu, un conducteur ivre, le moindre relâchement de l'attention – en un instant, n'importe quoi pouvait causer la mort. Au cours des mois qu'il passa sur les routes, Nashe fut témoin de plusieurs accidents graves et lui-même se trouva une ou deux fois à un cheveu de la catastrophe. Il se félicitait de ces avertissements, car ils ajoutaient à son existence un élément de risque et c'était bien ce qu'il recherchait par-dessus tout : la sensation de tenir sa vie entre ses propres mains.

Chaque soir, il descendait dans un motel, dînait, puis s'installait dans sa chambre pour lire pendant deux ou trois heures. Avant de se coucher, penché sur son atlas routier, il élaborait sa course du lendemain, choisissait sa destination et repérait avec soin son itinéraire. Il savait que ce n'était qu'un prétexte, que les lieux par eux-mêmes ne signifiaient rien, mais il observa jusqu'à la fin cette habitude – ne fût-ce qu'afin de ponctuer ses déplacements, de se donner une raison de s'arrêter avant de repartir. En septembre, il se rendit sur la tombe de son père, en Californie, faisant route par une après-midi torride jusqu'à la ville de Riggs rien que pour voir cette tombe de ses yeux. Il voulait matérialiser ses sentiments, leur prêter une image, même si cette image ne consistait qu'en quelques mots, quelques chiffres gravés sur une dalle de pierre. Le notaire qui lui avait téléphoné à propos de l'héritage accepta son invitation à déjeuner, après quoi il montra à Nashe la maison où son père avait vécu et la quincaillerie qu'il avait gérée pendant ces vingt-six ans. Nashe y acheta quelques outils pour sa voiture (une clef, une torche électrique et un manomètre), mais il ne put jamais se résoudre à les utiliser et le paquet demeura intact au fond du coffre pendant le reste de l'année. Une autre fois, il se sentit soudain las de conduire et, plutôt que de continuer sans raison, il prit une chambre dans un petit hôtel de Miami Beach où il passa neuf jours d'affilée à lire au bord de la piscine. En novembre, à

Las Vegas, il s'accorda une orgie de jeu, quatre jours de roulette et de *blackjack* dont il se tira miraculeusement sans gains ni pertes, et peu de temps après, il passa une quinzaine de jours à se promener par petites étapes dans le Sud profond où il s'arrêta dans quelques villes du Delta, en Louisiane, rendit visite à un ami qui s'était installé à Atlanta et s'offrit une excursion en bateau dans les Everglades. Certaines de ces haltes étaient inévitables, mais Nashe essayait en général, du moment qu'il se trouvait à un endroit, d'en tirer parti pour explorer un peu les environs. La Saab avait besoin d'entretien, après tout, et avec son compteur qui enregistrait plusieurs centaines de kilomètres par jour, il y avait beaucoup à faire : vidanges, graissages, contrôle du parallélisme des roues, tous ces réglages fins, toutes ces réparations indispensables pour qu'il puisse poursuivre. Il était parfois agacé par ces contraintes, mais du moment que la voiture se trouvait pour vingt-quatre ou quarante-huit heures entre les mains d'un mécanicien, il ne pouvait que rester sur place jusqu'à ce qu'elle soit prête à repartir.

Nashe avait, dès le commencement, loué une boîte postale à Northfield, et il remontait dans cette ville au début de chaque mois afin de ramasser ses relevés de cartes de crédit et de passer quelques jours avec sa fille. Cette partie de son existence était la seule à ne pas changer, la seule obligation qu'il respectât. Il s'y rendit spécialement pour l'anniversaire de Juliette, à la mi-octobre (arrivant les bras chargés de cadeaux), et à Noël il y eut trois jours de chahut joyeux pendant lesquels Nashe, déguisé en saint Nicolas, joua du piano et chanta des chansons pour la grande joie de tous. Moins d'un mois plus tard, une deuxième porte s'ouvrit à l'improviste devant lui. C'était à Berkeley, en Californie, et de même que la plupart des événements survenus dans sa vie cette année-là, cela tint du hasard le plus pur. Étant entré dans une librairie, une après-midi, afin d'acheter des livres pour la prochaine étape de son voyage, il rencontra, tout simplement, une femme qu'il avait jadis connue à Boston. Elle s'appelait Fiona Wells et elle l'aperçut, debout devant le rayon consacré à Shakespeare, en train de se demander quelle édition en un volume il emporterait avec lui. Ils ne s'étaient pas vus depuis plusieurs années mais, plutôt que de le saluer de façon conventionnelle, elle se glissa à côté de lui, frappa du doigt l'un des Shakespeare et dit : "Prends celui-ci, Jim. Il a les meilleures notes et la typo la plus lisible."

Fiona était journaliste et avait un jour écrit pour le *Globe* un article sur lui : *Une journée dans la vie d'un pompier de Boston.* C'était l'habituel verbiage des suppléments du dimanche, assorti de photos et de commentaires de ses amis, mais Nashe avait trouvé la jeune femme amusante, très sympathique même, et s'était rendu compte qu'après deux ou trois jours passés à le suivre partout, elle commençait à éprouver de l'attirance pour lui. Il y avait eu des regards, des frôlements de doigts involontaires de plus en plus fréquents – mais Nashe était marié à l'époque et ce qui aurait pu naître entre eux n'était pas advenu. Quelques mois après la publication de l'article, Fiona était partie à San Francisco travailler pour *Associated Press* et depuis lors il avait perdu sa trace.

Elle habitait une petite maison non loin de la librairie, et quand elle l'invita chez elle pour bavarder du bon vieux temps à Boston, Nashe comprit qu'elle était encore libre. Il était un peu moins de quatre heures quand ils arrivèrent mais, passant sans attendre aux boissons alcoolisées, ils entamèrent une bouteille de Jack Daniel pour accompagner leur conversation dans le salon. Au bout d'une heure, Nashe était installé à côté de Fiona sur le canapé et, peu de temps après, il glissait la main sous sa jupe. Ce geste lui paraissait étrangement inévitable, comme si leur rencontre inattendue exigeait une réaction extravagante, un esprit de célébration et d'anarchie. Ils étaient moins en train de créer l'événement que de s'y conformer, et quand arriva le moment où Nashe serra dans ses bras le corps nu de Fiona, le désir d'elle qu'il éprouvait était si violent qu'il se teintait déjà d'un sentiment de perte – car il savait qu'il ne pourrait manquer de la décevoir, qu'un moment viendrait tôt ou tard où il aurait envie de se retrouver dans sa voiture.

Il passa quatre nuits avec elle, et découvrit peu à peu qu'elle était beaucoup plus courageuse et plus intelligente qu'il ne l'avait imaginé.

— Ne va pas te figurer que je ne voulais pas que ça arrive, lui dit-elle le dernier soir. Je sais que tu ne m'aimes pas, mais ça ne signifie pas que je ne te conviens pas. Ton problème est dans ta tête, Nashe, et si tu dois t'en aller, bon, tu dois t'en aller. Mais souviens-toi que je suis là. Si l'envie recommence à te démanger de te glisser dans la petite culotte de quelqu'un, pense d'abord à la mienne.

Il ne pouvait s'empêcher de la plaindre, mais à ce sentiment se mêlait de l'admiration – peut-être même davantage : le soupçon qu'elle était peut-être quelqu'un qu'il aurait pu aimer, après tout. Un bref instant, il eut la tentation de lui demander de l'épouser, la vision soudaine d'une existence faite de bonne humeur et d'amour tendre avec Fiona, de Juliette grandissant parmi des frères et sœurs, mais il ne parvint pas à prononcer les mots.

— Je ne serai pas longtemps parti, dit-il enfin. Il est temps que j'aille à Northfield. Si tu veux m'accompagner, tu es la bienvenue, Fiona.

— Bien sûr. Et pour mon travail, je fais quoi ? Trois jours de congé maladie d'un seul coup, c'est un peu exagéré, non ?

— Il faut que j'y aille, pour Juliette, tu sais bien. C'est important.

— Il y a des tas de choses importantes. Simplement, ne disparais pas pour toujours, c'est tout.

— Ne t'en fais pas, je reviendrai. Je suis un homme libre, maintenant, et je peux faire ce qui me chante.

— On est en Amérique, Nashe. Le pays de la liberté, merde, tu sais ? On peut tous faire ce qui nous chante.

— Je ne te connaissais pas ces sentiments patriotiques.

— Ça, tu peux compter dessus à fond, mon vieux. Mon pays envers et contre tout. C'est pour ça que je vais attendre que tu réapparaisses. Parce que je suis libre de me conduire comme une idiote.

— Je t'ai dit que je reviendrais. Je viens de te le promettre.

— Je sais. Mais ça ne signifie pas que tu tiendras cette promesse.

Avant elle, il y avait eu d'autres femmes, une série de courtes passades et de rencontres d'un soir, mais à aucune il n'avait promis quoi que ce fût. La divorcée en Floride, par exemple, l'institutrice avec qui Donna avait essayé de le caser à Northfield, la jeune serveuse de Reno – toutes avaient disparu. Seule Fiona représentait quelque chose pour lui, et depuis leur première rencontre, en janvier, jusqu'à la fin juillet, il resta rarement plus de trois semaines sans lui rendre visite. Il lui téléphonait parfois de la route, et quand elle n'était pas chez elle, il laissait des messages cocasses sur son répondeur – juste pour lui rappeler qu'il pensait à elle. Les mois passant, le corps dodu et un peu gauche de Fiona lui devenait de plus en plus précieux : ses seins lourds, presque encombrants ; ses incisives légèrement de travers ; la masse excessive de ses cheveux blonds, tout en frisettes et en boucles désordonnées. Une chevelure préraphaélite, avait-elle dit un jour, et bien que Nashe n'eût pas compris la référence, il lui semblait que cette expression correspondait à quelque chose en elle, désignait une qualité cachée qui transformait son manque de grâce en une sorte de beauté. Elle était aussi différente que possible de Thérèse – la sombre et langoureuse Thérèse, la jeune Thérèse au ventre plat et aux longs membres exquis – mais les imperfections de Fiona continuaient de l'émouvoir, car elles lui donnaient l'impression, quand ils faisaient l'amour, qu'il ne s'agissait pas seulement de sexe, pas seulement de l'accouplement aléatoire de deux corps. Il lui devenait difficile de mettre fin à ses visites et, pendant plusieurs heures, chaque fois qu'il reprenait le volant, il se retrouvait assailli de doutes. Où allait-il, après tout, et qu'essayait-il de démontrer ? Il lui paraissait absurde d'être en train de s'éloigner d'elle – dans le seul but de passer la nuit dans un mauvais lit de motel à la limite de nulle part.

Il persévéra, néanmoins, parcourant le continent sans répit, et au fur et à mesure que le temps passait il se sentait de plus en plus en paix avec lui-même. Le seul inconvénient, s'il y en avait un, était que cette existence ne pût durer toujours. En cinq ou six mois de voyage, il avait dépensé plus de la moitié de cette fortune qui lui avait d'abord paru inépuisable. Lentement, sûrement, l'aventure se muait en paradoxe. L'argent était responsable de sa liberté, mais chaque fois qu'il s'en servait pour acquérir une part de cette liberté, il s'en privait aussi d'une part égale. L'argent était pour lui, en même temps, le moyen d'aller de l'avant et l'instrument de sa dépossession, qui le ramenait inexorablement à son point de départ. Vers le milieu du printemps, Nashe comprit finalement que le problème ne pouvait plus être ignoré. Son avenir était précaire et s'il ne prenait pas de décision quant au terme de son errance, il ne lui resterait guère d'avenir.

Au commencement, il avait dépensé sans compter : il s'offrait des restaurants et des hôtels de grande classe, buvait de bons vins et achetait pour Juliette et ses cousins des jouets sophistiqués. Mais en vérité Nashe n'éprouvait pas pour le luxe un appétit prononcé. Il avait toujours vécu trop à la corde pour y penser beaucoup, et une fois la nouveauté de l'héritage épuisée, revenant à ses anciennes habitudes de modération, il s'était remis à manger des nourritures simples, à dormir dans des motels bon marché et à ne dépenser presque rien en fait de vêtements. Tout au plus s'accordait-il à l'occasion une razzia chez un marchand de cassettes enregistrées ou dans une librairie. Le véritable avantage de la richesse, ce n'était pas la possibilité de satisfaire ses désirs, c'était celle de ne plus penser à l'argent. Maintenant qu'il se voyait obligé d'y penser à nouveau, il décida de conclure un marché avec lui-même. Il continuerait sur sa lancée jusqu'à ce qu'il ne reste que vingt mille dollars, et alors il retournerait à Berkeley pour demander à Fiona de l'épouser. Il n'hésiterait plus ; cette fois-ci, il le ferait réellement.

Il se débrouilla pour faire durer les choses jusqu'à la fin juillet. Mais juste quand tout se mettait en place, sa chance commença à tourner. L'ancien bon ami de Fiona, disparu de l'existence de la jeune femme peu de temps avant l'arrivée de Nashe, avait reparu, semblait-il, à la suite d'un retour de flamme. Et au lieu de saisir avec joie la proposition de Nashe, Fiona pleura sans désemparer pendant une heure en lui expliquant pourquoi il devait cesser de la voir. Je ne peux pas compter sur toi, Jim, répétait-elle. Je ne peux tout simplement pas compter sur toi.

Il savait bien, au fond de lui, qu'elle avait raison, mais cela ne rendait pas le coup plus facile à encaisser. Quand il repartit de Berkeley, il se sentait sonné par l'amertume et la colère qui l'avaient envahi. Leurs feux brûlèrent durant plusieurs jours, et même quand ils commencèrent à s'apaiser, au lieu de s'en remettre, il perdit du terrain, tomba dans une seconde période de souffrance, plus prolongée. La mélancolie avait supplanté la rage, et il n'éprouvait plus grand-chose, à part une tristesse sourde, indéfinie, comme si les couleurs de tout ce qu'il voyait s'étaient lentement évanouies. Très brièvement, il joua avec l'idée de s'installer dans le Minnesota, d'y chercher du travail. Il envisagea même de retourner à Boston et de demander qu'on lui rende son ancien emploi, mais le cœur n'y était pas et il cessa bientôt d'y penser. Jusqu'à la fin de juillet, il continua d'errer ; il passait plus de temps que jamais dans la voiture, allant certains jours jusqu'à se mettre au défi de tenir bon au-delà du point d'épuisement : en roulant pendant seize ou dix-sept heures d'affilée, en agissant comme s'il voulait se contraindre à battre de nouveaux records d'endurance. Il se rendait compte peu à peu qu'il était fichu, que si quelque chose ne se passait pas bientôt, il allait continuer à rouler jusqu'à épuisement de l'argent. Lors de son passage à Northfield, début août, il se rendit à la banque et retira ce qui restait de son héritage, tout le solde, en espèces – une belle petite liasse de billets de cent dollars qu'il rangea dans la boîte à gants de sa voiture. Il en éprouvait l'impression de mieux maîtriser la situation, comme si la diminution progressive de cette pile de billets avait constitué une réplique exacte de sa propre crise intérieure. Pendant deux semaines, il dormit dans la voiture et s'imposa les restrictions les plus rigoureuses, mais au bout du compte les économies se révélaient négligeables et il finissait par se sentir sale et déprimé. Il reconnut qu'il ne servait à rien de vivre ainsi, que telle n'était pas la bonne attitude. Résolu à se remonter le moral, Nashe fit route vers Saratoga où il prit une chambre à l'hôtel Adelphi. La saison était commencée, et pendant une semaine entière il passa toutes ses après-midi au champ de courses à parier sur des chevaux dans l'espoir de reconstituer son capital. Il avait la certitude que la chance lui sourirait, mais à part quelques succès étourdissants dans des coups à gros risque, ses pertes l'emportèrent sur ses gains et quand il réussit enfin à s'arracher de cet endroit, un nouveau pan de sa fortune avait disparu. Il y avait un an et deux jours qu'il courait les routes, et il ne lui restait qu'un petit peu plus de quatorze mille dollars.

Il ne désespérait pas complètement mais se rendait compte qu'il n'en avait plus pour longtemps, qu'un mois ou deux suffiraient à le précipiter dans une panique totale. Il décida de se rendre à New York, et plutôt que d'emprunter les grands axes, il choisit de prendre son temps, de se promener au gré des routes de campagne. Son vrai problème était nerveux, songeait-il, et il voulait voir si voyager sans hâte ne l'aiderait pas à se détendre. Il prit le volant après un petit déjeuner matinal au *Spa City Diner* et, vers dix heures, il se trouvait quelque part au milieu du comté de Dutchess. Jusque-là, il avait été presque tout le temps égaré, mais ça lui semblait sans importance et il ne s'était pas soucié de regarder une carte. Non loin du village de Millbrook, il avait réduit sa vitesse à quarante-cinq ou cinquante. Il roulait sur une route étroite, à deux voies, flanquée de haras et de prairies, et n'avait pas aperçu une voiture depuis plus de dix minutes. En arrivant en haut d'une légère côte, avec la vue dégagée devant lui sur plusieurs centaines de mètres, il remarqua soudain une silhouette qui marchait au bord de la route. C'était une vision discordante dans ce paysage bucolique : un homme mince, dépenaillé, qui avançait avec des mouvements spasmodiques, titubant et vacillant comme s'il était sur le point de s'étaler face contre terre. Nashe le prit d'abord pour un ivrogne, puis se dit que la matinée n'était pas assez avancée pour que quelqu'un pût s'être déjà mis dans un état pareil. Bien qu'il refusât en général de s'arrêter pour des auto-stoppeurs, il ne put résister à la tentation de ralentir et de jeter un coup d'œil. Le bruit du changement de régime de son moteur attira l'attention de l'inconnu, et quand Nashe le vit se retourner, il comprit aussitôt que cet homme avait des ennuis. Il était beaucoup plus jeune qu'il ne paraissait vu de dos, pas plus de vingt-deux ou vingt-trois ans, et il ne faisait guère de doute qu'il avait été rossé. Ses vêtements étaient déchirés, son visage couvert de bleus et d'ecchymoses et, à la façon dont il se tenait là tandis que la voiture approchait, il paraissait à peine savoir où il était. L'instinct de Nashe lui intimait de poursuivre sa route, mais il ne put prendre sur lui d'ignorer la détresse du jeune homme. Avant d'avoir conscience de ce qu'il faisait, il avait déjà immobilisé la voiture et baissé la vitre côté passager, et se penchait pour demander à l'inconnu s'il avait besoin d'aide. C'est ainsi que Jack Pozzi entra dans la vie de Nashe. Pour le meilleur ou pour le pire, c'est ainsi que toute l'affaire commença, un beau matin, à la fin de l'été.

2

Pozzi accepta l'aubaine sans un mot, se contentant de hocher la tête quand Nashe lui dit qu'il allait à New York, et grimpa dans la voiture. A voir la façon dont il s'effondra aussitôt sur le siège, il paraissait évident qu'il serait allé n'importe où, que la seule chose qui lui importait était de s'éloigner de l'endroit où il se trouvait. Il paraissait mal en point, terrifié aussi : comme s'il avait craint une autre catastrophe, une nouvelle attaque de la part des gens qui lui en voulaient. Il ferma les yeux en gémissant tandis que Nashe enfonçait l'accélérateur, mais même quand leur vitesse eut atteint quatre-vingts à quatre-vingt-dix, il ne prononça pas un mot, parut à peine s'apercevoir de la présence de Nashe. Celui-ci, estimant qu'il devait être en état de choc, ne le bouscula pas, mais ce silence était étrange, c'était une entrée en matière déconcertante. Nashe avait envie de savoir qui était ce type mais il lui était impossible, sans la moindre indication, de s'en faire une idée. Les apparences étaient contradictoires, pleines d'éléments qui ne s'accordaient pas. Les vêtements, par exemple, avaient quelque chose d'absurde : costume fantaisie bleu clair, chemise hawaïenne à col ouvert, mocassins blancs et fines chaussettes blanches. Le tout dans des matières synthétiques criardes, et même quand de tels accoutrements avaient été à la mode (dix ans, vingt ans auparavant ?), seuls des hommes d'un certain âge s'étaient habillés comme ça. Leur idée était d'avoir l'air jeune et sportif, mais sur un tel gamin l'effet en était plutôt ridicule – comme s'il avait essayé de se faire passer pour un homme mûr vêtu de manière à paraître moins que son âge. Compte tenu de la vulgarité de son accoutrement, il paraissait normal que le gosse arborât aussi une bague, mais dans la mesure où Nashe pouvait en juger, le saphir avait l'air vrai, ce qui ne semblait pas normal du tout. A un moment ou à un autre, le gosse avait dû pouvoir se le payer. A moins qu'il ne l'eût pas payé – c'est-à-dire que quelqu'un le lui eût offert, ou bien qu'il l'eût volé. Pozzi ne mesurait pas plus d'un mètre soixante-cinq, soixante-dix, et Nashe doutait qu'il pesât plus d'une soixantaine de kilos. C'était un petit bonhomme nerveux aux mains délicates, au visage fin et pointu, et il aurait pu être n'importe quoi, du commis voyageur à l'escroc à la sauvette. Avec le sang qui lui coulait du nez et sa tempe gauche meurtrie et gonflée, il était difficile de se rendre compte de l'impression qu'il pouvait faire habituellement. Il semblait à Nashe qu'une certaine intelligence émanait de lui, mais il n'en était pas sûr. Pour le moment, rien n'était sûr, sinon son silence. Son silence, et le fait qu'à très peu de chose près, il avait été battu à mort.

Au bout de cinq ou six kilomètres, Nashe arrêta la voiture dans une station Texaco.

— Il faut que je prenne de l'essence, annonça-t-il. Si tu as envie de profiter des toilettes pour te nettoyer un peu, c'est le moment. Ça te ferait sans doute du bien.

Il n'y eut pas de réponse. Nashe supposa que l'inconnu ne l'avait pas entendu, mais comme il s'apprêtait à renouveler sa suggestion, le jeune homme hocha la tête, presque imperceptiblement.

— Ouais, dit Pozzi. Je ne dois pas être beau à voir, hein ?

— Non, répondit Nashe. Pas très beau. Tu as l'air d'émerger d'une bétonnière.

— C'est à peu près comme ça que je me sens.

— Si tu n'y arrives pas tout seul, je t'aiderai volontiers.

— Nan, ça va aller, mon pote, j'y arriverai. Y a rien que je ne puisse faire si je suis décidé.

Pozzi ouvrit la porte et entreprit de s'extraire de son siège. Le moindre geste lui arrachait un grognement, il était manifeste que l'acuité de la douleur le stupéfiait. Nashe contourna la voiture pour l'aider, mais le gosse lui fit signe de s'écarter et se traîna vers les toilettes à pas lents et prudents, comme si sa volonté seule l'empêchait de tomber. Nashe fit le plein de son réservoir, contrôla le niveau d'huile et, son passager n'ayant toujours pas reparu, entra dans le garage pour acheter deux tasses de café au distributeur. Cinq bonnes minutes s'écoulèrent et Nashe commençait à se demander si le gosse n'avait pas tourné de l'œil dans les cabinets. Il but le fond de sa tasse, sortit sur l'aire, et s'apprêtait à aller frapper à la porte quand il l'aperçut. La mine un peu plus présentable qu'avant son passage aux toilettes, Pozzi se dirigeait vers la voiture. Il s'était nettoyé le visage des traces de sang, plaqué les cheveux en arrière et débarrassé du veston déchiré, et Nashe se rendit compte qu'il se remettrait sans doute sur pied tout seul, sans qu'il fût nécessaire de l'emmener chez un médecin.

Il lui offrit la deuxième tasse de café en disant :

— Je m'appelle Jim. Jim Nashe. Au cas où ça t'intéresserait.

Pozzi avala une gorgée du breuvage tiédi et grimaça de dégoût. Puis il tendit la main droite.

— Moi c'est Jack Pozzi, dit-il. Mes amis m'appellent Jackpot.

— Tu m'as tout l'air d'avoir touché le jackpot, en effet. Mais peut-être pas celui sur lequel tu comptais.

— Y a les bons et les mauvais jours. Hier soir, c'était ce qu'on fait de pire.

— Enfin tu es encore en vie.

— Ouais. Peut-être que j'ai eu de la veine, après tout. Maintenant j'ai une chance de découvrir combien de conneries peuvent encore m'arriver.

Cette remarque le fit sourire, et Nashe lui sourit en retour, encouragé de constater que le gosse avait le sens de l'humour.

— Si tu veux mon avis, suggéra-t-il, je bazarderais aussi cette chemise. J'ai l'impression que ses bons jours sont passés.

Pozzi baissa les yeux et manipula l'étoffe sale et tachée de sang d'un air mélancolique, presque affectueux.

— Ça irait si j'en avais une autre. Mais je me suis dit que ça valait mieux que d'exposer mon corps d'éphèbe à tous les regards. Les simples convenances, tu vois ce que je veux dire ? On est supposé porter des fringues.

Sans un mot, Nashe alla ouvrir le coffre à l'arrière de la voiture et se mit à fouiller dans un de ses sacs. Un instant plus tard, il en extrayait un T-shirt à la marque des *Boston Red Sox* et l'envoyait à Pozzi, qui l'attrapa de sa main libre.

— Tu peux mettre ça, dit-il. C'est beaucoup trop grand pour toi, mais au moins c'est propre.

Pozzi posa sa tasse de café sur le toit de la voiture et examina le T-shirt à bout de bras.

— Les *Boston Red Sox*, fit-il. T'es un champion des causes perdues, ou quoi ?

— C'est ça. Je ne m'intéresse qu'aux cas désespérés. Maintenant ferme-la et mets ce truc. Je n'ai pas envie que tu foutes du sang partout dans ma voiture.

Pozzi déboutonna sa chemise hawaïenne déchirée et la laissa tomber à ses pieds. Son torse nu était blanc et maigre, pathétique, comme si son corps n'avait pas été exposé au soleil depuis des années. Il enfila le T-shirt par-dessus sa tête puis s'offrit à l'inspection, les mains ouvertes, paumes en l'air.

— Et alors ? demanda-t-il. C'est mieux ?

— Nettement mieux, répondit Nashe. Tu commences à ressembler à un être humain.

Le T-shirt était si grand que Pozzi disparaissait presque dedans. L'étoffe lui pendait à mi-cuisses, les manches courtes lui venaient aux coudes, et pendant un instant on l'eût pris pour un gamin de douze ans. Pour des raisons qui ne lui étaient pas claires, Nashe s'en sentit ému.

Ils partirent vers le sud, par le Taconic State Parkway, pensant arriver en ville au bout de deux heures, deux heures et demie. Nashe découvrit bientôt que le silence initial de Pozzi n'avait été qu'une aberration. Maintenant que le gosse se savait hors de danger, il commença à manifester sa vraie nature, et il ne fallut pas longtemps pour que son bavardage s'avère intarissable. Nashe n'avait pas posé de questions mais Pozzi lui raconta néanmoins son histoire, comme si les mots étaient une forme de paiement. Si on sort quelqu'un d'une situation difficile, on a le droit d'apprendre comment il s'y est fourré.

— Pas un sou, commença-t-il. Ils ne nous ont pas laissé un seul putain de sou. Il laissa flotter un moment cette remarque sibylline puis, comme Nashe ne réagissait pas, il poursuivit, en prenant à peine le temps de respirer, pendant dix ou quinze minutes.

— Quatre heures du mat', reprit-il, et ça faisait sept heures qu'on avait pas quitté la table. On était six dans cette pièce, et les cinq autres étaient les caves absolus, des amateurs au premier degré. On donnerait son bras droit pour être admis dans une partie avec des mecs pareils – des richards new-yorkais qui jouent le week-end pour s'amuser. Des juristes, des agents de change, des gros bonnets. Ils s'en fichent de perdre du moment qu'ils prennent leur pied. Bien joué, qu'ils disent quand t'as gagné, bien joué, et puis ils te serrent la main et t'offrent un verre. Qu'on me donne une solide dose de types comme ça, et je peux me retirer avant d'avoir trente ans. C'est les meilleurs. Républicains bon teint, avec leurs blagues de Wall Street et leurs saloperies de dry Martini. Des snobinards, qui fument des cigares à cinq dollars pièce. L'authentique connard américain.

Donc me voilà en train de jouer avec ces piliers de la communauté, et ça marche vraiment bien.

En douceur, je rafle ma part du pot, mais sans essayer de me ramener ni rien – je me contente d'y aller en douceur, de façon qu'ils restent tous dans la partie. On ne tue pas la poule aux œufs d'or. Ils se réunissent tous les mois, ces abrutis, et j'ai envie d'être réinvité. J'ai eu assez de mal à décrocher cette invitation. Je dois y avoir travaillé pendant six mois. Donc je me tenais impeccable, poli, respectueux, je parlais comme une espèce de folle qui passe ses après-midi à jouer au *back nine* au Country Club. On doit être comédien, dans ce métier, en tout cas si on veut se trouver là où ça se passe. Il faut qu'ils soient heureux pendant qu'on vide leur coffre, et ça, ce n'est possible que si on les persuade qu'on a bon genre. Toujours dire merci et s'il vous plaît, sourire de leurs blagues imbéciles, se montrer modeste et digne, un vrai gentleman. Ciel, je dois être en veine ce soir, Georges. Ma parole, Ralph, les cartes me sont favorables. Ce genre de conneries.

Quoi qu'il en soit, je suis arrivé là avec un peu plus de cinq mille en poche, et vers quatre heures j'en ai presque neuf. La partie va se terminer dans une heure environ, et je suis prêt. J'ai pris la mesure de ces cloches, je les domine tellement que je peux dire quelles cartes ils ont en main rien qu'en les regardant dans les yeux. Je me dis que je vais encore gagner un gros paquet, ramasser douze à quatorze mille et en rester là. J'aurai pas perdu mon temps.

Ma position est solide, un full aux valets, et le pot commence à grandir. Il fait calme dans la pièce, on est tous concentrés sur les enchères, et puis tout à coup, la porte s'enfonce et quatre énormes brutes font irruption. "Pas un geste, ils crient, pas un geste ou vous êtes morts" – ils gueulent à tue-tête, en nous pointant leurs saletés de fusils de chasse en pleine figure. Ils sont tous habillés en noir, avec des bas enfilés sur la tête pour qu'on ne voie pas de quoi ils ont l'air. J'ai jamais rien vu de plus laid – quatre créatures surgies des marais infernaux. J'avais une telle peur que j'ai cru que j'allais chier dans mon froc. Par terre, dit l'un d'eux, couchez-vous par terre et y aura pas de blessés.

C'est un truc dont on entend parler : les pirates des tables de jeu, une arnaque classique. Mais on ne s'attend jamais à ce que ça vous arrive. Et le pire, c'est qu'on était en train de jouer avec du fric. Tout ce pognon bien en vue sur la table. C'est idiot de faire ça, mais ces richards aiment bien, ils se sentent importants. Comme des desperados dans une connerie de western – cartes sur table au saloon du Dernier-Soupir. Il faut jouer avec des jetons, tout le monde sait ça. Le principe, c'est d'oublier l'argent pour mieux se concentrer sur le jeu. Mais ces juristes, c'est comme ça qu'ils aiment jouer, et je peux rien faire contre leurs règles à la noix.

Y a pour quarante, peut-être cinquante mille dollars de valeurs légales étalées sur cette table. Je suis aplati sur le sol, je ne vois rien, mais je les entends fourrer l'argent dans des sacs, ils tournent autour de la table en le ramassant – whoosh, whoosh, ils font du bon boulot. Je me dis qu'ils auront bientôt fini, et qu'alors ils vont peut-être tourner leurs fusils contre nous. Je ne pense plus à l'argent, j'ai juste envie de sortir d'ici avec ma peau intacte. Je me fous de l'argent, je me dis, ne me tuez pas, c'est tout. C'est bizarre ce que les choses peuvent aller vite. J'étais là, sur le point de me taper le type à ma gauche, content de moi, qu'est-ce que je suis malin, quelle classe, et l'instant d'après je me retrouve étalé sur le plancher en train d'espérer qu'on ne me fasse pas sauter la cervelle. Je m'enfonce le nez dans les poils de cette foutue carpette et je prie comme un imbécile que ces voleurs les mettent avant que je rouvre les yeux.

Crois-moi si tu veux, mes prières ont été exaucées. Les voleurs ont fait exactement comme ils avaient dit, et trois ou quatre minutes plus tard ils étaient partis. On a entendu leur voiture s'éloigner, et on s'est tous remis debout, on s'est remis à respirer. Mes genoux s'entrechoquaient, j'avais la tremblote comme un malade, mais c'était fini, tout allait bien. Du moins c'est ce que je pensais. En fait, la fête n'avait pas encore commencé.

C'est Georges Whitney qui l'a déclenchée. Le propriétaire de la maison, une vraie montgolfière, qui se balade en pantalons écossais avec des pulls en cachemire blanc. Après qu'on a eu pris un verre et qu'on s'est un peu calmés, le gros Georges s'est tourné vers Gil Swanson – le type qui m'avait décroché l'invitation. "Je te l'avais bien dit, Gil, il commence, on n'introduit pas la racaille dans ce genre de parties." "Qu'est-ce que tu racontes, Georges ?" fait Gil, et Georges répond : "Réfléchis un peu, Gil. On joue tous les mois depuis sept ans, et il ne s'est jamais rien passé. Et puis tu me parles de ce petit voyou qui est soi-disant si bon joueur, tu m'arraches la permission de l'amener, et regarde ce qui arrive. Il y avait huit mille dollars à moi sur cette table, et je l'ai mauvaise qu'une bande de salauds les ait emportés."

Avant que Gil ait pu répliquer, je me plante devant Georges et j'ouvre ma grande gueule. Je n'aurais sans doute pas dû, mais j'étais furieux, c'est tout juste si je me retenais de lui envoyer un coup de poing sur la gueule. "Merde alors, qu'est-ce que ça veut dire ?" je lui demande. "Ça veut dire que tu nous as encadrés, espèce de petit merdeux", il dit, et puis il se met à m'enfoncer son doigt dans les côtes, il me repousse dans un coin de la chambre. Il continue à m'enfoncer ce gros doigt dans les côtes en parlant sans arrêt. "Je ne permettrai pas que toi et tes vauriens d'amis vous vous en tiriez avec un truc pareil, il dit. Tu vas me payer ça, Pozzi. Je veillerai à ce que tu sois traité comme tu le mérites." Et encore, et encore, et toujours avec son doigt, et il me déblatère dans la figure, et finalement je bouscule son bras et je lui dis de reculer. C'est un costaud, ce Georges, un mètre quatre-vingt-huit, quatre-vingt-dix. La cinquantaine, mais il est en forme, et je sais que si je m'y frotte j'aurai des ennuis. "Bas les pattes, porc, je lui dis, ne me touche pas, recule." Mais le salaud est enragé, il continue. Il empoigne ma chemise, et à ce moment-là je perds mon calme et je lui envoie mon poing en plein dans le ventre. J'essaie de fiche le camp, mais je ne fais pas trois pas qu'un autre de ces juristes m'attrape et me coince les bras derrière le dos. Pendant que j'essaie de lui échapper, avant même que j'aie pu me libérer les bras, le gros Georges est de nouveau devant moi, en train de me tabasser l'estomac. C'était horrible, vieux, un vrai *Punch and Judy show*, un bain de sang en technicolor. Chaque fois que j'arrivais à m'enfuir, un des autres me rattrapait. Gil était le seul à ne pas s'en mêler, mais il ne pouvait pas grand-chose contre quatre. Ils n'arrêtaient pas. Un moment, j'ai pensé qu'ils allaient me tuer, mais au bout de quelque temps ils ont fini par fatiguer. Ces enfoirés étaient costauds, mais pas très résistants, et finalement, à force de me tortiller, j'ai réussi à filer et j'ai pris la porte. Quelques-uns d'entre eux m'ont couru après, mais pas question que je les laisse remettre la main sur moi. Je me suis tiré, j'ai galopé vers les bois, aussi vite que je pouvais. Si tu ne m'avais pas ramassé, je serais sans doute toujours en train de courir.

Pozzi exhala un soupir dégoûté, comme pour expulser de sa mémoire ce lamentable épisode.

— Au moins, j'ai rien de vraiment cassé, poursuivit-il. Ma vieille carcasse s'en remettra, mais je dois dire que je suis pas trop ravi d'avoir perdu cet argent. Ça pouvait pas tomber plus mal. J'avais de grands projets pour cette petite liasse et maintenant je suis nettoyé, faut que je recommence à zéro. Merde. Jouer correct et régulier, gagner, et finir perdant tout de même. Y a pas de justice. Après-demain, je devais me trouver dans l'une des plus belles parties de ma vie, et maintenant c'est foutu. Y a pas la moindre chance que j'arrive à me refaire d'ici là le genre de magot dont j'aurais besoin. Les seules parties dont j'ai entendu parler pour ce week-end sont des trucs minables. Fiasco total. Même avec de la veine, je pourrais pas ramasser plus de mille ou deux mille. Et encore, je suis sans doute optimiste.

Ce fut cette dernière remarque qui poussa finalement Nashe à parler. Une idée s'était ébauchée au fond de son esprit et quand les mots arrivèrent à ses lèvres il devait déjà lutter pour garder le contrôle de sa voix. Le processus entier ne dura guère qu'une ou deux secondes, mais qui suffirent à tout changer, à le précipiter dans le vide comme du haut d'une falaise.

— Il te faut combien, pour cette partie ? demanda-t-il.

— Au moins dix mille, répondit Pozzi. Et ça c'est vraiment le minimum. Je pourrais pas me pointer avec un centime de moins.

— Ça m'a l'air d'une grosse affaire.

— Une chance pareille, on n'en a qu'une fois dans sa vie, mon vieux. Nom de Dieu, une véritable invitation à Fort Knox.

— Si tu gagnais, peut-être. Mais en fait, tu pourrais perdre. Il y a toujours un risque, non ?

— Bien sûr, y a un risque. Il s'agit de poker, c'est comme ça que ce jeu s'appelle. Mais je pouvais pas perdre, impossible. J'ai déjà joué avec ces clowns. Ç'aurait été du gâteau.

— Combien pensais-tu ramasser ?

— Des masses. Des masses, bordel de Dieu !

— Dis-moi un chiffre. A peu près combien, tu crois ?

— Je sais pas. Trente ou quarante mille, c'est difficile à évaluer. Peut-être cinquante.

— Ça fait beaucoup d'argent. Nettement plus que ce que tes amis d'hier soir avaient mis sur la table.

— C'est ça que j'essaie de t'expliquer. Ces types sont millionnaires. Et ils connaissent rien aux cartes, je veux dire, ces deux-là sont les rois des ignorants. S'asseoir en face d'eux, c'est comme jouer avec Laurel et Hardy.

— Laurel et Hardy ?

— C'est comme ça que je les appelle, Laurel et Hardy. Y en a un gros et un maigre, juste comme ces bons vieux Stan et Ollie. Des authentiques cervelles d'oiseau, mec, une paire de gogos-nés.

— Tu as l'air bien sûr de toi. Comment sais-tu que c'est pas des arnaqueurs ?

— Parce que je me suis renseigné. Il y a six ou sept ans, ils ont partagé un billet de la loterie de l'État de Pennsylvanie, et ils ont gagné vingt-sept millions de dollars. C'était un des plus gros gains de tous les temps. Des gus qui possèdent un pognon pareil vont pas s'amuser à arnaquer un joueur à la petite semaine dans mon genre.

— T'es pas en train d'inventer tout ça ?

— Pourquoi j'inventerais ? Le gros s'appelle Flower, et le petit c'est Stone. Ce qui est marrant, c'est qu'ils ont tous les deux le même prénom : William. Mais Flower se fait appeler Bill et Stone, Willie. C'est pas si compliqué que ça. Une fois qu'on est devant eux, on les reconnaît sans difficulté.

— Comme Mutt et Jeff*.

— Ouais, c'est ça. Une vraie équipe de comédie. Comme ces drôles de petits bonshommes à la télé, Ernie et Bert. Sauf que ces gars-ci s'appellent Willie et Bill. Ça sonne pas mal, hein ? Willie et Bill.

— Comment les as-tu rencontrés ?

— Je suis tombé sur eux à Atlantic City, le mois dernier. Il y a une table que je fréquente de temps en temps, par là, et ils s'y sont assis un moment. En vingt minutes, ils avaient tous les deux claqué cinq mille dollars. De ma vie je n'ai vu des enchères aussi stupides. Ils s'imaginaient qu'ils pourraient faire passer n'importe quoi à coups de bluff – comme s'ils avaient été les seuls à savoir jouer, et que tous les autres avaient été morts d'envie d'avaler leurs trucs à la noix. Quelques heures plus tard, je suis allé faire un tour du côté d'un des casinos, et ils étaient de nouveau là, plantés devant la roulette. Le gros est venu vers moi…

* Personnages de bande dessinée. *(N.d.T.)*

— Flower.

— C'est ça, Flower… Il est venu vers moi et il m'a dit : Ton style me plaît, fiston, tu joues un méchant poker. Là-dessus il enchaîne que si j'ai un jour envie d'une petite partie amicale avec eux, je serai tout à fait le bienvenu dans leur maison. Ça s'est passé comme ça. J'ai répondu que, bien sûr, je serais ravi de jouer avec eux à l'occasion, et la semaine dernière je leur ai téléphoné et on a arrangé cette partie, lundi prochain. C'est pour ça que je râle tellement de ce qui s'est passé cette nuit. Ç'aurait été une belle expérience, une véritable promenade sur le boulevard Jackpot.

— Tu as dit "leur maison"… Ça veut dire qu'ils vivent ensemble ?

— Rien ne t'échappe, hein ? Ouais, c'est ce que j'ai dit – "leur maison". Ça fait un peu drôle, mais je crois pas qu'il s'agit d'une paire de tantes. Ils ont tous les deux la cinquantaine, et tous les deux ont été mariés. La femme de Stone est morte, et Flower a divorcé d'avec la sienne. Ils ont tous les deux des gosses, Stone est même grand-père. Avant de gagner le gros lot, il était opticien, et Flower était comptable. Classes moyennes tout ce qu'il y a d'ordinaire. Il se trouve simplement qu'ils habitent un manoir de vingt chambres et qu'ils touchent chaque année un million trois cent cinquante mille dollars nets d'impôts.

— J'ai l'impression que tu as appris ta leçon.

— Je te l'ai dit, je me suis renseigné. J'aime pas m'embarquer dans une partie sans savoir à qui j'ai affaire.

— Tu as une autre activité que le poker ?

— Non, aucune. Je joue au poker, c'est tout.

— Pas de métier ? Rien pour te rattraper si tu traverses une mauvaise passe ?

— J'ai travaillé un moment dans un grand magasin. L'été où j'ai fini le lycée. Ils m'ont mis aux chaussures pour hommes. C'était le fond du fond, je t'assure, l'horreur absolue. Fallait se mettre à quatre pattes comme une espèce de chien, respirer toutes ces odeurs de chaussettes sales. Ça me donnait envie de dégueuler. J'ai calé au bout de trois semaines, et depuis j'ai plus eu de boulot régulier.

— Alors tu t'en sors.

— Ouais, je m'en sors pas mal. Avec des hauts et des bas, mais j'ai toujours pu faire face. Le principal, c'est que je vis comme j'ai envie. Si je perds, c'est ma pomme qui perd. Si je gagne, je peux garder l'argent. Personne n'a le droit d'y fourrer le nez.

— Tu es ton propre patron.

— C'est ça. Mon propre patron. Je décide pour moi-même.

— Tu dois jouer drôlement bien.

— Je suis bon, mais il me reste encore du chemin. Je pense aux grands – des types comme Johnny Moses, ou Amarillo Slim, ou Doyle Brunson. Je veux passer dans la même division que ces gars-là. Jamais entendu parler du Binion's Horseshoe Club, à Las Vegas ? C'est là qu'ont lieu les championnats mondiaux de poker. Dans quelques années, je pense que je serai prêt à les affronter. C'est à ça que je veux arriver. Amasser assez de fric pour me faire admettre là-dedans, d'homme à homme, avec ce qu'il y a de mieux.

— Tout ça c'est bien joli, mon petit gars. C'est bon de rêver, ça aide à tenir le coup. Mais ça c'est pour plus tard, c'est des projets à long terme, comme on dit. Ce que je voudrais savoir, c'est ce que tu as l'intention de faire aujourd'hui. Nous serons à New York dans une heure environ, et alors qu'est-ce que tu vas devenir ?

— Je connais un type à Brooklyn. Je lui passe un coup de fil dès qu'on est en ville, pour savoir s'il est là. S'il y est, je pourrai sans doute loger quelque temps chez lui. Complètement cinglé, mais on s'entend bien. Crappy* Manzola. Joli nom, hein ? On lui a donné quand il était gosse, parce qu'il avait des dents pourries, dégueulasses. Maintenant

* *Crappy* = merdique. *(N.d.T.)*

40

il a un superbe râtelier, mais tout le monde continue à l'appeler Crappy.

— Et qu'est-ce qui se passe si Crappy n'est pas là ?

— J'en sais rien, merde. Je trouverai bien quelque chose.

— En d'autres termes, tu n'en as pas la moindre idée. Tu fais l'impasse.

— T'en fais pas pour moi, je me débrouillerai. J'ai déjà été plus mal pris que ça.

— Je ne m'en fais pas. C'est juste que je viens de penser à quelque chose, et j'ai comme l'impression que ça pourrait t'intéresser.

— Ah oui ?

— Tu m'as dit qu'il te fallait dix mille dollars pour cette partie avec Flower et Stone. Et si je connaissais quelqu'un qui serait peut-être d'accord pour te procurer cet argent ? Quel genre d'arrangement serais-tu prêt à conclure avec lui en échange ?

— Je le rembourse dès la fin de la partie. Avec intérêt.

— Il ne s'agirait pas d'un prêt. Je pense qu'il envisagerait plutôt une association.

— Dis donc, t'es qui, toi, une espèce d'aventurier de la finance, ou quoi ?

— Ne me mêle pas à ça. Moi je suis juste un type qui roule en voiture. Ce que je voudrais savoir, c'est quel genre d'offre tu es disposé à faire. Je pense aux pourcentages.

— Merde, je sais pas. Je lui rembourserais les dix mille, et puis je lui céderais une bonne part du bénéfice. Vingt pour cent, vingt-cinq pour cent, quelque chose comme ça.

— Ça me paraît un peu radin. Après tout, c'est ce type qui prend les risques. Si tu ne gagnes pas, c'est lui qui perd, pas toi. Tu vois ce que je veux dire ?

— Ouais, je vois ce que tu veux dire.

— Je pensais fifty-fifty. Moitié pour toi, moitié pour lui. Moins les dix mille, bien entendu. Qu'est-ce que tu en dis ? Ça te paraît honnête ?

— Je pourrais faire avec, je suppose. Si c'est le seul moyen d'arriver à jouer contre ces farceurs, ça vaut sans doute la peine. Mais toi, t'es où, là-dedans ? Pour autant que je sache, on est que nous deux en train de causer dans cette bagnole. Où est-ce qu'on le trouve, ton autre bonhomme ? Celui qui a les dix mille dollars ?

— Il n'est pas loin. On le trouvera sans difficulté.

— Ouais, c'est bien ce que je pensais. Et si ce type est justement assis à côté de moi en ce moment, ce que je voudrais bien savoir c'est pourquoi il a envie de s'embarquer dans un truc pareil. Je veux dire, il ne me connaît ni d'Eve ni d'Adam.

— Sans raison. L'idée lui plaît.

— Ça ne suffit pas. Il faut une raison. Si je la connais pas, je marche pas.

— Parce qu'il a besoin d'argent. Ça me paraît évident.

— Il a déjà dix mille dollars.

— Il a besoin de plus que ça. Et le temps commence à lui manquer. C'est peut-être sa dernière chance.

— Ouais, OK, va pour cette explication. Ce qu'on appellerait une situation désespérée.

— Mais il n'est pas idiot non plus, Jack. Il n'abandonnerait pas son argent à un escroc. Alors avant de parler affaires avec toi, il faut que je m'assure que tu vaux le coup. Tu es peut-être un sacré joueur, mais tu es peut-être aussi un comédien de merde. Avant de conclure quoi que ce soit, je veux voir de mes yeux de quoi tu es capable.

— Pas de problème, camarade. Je te ferai voir ça dès qu'on sera à New York. Y a pas le moindre problème. Tu seras si impressionné que tu en resteras bouche bée. Je te le garantis. Je vais te faire sortir les yeux de ta petite tête.

Nashe réalisait que cette manière d'agir ne lui ressemblait pas. Il s'entendait prononcer des mots qui, à l'instant même où il les articulait, lui paraissaient exprimer la pensée de quelqu'un d'autre, comme s'il n'avait été qu'un acteur en train de se produire sur la scène d'un théâtre imaginaire en récitant un texte écrit d'avance à son intention. Il n'avait jamais rien ressenti de pareil, et ce qui l'étonnait c'était combien ça le troublait peu, l'aisance avec laquelle il se glissait dans ce rôle. L'argent seul importait, et si ce gamin mal élevé pouvait lui en obtenir, Nashe se sentait enclin à tout risquer pour contribuer à la réussite de son entreprise. Ce projet était sans doute insensé, mais le risque en lui-même constituait une motivation, ce geste de confiance aveugle prouvait qu'il était enfin disposé à accueillir tout ce qui pourrait lui arriver.

Pozzi ne représentait à ce moment-là qu'un moyen d'atteindre son but, une possibilité imprévue de se sortir de l'impasse. Sous une apparence humaine, il n'était qu'une occasion, un joueur fantôme dont la seule raison d'exister était d'aider Nashe à recouvrer sa liberté. Une fois cette tâche accomplie, ils partiraient chacun de son côté. Bien que prêt à se servir de lui, Nashe ne trouvait pas Pozzi entièrement antipathique. Malgré les grands airs qu'il se donnait, le gosse avait un côté fascinant et il était difficile de ne pas éprouver pour lui, bon gré mal gré, une sorte de respect. Il avait à tout le moins le courage de ses convictions, et on ne peut pas en dire autant de la plupart des gens. Pozzi travaillait sans filet ; il improvisait sa vie en chemin, se fiant à sa seule intelligence pour se maintenir à flot, et même après la raclée qu'il venait de subir, il n'avait l'air ni démoralisé ni vaincu. Il se montrait plutôt grossier, odieux même par instants, mais paraissait déborder d'une confiance que Nashe trouvait rassurante. Il était encore trop tôt, bien entendu, pour savoir s'il était digne de foi ; pourtant, compte tenu du peu de temps dont il avait disposé pour inventer une histoire, compte tenu de tout ce que sa situation avait d'invraisemblable, il semblait douteux que la réalité fût différente de ce qu'il prétendait. Telle était du moins l'impression de Nashe. D'une manière ou d'une autre, il ne lui faudrait pas long-temps pour s'en assurer.

Il importait de paraître calme, de brider son impatience et de convaincre Pozzi qu'il savait ce qu'il faisait. Il ne voulait pas à proprement parler l'impressionner, mais son instinct lui conseillait de garder la haute main, d'opposer à la jactance du gosse sa propre assurance, sereine et ferme. Devant ce petit arrogant, il jouerait la maturité, profitant de l'avantage que lui donnaient sa taille et son âge pour s'entourer d'une aura de sagesse durement acquise et affecter une stabilité capable de contrebalancer la nervosité et l'impulsivité du jeune homme. Quand ils atteignirent les quar-tiers nord du Bronx, Nashe avait établi son plan d'action. Celui-ci allait coûter un peu plus cher qu'il n'aurait voulu, mais il pensait qu'en fin de compte, ce serait de l'argent bien placé.

L'astuce consistait à ne rien dire tant que Pozzi ne posait pas de questions et à se trouver prêt, lorsqu'il en poserait, avec de bonnes réponses. C'était le meilleur moyen de contrôler la situation : maintenir le gosse en léger déséquilibre, créer l'illusion qu'il le précédait toujours d'un pas. Sans un mot, Nashe engagea la voiture sur le

Henry Hudson Parkway, et quand Pozzi finit par demander où ils allaient (au passage de la 96e rue), Nashe déclara :

— Tu es complètement épuisé, Jack. Tu as besoin de manger et de dormir, et je ne refuserais pas un petit repas, moi non plus. On va descendre au Plaza et on aura tout sur place.

— Tu veux dire l'hôtel Plaza ?

— C'est ça, l'hôtel Plaza. C'est là que je loge toujours quand je suis à New York. Tu as une objection ?

— Aucune objection. Me demandais juste. M'a l'air d'une bonne idée.

— Je me disais que ça te plairait.

— Ouais, ça me plaît. J'aime ce qui a de la classe. Ça fait du bien à l'âme.

Ils rangèrent la voiture dans un parking souterrain de la 58e rue est, sortirent de la malle les bagages de Nashe et se rendirent à l'hôtel, au coin de la rue. Nashe demanda deux chambres d'une personne avec salle de bains communicante ; comme il signait le registre au comptoir, il regarda Pozzi du coin de l'œil et aperçut sur le visage du gosse l'ombre d'un sourire béat. Cette vision lui fit plaisir car elle lui permettait de supposer que Pozzi était suffisamment impressionné par sa bonne fortune pour apprécier ce que Nashe lui offrait. Tout se réduisait à une question de mise en scène. Deux heures plus tôt, l'existence de Pozzi était en ruine, et maintenant il se trouvait dans un palace, en train d'essayer de ne pas manifester son étonnement devant le luxe qui l'entourait. Un contraste moins frappant n'aurait pas produit le même effet, mais là, un simple coup d'œil sur la bouche frémissante du gosse suffisait à Nashe pour savoir qu'il avait marqué un point.

On leur donna des chambres au septième étage ("le sept de chance", comme le fit remarquer Pozzi dans l'ascenseur) et dès qu'ils furent installés, après avoir renvoyé le groom avec un pourboire,

Nashe téléphona au *room service* pour commander à déjeuner. Deux steaks, deux salades, deux pommes de terre au four et deux bouteilles de Beck's. Pendant ce temps, Pozzi entrait dans la salle de bains pour prendre une douche, fermant la porte derrière lui sans se donner la peine de la verrouiller. Nashe vit là un autre signe favorable. Il écouta quelques instants le crépitement de l'eau contre la baignoire, puis enfila une chemise blanche propre et récupéra l'argent qu'il avait transféré du compartiment à gants de la voiture dans l'une de ses valises (quatorze mille dollars emballés dans un sachet de plastique). Sans prévenir Pozzi, il se glissa hors de la chambre, prit l'ascenseur jusqu'au rez-de-chaussée et déposa treize mille dollars dans le coffre de l'hôtel. Avant de remonter, il fit un petit détour par le comptoir aux journaux afin d'acheter un jeu de cartes.

Quand il rentra dans sa chambre, Pozzi était installé dans la sienne. Les deux portes de la salle de bains étaient ouvertes, et Nashe l'apercevait, drapé dans deux ou trois serviettes blanches et étalé au creux d'un fauteuil. Il regardait à la télévision le film de kung-fu du samedi après-midi, et quand Nashe passa la tête pour lui dire bonjour, Pozzi suggéra, en désignant l'écran, qu'il devrait peut-être demander des leçons à Bruce Lee.

— Ce petit mec est pas plus gros que moi, dit-il, mais regarde un peu ce qu'il leur met, à ces affreux. Si je savais comment il fait, la nuit dernière se serait pas passée comme ça.

— Tu te sens mieux ? fit Nashe.

— J'ai mal partout, mais je crois que j'ai rien de cassé.

— Tu survivras, alors, j'imagine.

— Ouais, je pense aussi. Je ne pourrai peut-être plus jouer du violon, mais on dirait que je vais survivre.

— On va apporter le déjeuner d'une minute à l'autre. Tu peux enfiler un de mes pantalons, si tu veux. Quand on aura mangé, je t'emmènerai acheter des vêtements neufs.

— C'est sans doute une bonne idée. Je me disais justement qu'il serait peut-être pas génial d'abuser de cette tenue de sénateur romain.

Nashe lança un jean à Pozzi et, avec le T-shirt des *Red Sox*, le gosse parut de nouveau réduit à la taille d'un petit garçon. Pour ne pas trébucher, il roula sur ses chevilles le bas du pantalon.

— Dis donc, t'as une super garde-robe, fit-il en entrant dans la chambre de Nashe, les deux mains retenant le jean par la taille. T'es qui, le cow-boy de Boston, ou quoi ?

— J'allais te prêter mon smoke, mais j'ai pensé qu'il valait mieux attendre de voir comment tu te tiens à table. Je n'aimerais pas qu'il soit fichu parce que tu es incapable d'empêcher le ketchup de te dégouliner de la bouche.

Le repas arriva sur un chariot cliquetant et tous deux se mirent à table. Pozzi attaqua son steak avec appétit, mais après avoir mastiqué et avalé pendant quelques minutes, il déposa soudain sa fourchette et son couteau comme si son assiette avait perdu tout intérêt. S'appuyant au dossier de sa chaise, il regarda autour de lui.

— C'est drôle, comme la mémoire se réveille, dit-il d'une voix assourdie. Je suis déjà venu dans cet hôtel, tu sais, mais je n'y avais plus pensé depuis longtemps. Des années.

— Tu devais être bien jeune si ça s'est passé il y a si longtemps, remarqua Nashe.

— Ouais, j'étais qu'un môme. Mon père m'a amené ici un week-end, en automne. Je devais avoir onze ans, douze peut-être.

— A vous deux ? Et ta mère ?

— Ils étaient séparés. Ils ont divorcé quand j'étais bébé.

— Tu vivais avec elle ?

— Ouais, on vivait à Irvington, dans le New Jersey. C'est là que j'ai grandi. C'était moche, un petit patelin minable.

— Tu voyais souvent ton père ?

— Je savais à peine qui c'était.

— Et un beau jour il est arrivé et il t'a emmené au Plaza ?

— Ouais, plus ou moins. Mais je l'avais déjà vu une fois. C'était bizarre, cette première fois. Je crois que je me suis jamais senti aussi mal à l'aise. Un jour, en plein été, j'avais huit ans, j'étais assis sur les marches devant notre maison. Ma mère était partie travailler, et j'étais assis là tout seul, en train de sucer un *popsicle* à l'orange en regardant de l'autre côté de la rue. Ne me demande pas comment je me souviens que c'était de l'orange, mais je m'en souviens. C'est comme si j'avais encore ce foutu truc en main. Il fait chaud, et je suis assis là avec mon *popsicle* à l'orange, en train de me dire que quand je l'aurai fini je prendrai mon vélo pour aller chez mon copain Walt et le persuader d'ouvrir le robinet du tuyau d'arrosage dans son jardin. Le *popsicle* commence à fondre et à couler sur ma jambe, et tout à coup cette énorme Cadillac blanche s'amène dans la rue à une allure de crabe. Une sacrée bagnole. Flambant neuve, et propre, avec des enjoliveurs ajourés et des pneus à flancs blancs. Le type au volant a l'air perdu. Devant chaque maison, il ralentit et il se tord le cou par la fenêtre pour repérer le numéro. Moi je regarde ça avec cette connerie de *popsicle* en train de couler sur moi, et alors la voiture s'arrête et le type coupe son moteur. Juste devant ma maison. Le type sort et commence à monter l'allée – il a un super costard blanc, et un grand sourire amical. J'ai d'abord pensé que c'était Billy Martin, c'était tout à fait lui. Tu sais, le manager de base-ball. Et je me demande pourquoi Billy Martin vient me voir. Est-ce qu'il veut m'engager pour devenir son nouveau *batboy* ou je sais pas quoi ? Bon Dieu, les conneries qui te passent par la tête quand tu es môme. Enfin il se rapproche et je vois qu'après tout c'est pas Billy Martin. Du coup je suis vraiment intrigué et, à vrai dire, j'ai un peu peur. Je fourre le *popsicle* dans les buissons, mais avant que j'aie pu décider ce que je vais faire d'autre, le type est déjà devant moi. "Salut, Jack, il dit. Ça fait un bail." Je ne sais pas de quoi il parle, mais puisqu'il connaît mon nom, je suppose que c'est un ami de ma mère ou quelque chose comme ça. Alors je lui dis qu'elle est à son travail, histoire d'être poli, mais il répond que ouais, il sait ça, il vient de lui parler là-bas au restaurant. C'était là que ma mère travaillait, elle était serveuse à cette époque. Alors je lui demande : "Vous voulez dire que vous êtes venu ici pour me voir ?" Il répond : "C'est bien ça, gamin. La dernière fois que je t'ai vu, tu étais encore dans les langes." Toute cette conversation me paraît de plus en plus absurde, et la seule idée qui me vient c'est que ce type doit être mon oncle Vince, celui qui a filé en Californie quand ma mère était encore petite. "Vous êtes oncle Vince, c'est ça ?" je lui demande, mais il secoue la tête en souriant. "Cramponne-toi, petit gars, il répond, ou quelque chose comme ça, crois-le si tu peux, tu es en face de ton père." Ce qui se passe, c'est que je ne le crois pas une seconde. "Vous pouvez pas être mon père, je lui dis. Mon père a été tué au Viêt-nam." "Ah ouais, dit le type, eh bien, c'est ce que tout le monde a cru. Mais je n'ai pas vraiment été tué, tu vois. Je me suis enfui. On m'avait fait prisonnier, là-bas, mais j'ai creusé un trou, je me suis enfui. J'ai mis longtemps à arriver ici." Ça commence à me sembler un peu plus convaincant, pourtant j'ai encore des doutes. "Ça veut dire que vous allez vivre avec nous maintenant ?" je demande. "Pas exactement, il répond, mais que ça ne nous empêche pas de faire connaissance." Ça me paraît louche, ça, et je suis à peu près sûr maintenant qu'il essaie de me rouler. "Vous pouvez pas être mon père, je répète. Les pères ne s'en vont pas. Ils vivent chez eux avec leur famille." "Certains pères, dit le type, mais pas tous. Regarde, si tu ne me crois pas, je vais te le prouver. Tu t'appelles Pozzi, hein ? John Anthony Pozzi. Et le nom de ton père doit être Pozzi aussi. D'accord ?" Je hoche la tête quand il dit ça, et lui plonge la main dans sa poche et en ramène son portefeuille. "Regarde, fiston", il dit, en sortant du portefeuille son permis de conduire et en me le tendant. "Lis ce qui est écrit sur ce papier." Alors je lis à haute voix : "John Anthony Pozzi." Et, nom de Dieu, toute l'histoire est écrite là noir sur blanc.

Pozzi se tut un instant et avala une gorgée de bière.

— Je sais pas, poursuivit-il. Quand j'y pense maintenant, c'est comme si c'était arrivé en rêve. Je me souviens de certaines parties, mais le reste est confus dans ma tête, comme si ça s'était peut-être jamais passé. Je me souviens que mon vieux m'a emmené faire un tour dans sa Cadillac, mais je ne sais plus combien de temps ça a duré, je me souviens même plus de quoi on a parlé. Mais je me rappelle l'air conditionné dans la voiture et l'odeur des sièges en cuir, je me rappelle que j'étais embêté d'avoir les mains collantes à cause du *popsicle*. Surtout, je crois que j'avais encore peur. Même après avoir vu son permis de conduire, j'ai recommencé à douter. Je me disais tout le temps : Il se passe quelque chose de louche. Ce type peut affirmer qu'il est mon père, ça veut pas dire qu'il ne ment pas. Ça pourrait être un truc quelconque, une mauvaise blague. Tout ça me trotte en tête pendant qu'on se balade à travers la ville, et tout à coup on se retrouve devant ma maison. Comme si toute l'affaire n'avait duré qu'une seconde. Mon vieux ne sort même pas de la voiture. Il remet la main à la poche, en sort un billet de cent dollars et me le claque dans la main en disant : "Tiens, Jack, voilà un petit quelque chose pour que tu saches que je pense à toi." Merde. J'avais jamais vu autant d'argent de ma vie. Je savais même pas qu'on fabriquait des trucs comme des billets de cent dollars. Alors je sors de la voiture avec ce billet de cent dans la main, et je me rappelle avoir pensé : Ouais, ça veut sans doute dire qu'il est mon père, après tout. Mais avant que j'aie trouvé quelque chose à dire, il me serre l'épaule en disant au revoir. "On se reverra, fiston", dit-il, ou quelque chose comme ça, et puis il démarre son moteur et il s'en va.

— Drôle de façon de faire connaissance avec ton père.

— A qui le dis-tu !

— Et comment êtes-vous venus ici au Plaza ?

— Ça, c'était trois ou quatre ans plus tard.

— Et tu ne l'avais pas revu de tout ce temps ?

— Pas une fois. Comme s'il avait de nouveau disparu. J'interrogeais tout le temps ma mère, mais elle avait la bouche cousue, elle avait pas trop envie d'en parler. Plus tard, j'ai découvert qu'il avait passé quelques années en tôle. C'est pour ça qu'ils avaient divorcé, à ce qu'elle m'a dit. Il avait déconné.

— Qu'est-ce qu'il avait fait ?

— Il était mêlé à une histoire de fausse officine d'agents de change. Tu sais, on vend des valeurs sous couvert d'une société bidon. Une de ces escroqueries de haut vol.

— Il doit avoir réussi, après sa sortie. Assez bien pour rouler en Cadillac.

— Ouais, je suppose. Je crois qu'il a fini par aller vendre de l'immobilier en Floride. S'est trouvé un filon au pays des ensembles résidentiels.

— Mais tu n'en es pas sûr.

— Je ne suis sûr de rien. Il y a longtemps que je n'ai plus eu de ses nouvelles. Pour autant que je sache, ce type pourrait aussi bien être mort.

— Mais il a réapparu trois ou quatre ans après.

— Tombé du ciel, comme la première fois. J'avais cessé d'y croire, depuis le temps. Quatre ans d'attente, c'est long pour un môme. Une foutue éternité.

— Et qu'est-ce que tu avais fait des cent dollars ?

— C'est marrant que tu demandes ça. Au début je voulais les dépenser. Tu sais, un chouette nouveau gant de base-ball ou quelque chose comme ça, mais rien ne me paraissait jamais tout à fait assez bien, je n'arrivais pas à m'en séparer. J'ai donc fini par garder le billet pendant toutes ces années. Rangé dans une petite boîte, au fond de mon tiroir à linge, et tous les soirs je le sortais pour le regarder – histoire de m'assurer qu'il existait vraiment.

— Et s'il existait, ça voulait dire que tu avais vraiment vu ton père.

— J'y ai jamais pensé comme ça. Mais sans doute, ça devait être l'idée. Si je ne me séparais pas de cet argent, ça voulait peut-être dire que mon père allait revenir.

— Une logique de petit garçon.

— On est si bête quand on est gosse, c'est pathétique. Je peux pas croire que j'ai pensé ça.

— On en a tous fait autant. C'est ainsi qu'on grandit.

— Ouais, en tout cas c'était plutôt compliqué. Je n'ai jamais montré le billet à ma mère mais, de temps en temps, je le sortais de sa boîte et je permettais à mon copain Walt de le tenir en main. Ça me faisait du bien, je sais pas pourquoi. Comme si je savais, en le voyant le toucher, que je ne l'avais pas inventé. Mais le plus drôle c'est qu'après six mois je me suis mis dans la tête que l'argent était faux, que c'était une contrefaçon. Peut-être à cause d'une réflexion de Walt, je suis pas certain, je me souviens de m'être dit que si c'était un faux billet, le type qui me l'avait donné ne pouvait pas être mon père.

— Tu tournais en rond.

— Ouais. En rond, en rond et en rond. Un jour, Walt et moi on s'est mis à en discuter, et il a dit que la seule façon d'être certain était d'apporter mon billet à la banque. J'avais pas envie de le sortir de ma chambre, mais de toute façon, puisque je me figurais qu'il était faux, ça n'avait sans doute pas d'importance. Alors nous voilà partis à la banque, terrifiés à l'idée que quelqu'un nous dévalise, avançant avec précaution comme si on était en mission vachement dangereuse. Le caissier de la banque était un type sympa. Walt déclare : "Voilà, mon copain voudrait savoir si ce billet est un vrai billet de cent dollars", et le caissier le prend et l'examine très soigneusement. Il le regarde même avec une loupe pour plus de sûreté.

— Et qu'est-ce qu'il a dit ?

— "Il est vrai, petits", qu'il a dit. "Un authentique bon du Trésor des USA."

— Donc l'homme qui te l'avait donné était vraiment ton père.

— Exact. Mais alors où j'en suis, moi ? Si ce type est vraiment mon père, pourquoi il revient pas me voir ? Il pourrait au moins m'écrire. Au lieu de râler, je commence à inventer des histoires pour expliquer pourquoi il se manifeste pas. J'imagine, merde, j'imagine que c'est une espèce de James Bond, un de ces agents secrets qui travaillent pour le gouvernement, et qu'il peut pas prendre le risque de se faire reconnaître en venant me voir. Après tout, à ce moment-là je crois à ses conneries, comme quoi il se serait échappé d'un camp de prisonniers au Viêt-nam et, s'il est capable de faire ça, il devait avoir de sacrées couilles, ce type, pas vrai ? Pas la moitié d'un mec. Bon Dieu, quel foutu imbécile je devais être pour imaginer ça.

— Fallait bien que tu inventes quelque chose. Le vide est inconcevable. L'esprit s'y refuse.

— Peut-être. En tout cas je me suis dévidé des tonnes de foutaises. J'y étais enfoncé jusqu'au cou.

— Et comment ça s'est passé, quand il a fini par revenir ?

— Cette fois-ci il a commencé par téléphoner à ma mère. Je me souviens que j'étais déjà au lit, et qu'elle est montée dans ma chambre pour m'en parler. Elle m'a dit : "Il veut passer le week-end avec toi à New York", et on voyait bien qu'elle était furieuse. "Cet enfant de salaud a un de ces culots", qu'elle répétait. Alors le vendredi après-midi il se pointe devant la maison dans une nouvelle Cadillac. Celle-ci était noire, et je me souviens qu'il portait un de ces chouettes manteaux en poil de chameau et qu'il fumait un gros cigare. Rien à voir avec James Bond. Il avait l'air de sortir d'un film d'Al Capone.

— C'était l'hiver, alors.

— Le plein hiver, et il gelait. On a traversé le Lincoln Tunnel, on est descendus au Plaza, et puis on est allés chez Ghallagher, dans la 52ᵉ rue. Je revois encore cet endroit. L'impression d'être entré dans un abattoir. Des centaines de steaks crus pendus dans la vitrine, il y avait de quoi devenir végétarien. Mais la salle de restaurant était pas mal. Les murs étaient couverts de photos d'hommes politiques, de sportifs et de stars du cinéma, et je reconnais que j'étais assez impressionné. C'était d'ailleurs l'idée de ce week-end, à mon avis. Mon père voulait m'épater, et il y est arrivé, c'est sûr. Après le dîner, on est allés au Madison Square Garden, voir les combats de boxe. Le lendemain, on y est retournés pour un double match de basket universitaire, et le dimanche on est allés en voiture jusqu'au Stade pour assister au match des *Giants* contre les *Redskins*. Et ne va pas croire qu'on était au poulailler. En plein milieu, vieux, les meilleures places. Ouais, j'étais épaté, j'étais vachement sonné. Et partout où on allait, mon paternel effeuillait ce gros rouleau de billets qu'il trimbalait dans sa poche. Des dix, des vingt, des cinquante – il ne regardait même pas. Il distribuait des pourboires comme si c'était rien du tout, tu vois ce que je veux dire ? Les portiers, les maîtres d'hôtel, les grooms. Tous la main tendue, et lui qui semait les dollars comme s'il devait pas y avoir de lendemain.

— Tu étais épaté. Mais est-ce que tu t'es bien amusé ?

— Pas vraiment. Je veux dire, si c'était comme ça que les gens vivaient, alors où j'avais été, moi, pendant toutes ces années ? Tu comprends ce que je veux dire ?

— Je pense, oui.

— C'était difficile de lui parler, et la plupart du temps j'étais intimidé, complètement noué. Il a passé tout le week-end à se vanter devant moi – il me parlait de ses affaires, il essayait de me faire piger quel type formidable il était, mais la vérité c'est que je comprenais que dalle à ce qu'il me racontait. Il m'a aussi donné plein de conseils. "Promets-moi de terminer le lycée – il a répété ça deux ou trois fois –, promets-moi de terminer le lycée, pour ne pas finir clochard." J'étais qu'un petit clampin de sixième, qu'est-ce que je pouvais savoir du lycée et de ces trucs-là ? Pourtant il m'a fait promettre, et je lui ai donné ma parole que je le ferais. J'en avais la chair de poule. Mais le pire, c'est quand je lui ai parlé des cent dollars qu'il m'avait donnés la fois d'avant. Je pensais qu'il serait content d'entendre que je ne les avais pas dépensés, mais en réalité ça l'a plutôt choqué, j'ai vu ça à sa tête, il a réagi comme si je l'avais insulté ou quelque chose. Il m'a dit : "Garder son argent est une niaiserie. Ce n'est qu'un misérable bout de papier, petit, et il ne te sera d'aucune utilité au fond d'une boîte."

— Langage de dur.

— Ouais, il voulait me montrer quel dur il était. Mais ça n'a peut-être pas eu l'effet qu'il avait prévu. Quand je suis rentré chez moi le dimanche soir, je me souviens que je me sentais tout secoué. Il m'avait donné un deuxième billet de cent, et le lendemain, après l'école, je suis allé dépenser mon argent – comme ça. Il avait dit dépense-le, et c'est ce que j'ai fait. Mais ce qu'il y avait de drôle, c'est que j'avais rien envie de me payer, à moi. Je suis allé dans une bijouterie, en ville, et j'ai acheté un collier de perles pour ma mère. Je me rappelle encore ce qu'il coûtait. Cent quatre-vingt-neuf dollars, taxes comprises.

— Et qu'as-tu fait des onze dollars restants ?

— Je lui ai acheté une grande boîte de choco-lats. Une de ces boîtes rouges en forme de cœur.

— Elle a dû être heureuse.

— Ouais, elle a fondu en larmes quand je lui ai donné ces trucs. J'étais content d'avoir fait ça. C'était une bonne sensation.

— Et le lycée ? Tu as tenu ta promesse ?

— Pour quoi tu me prends, un demeuré, ou quoi ? Sûr que j'ai fini le lycée. Et bien, même. J'avais toujours au moins B et je faisais partie de l'équipe de basket. J'étais un vrai crack.

— Comment tu faisais, tu jouais sur des échasses ?

— J'étais le meneur de jeu, mec, et je me débrouillais pas mal, je t'assure. On m'avait sur-nommé la Souris. J'étais si rapide que je réussis-sais à faire passer le ballon entre les jambes des bonshommes. Une fois, j'ai établi un record pour l'école : quinze passes au panier. *Hombre*, un fameux petit dur.

— Mais aucun collège ne t'a proposé de bourse.

— J'ai eu quelques touches, mais rien de bien intéressant. D'ailleurs, il me semblait que je m'en sortirais mieux en jouant au poker qu'en suivant un quelconque cours de gestion d'entreprise à l'Institut des Hautes Conneries.

— Alors tu t'es fait embaucher dans un grand magasin.

— Pendant un temps. Et puis mon paternel s'est manifesté avec un cadeau de fin d'études. Il m'a envoyé un chèque de cinq mille dollars. Qu'est-ce que tu dis de ça ? J'ai pas vu ce connard depuis six ou sept ans, et il se souvient de la fin de mes études. Tu parles de sentiments contra-dictoires. J'étais content à en crever. Mais j'avais aussi envie de lui balancer un coup de genou dans les couilles.

— Tu lui as écrit pour le remercier ?

— Bien sûr. Ça se fait, non ? Mais ce type ne m'a jamais répondu. J'ai pas eu le moindre signe de sa part depuis lors.

— C'est pas une grosse perte, j'imagine.

— Oh merde, je m'en fous maintenant. C'est sans doute mieux comme ça.

— Et ainsi, ta carrière a commencé.

— Tu l'as dit, mon pote. Ma glorieuse carrière a commencé, mon irrésistible ascension vers les sommets de la renommée et de la fortune.

A la suite de cette conversation, Nashe se rendit compte que ses sentiments envers Pozzi s'étaient modifiés. Il s'attendrissait, en quelque sorte, admettait peu à peu, malgré qu'il en eût, que le gosse n'était pas fondamentalement antipathique. Il ne se sentait pas pour autant prêt à lui faire confiance, mais tout en restant sur ses gardes, il éprouvait une nouvelle et croissante envie de veiller sur lui, d'assumer auprès de Pozzi le rôle de guide et de protecteur. C'était peut-être à cause de sa taille, de son air mal nourri, presque chétif – comme si sa petitesse eût évoqué quelque chose d'inachevé – mais c'était dû aussi, sans doute, à l'histoire qu'il avait racontée à propos de son père. En écoutant les réminiscences de Pozzi, Nashe n'avait pu éviter de penser à sa propre enfance, et la curieuse correspondance qu'il apercevait entre leurs deux vies l'avait touché : l'abandon prématuré, l'argent inopinément advenu, la colère latente. Du moment qu'un homme commence à se reconnaître dans un autre, il ne peut plus considérer cet autre comme un étranger. Qu'il le veuille ou non, un lien existe. Nashe était conscient du piège potentiel que représentait cette façon de penser, mais au point où il en était il ne pouvait plus grand-chose pour contrecarrer l'attirance que lui inspirait cette créature émaciée, perdue. La distance entre eux s'était soudain réduite.

Nashe décida de remettre à plus tard l'épreuve des cartes, et de s'occuper de la garde-robe de Pozzi. Les magasins allaient fermer quelques heures plus tard, et il n'y avait pas de raison d'obliger le gosse à passer le reste de la journée accoutré comme un clown. Nashe savait bien qu'il aurait sans doute mieux fait de ne pas céder là-dessus, mais de toute évidence Pozzi était épuisé et il n'avait pas le cœur de l'acculer à une déconfiture immédiate. C'était une erreur, bien entendu. Si le poker est un jeu d'endurance, de réflexes rapides sous tension, quel meilleur moment pour tester les capacités de quelqu'un que celui où son intelligence est embrumée par la fatigue ? Selon toute probabilité, Pozzi allait échouer, et l'argent que Nashe s'apprêtait à claquer pour le vêtir serait perdu. Pourtant, malgré la menace d'une déception, Nashe n'était pas pressé d'en venir aux faits. Il souhaitait savourer encore un peu son anticipation, se persuader qu'il pouvait y avoir encore des raisons d'espérer. Et il se réjouissait, d'autre part, de la petite expédition qu'il avait projetée. Quelques centaines de dollars de plus ou de moins ne compteraient guère, dans l'ensemble, et l'idée de voir Pozzi déambuler à travers Saks Fifth Avenue lui promettait un plaisir dont il ne souhaitait pas se priver. La situation lui paraissait haute en possibilités comiques et, à défaut d'autre chose, il en sortirait avec quelques souvenirs amusants. A tout prendre, il n'en espérait pas tant, ce matinlà, quand il s'était réveillé à Saratoga.

A peine étaient-ils entrés dans le magasin que Pozzi commençait à rouspéter. Le rayon hommes était bourré de fringues de pédés, affirmait-il, et il préférait se balader vêtu de sa serviette de bain plutôt que se montrer dans des trucs aussi dégueulasses, juste bons pour des minets. Ça pouvait peut-être aller si on s'appelait Dudley L. Dipshit, troisième du nom, et qu'on habitait Park Avenue, mais lui, il était Jack Pozzi, d'Irvington, New Jersey, et il crèverait plutôt que d'arborer une de ces chemises roses tape-à-l'œil. Là d'où il venait, on se ferait botter le cul si on se pointait avec des trucs comme ça. On se ferait mettre en pièces, et les morceaux seraient jetés aux chiottes. Tout en déblatérant, Pozzi ne cessait de regarder les femmes au passage, et si par hasard l'une d'elles était jeune et jolie, il interrompait ce flot de grossièretés pour tenter de se faire remarquer ou se tordait le cou afin d'observer le balancement de ses hanches tandis qu'elle disparaissait entre les rayons. Il adressa des clins d'œil à deux ou trois d'entre elles, et réussit même à en interpeller une qui lui avait frôlé le bras par inadvertance.

— Hé, baby, lui lança-t-il, tu es libre ce soir ?

Nashe intervint une ou deux fois :

— Du calme, Jack. Garde ton calme. Tu vas te faire jeter dehors, si tu continues.

— Je suis calme, répliqua Pozzi. On n'a plus le droit d'apprécier les beautés locales ?

Au fond, il semblait presque que Pozzi se donnât en spectacle parce qu'il savait que Nashe s'y attendait. C'était une exhibition consciente, un tourbillon de bouffonneries prévisibles qu'il dédiait à son nouvel ami et bienfaiteur en témoignage de reconnaissance, et s'il avait senti chez Nashe le moindre désir qu'il cessât, il aurait arrêté sans autre commentaire. C'est du moins la conclusion qui s'imposa plus tard à Nashe, car dès qu'ils commencèrent à examiner sérieusement les vêtements, le gosse fit preuve d'une surprenante absence de résistance à ses arguments. Cela paraissait impliquer que Pozzi comprenait l'occasion qui lui était offerte de s'instruire, et indiquer, par conséquent, que Nashe avait déjà gagné son respect.

— C'est comme ça, Jack, lui dit Nashe. Dans trois jours, tu vas affronter ces deux millionnaires. Et ça ne va pas se passer dans un quelconque salon de jeu, mais dans leur maison, où tu seras leur invité. Ils ont sans doute l'intention de te nourrir et de te loger pour la nuit. Tu ne veux tout de même pas faire mauvaise impression ? Il ne faut pas que tu aies l'air d'un voyou ignorant quand tu vas arriver là. J'ai vu le genre de vêtements que tu aimes porter. Ils te trahissent, Jack, ils te donnent pour un minable qui n'y connaît rien. En voyant un type avec des nippes pareilles, on se dit voilà une publicité vivante pour les Perdants Anonymes. Ça n'a ni allure, ni classe. En voiture, tu m'as dit qu'il faut être comédien dans ta profession. Eh bien, un comédien doit avoir un costume. Tu peux ne pas aimer ce style, mais c'est ce que portent les gens riches, et tu dois montrer au monde que tu as du goût, que tu es un homme bien élevé. Il est temps de grandir, Jack. Il est temps de commencer à te prendre au sérieux.

Peu à peu, les raisons de Nashe l'emportèrent, et à la fin ils sortirent du magasin avec l'équivalent de cinq cents dollars en sobriété et discrétion bourgeoises, une tenue assez conventionnelle pour permettre à celui qui la revêtirait de passer inaperçu au milieu de n'importe quelle foule : blazer bleu marine, pantalon gris clair, mocassins de cuir et chemise blanche. Comme il faisait encore chaud, Nashe avait décidé que la cravate n'était pas indispensable, et Pozzi avait manifesté son accord devant cette omission en affirmant que trop, c'était trop.

— Je me sens déjà l'air d'un cave, avait-il protesté. Pas la peine de m'étrangler, en plus.

Il était près de cinq heures quand ils revinrent au Plaza. Ils déposèrent leurs paquets au septième étage puis redescendirent prendre un verre à l'Oyster Bar. Après une bière, Pozzi parut soudain écrasé de fatigue, il lui fallait lutter pour garder les yeux ouverts. Nashe avait aussi l'impression qu'il souffrait, et plutôt que de l'obliger à tenir le coup plus longtemps, il demanda l'addition.

— Tu es en train de t'éteindre, remarqua-t-il. Il doit être temps que tu montes faire un somme.

— Je me sens vraiment moche, admit Pozzi, sans tenter de protester. Samedi soir à New York ! J'ai pas l'impression que je serai à la hauteur.

— Ce sera le pays des rêves, pour toi, camarade. Si tu te réveilles, tu pourras faire un petit souper tardif, mais ce serait peut-être une bonne

idée de dormir jusqu'à demain matin. Tu te senti-
ras sûrement beaucoup mieux après ça.

— Faut rester en forme pour le grand combat.
Pas de galipettes avec les pépées. Garder sa queue
dans sa culotte et éviter les nourritures grasses.
Course à pied à cinq heures, entraînement à dix
heures. Penser méchant. Penser sec et méchant.

— Je suis content de voir que tu comprends si
vite.

— Il s'agit de championnats ici, Jimbo, et le
Kid a besoin de repos. Quand on s'entraîne, on
doit être prêt à tous les sacrifices.

Ils remontèrent donc, et Pozzi se mit au lit.
Avant d'éteindre, Nashe lui fit avaler trois aspirines et posa un verre d'eau et le flacon sur la
table de nuit.

— Si tu t'éveilles, conseilla-t-il, prends-en
encore quelques-unes. Ça calme la douleur.

— Merci, m'man, fit Pozzi. J'espère que tu te
fâcheras pas si je fais pas mes prières ce soir. Tu
diras au bon Dieu que j'étais trop fatigué, OK ?

Nashe sortit par la salle de bains, ferma les
deux portes et s'assit sur son lit. Il se sentait soudain désorienté, ne sachant pas ce qu'il allait
faire du reste de sa soirée. Il envisagea d'aller
dîner quelque part, mais y renonça finalement.
Il n'avait pas envie de trop s'éloigner de Pozzi. Il
n'arriverait rien (il en était à peu près certain),
mais mieux valait cependant ne rien prendre
pour acquis.

A sept heures, il se fit apporter un sandwich et
une bière dans sa chambre et alluma la télévision. Les *Mets* jouaient à Cincinnati ce soir-là, et
il suivit le match jusqu'à la neuvième manche,
assis sur le lit, battant et rebattant les nouvelles
cartes en faisant une patience après l'autre. A dix
heures et demie, il éteignit la télévision et se coucha
avec un exemplaire en édition de poche des *Con-
fessions* de Rousseau, dont il avait commencé la
lecture pendant son séjour à Saratoga. Juste
avant de s'endormir, il arriva au passage où

l'auteur se trouve dans une forêt, en train de jeter des pierres sur les arbres. Si j'atteins cet arbre avec cette pierre, se dit Rousseau, tout ira bien pour moi désormais. Il lance la pierre et rate. Celle-ci ne comptait pas, se dit-il ; il ramasse donc une autre pierre et se rapproche de l'arbre de plusieurs mètres. Il rate encore. Celle-ci non plus ne comptait pas, dit-il, et il se rapproche davantage et ramasse encore une pierre. Il rate de nouveau. Ce n'était que le dernier coup pour me mettre en forme, dit-il, c'est le prochain qui compte vraiment. Mais cette fois, pour plus de sûreté, il s'avance jusqu'à l'arbre et se place juste devant sa cible. Il n'en est plus qu'à un pied de distance, à portée de main. Alors il envoie carrément la pierre contre le tronc. Succès, se dit-il, j'ai réussi. A partir de maintenant, la vie me sera plus favorable que jamais.

Nashe trouvait ce passage amusant mais, en même temps, plus embarrassant que drôle. Une telle candeur avait un côté terrifiant, et il se demandait où Rousseau avait trouvé le courage de révéler une chose pareille, de se reconnaître ouvertement capable d'autant de malhonnêteté envers lui-même. Nashe éteignit la lampe, ferma les yeux, et écouta le ronron du climatiseur jusqu'à ce qu'il cessât de l'entendre. A un moment de la nuit, il rêva d'une forêt dans laquelle le vent passait entre les arbres avec le même bruit que font les cartes quand on les mêle.

Le lendemain matin, Nashe continua de remettre le test à plus tard. Il en était arrivé à y voir presque un point d'honneur, comme si le véritable objet du test eût été lui, et non l'habileté aux cartes de Pozzi. L'essentiel était de découvrir combien de temps il pouvait vivre dans l'incertitude : se conduire comme s'il l'avait oublié et, par ce biais, utiliser le poids du silence pour obliger Pozzi à parler le premier. Si Pozzi ne disait rien, cela signifierait que le gosse n'était que bavardage. Nashe appréciait la symétrie de cette énigme. Pas de mots, cela voulait dire rien que des mots, et rien que des mots, cela voulait dire rien que du vent, du bluff et du faux-semblant. Si Pozzi était sérieux, il faudrait qu'il aborde le sujet tôt ou tard et, le temps passant, Nashe se sentait de plus en plus disposé à attendre. C'était un peu comme s'il avait tenté à la fois de respirer et de retenir son souffle, songeait-il, mais maintenant qu'il s'était engagé dans cette expérience, il savait qu'il la poursuivrait jusqu'au bout.

Sa longue nuit de sommeil parut avoir fait à Pozzi un bien considérable. Nashe l'entendit ouvrir les robinets de la douche juste avant neuf heures, et vingt minutes plus tard il se trouvait dans sa chambre, arborant à nouveau son drapé de serviettes blanches.

— Comment va le sénateur ce matin ? demanda Nashe.

— Mieux, fit Pozzi. La carcasse est encore douloureuse, mais Jackus Pozzius est d'attaque.

— Ce qui signifie qu'un petit déjeuner s'impose sans doute.

— Disons un grand déjeuner. J'ai un creux qui crie famine.

— Le brunch du dimanche, alors.

— Brunch, lunch, appelle ça comme tu veux. Je suis affamé.

Nashe demanda qu'on leur apporte à déjeuner dans la chambre, et une heure encore s'écoula sans allusion au test. Nashe commençait à se demander si Pozzi ne jouait pas le même jeu que lui : refuser de parler le premier, tabler sur la guerre des nerfs. Mais à peine avait-il envisagé cette possibilité qu'il s'aperçut qu'il se trompait. Après le repas, Pozzi était allé s'habiller dans sa chambre. A son retour (vêtu de la chemise blanche, du pantalon gris et des mocassins – qui le rendaient tout à fait présentable, pensa Nashe), il vint au fait sans perdre de temps.

— Je croyais que tu voulais voir comment je joue au poker, dit-il. On devrait peut-être acheter un jeu de cartes quelque part et s'y mettre.

— J'ai les cartes, dit Nashe. J'attendais que tu sois prêt.

— Je suis prêt. Je suis prêt depuis toujours.

— Bon. Alors nous voici à l'instant de vérité. Assieds-toi, Jack, et montre-moi ce que tu sais faire.

Ils jouèrent pendant trois heures au stud à sept cartes, en se servant en guise de jetons de petits bouts déchirés du papier à en-tête du Plaza. Dans une partie à deux, il était difficile pour Nashe d'évaluer l'envergure des talents de Pozzi mais en dépit de cette circonstance particulière (qui magnifiait le rôle de la chance et rendait toute stratégie dans les annonces pratiquement impossible), le gosse le battit avec constance, grignotant la pile de morceaux de papier de Nashe jusqu'à ce qu'elle eût disparu. Bien sûr, Nashe ne se prenait pas pour un maître, mais il était loin d'être mauvais. Il avait joué presque toutes les semaines pendant ses deux années au Bowdoin College et, après avoir été enrôlé dans le corps des pompiers de Boston, il avait participé à de nombreuses parties, assez pour savoir qu'il pouvait faire bonne figure face à la plupart des joueurs honorables. Mais ce gosse, c'était autre chose, et il ne mit pas longtemps à s'en convaincre. Il semblait se concentrer mieux, analyser les situations plus rapidement et se sentir plus sûr de lui qu'aucun des joueurs qu'il eût jamais rencontrés. Après un premier ratissage, Nashe lui avait suggéré de jouer avec deux mains au lieu d'une mais, dans l'ensemble, le résultat ne s'en trouva pas modifié. Pozzi se montrait même plutôt plus rapide que durant la première partie. Nashe eut sa part de gains, mais les sommes qu'il gagnait étaient toujours insignifiantes en comparaison de celles que valaient inévitablement à Pozzi ses coups victorieux. Le gosse avait le don de sentir infailliblement quand passer et quand suivre, et il ne s'accrochait jamais à une main perdante, se retirant même parfois quand seule la troisième ou la quatrième carte avait été distribuée. Au début, Nashe remporta quelques coups en bluffant avec audace, mais au bout d'une vingtaine de minutes cette stratégie commença à se retourner contre lui. Pozzi avait pris sa mesure, et à la fin il paraissait presque lire les pensées de Nashe, comme s'il avait été installé dans son cerveau, à le regarder réfléchir. Nashe trouvait la situation encourageante, puisqu'il souhaitait que Pozzi fût bon, mais perturbante aussi, et cette sensation désagréable persista un bon moment. Il se mit à jouer trop prudemment, à se tenir sans cesse sur ses gardes, et dès lors Pozzi domina la partie, le bluffant et le manipulant presque à volonté. Cependant, le gosse ne triomphait pas. Il jouait avec un sérieux absolu, sans la moindre trace de ses sarcasmes ni de ses plaisanteries habituelles. Ce n'est que lorsque Nashe eut déclaré forfait qu'il redevint lui-même – se laissant soudain aller en arrière dans son fauteuil avec un large sourire de satisfaction.

— Pas mal, gamin, fit Nashe. Tu me bats à plates coutures.

— Je te l'avais dit, répondit Pozzi. Quand il s'agit de poker, je ne glande pas. Neuf fois sur dix, j'ai le dessus. C'est comme une loi naturelle.

— Eh bien, espérons que demain, ce sera une des neuf fois.

— T'en fais pas, je vais rétamer ces caves. Je te le garantis. Ils sont pas à moitié aussi bons que toi, et tu as vu ce que j'ai fait de toi.

— Destruction totale.

— Exactement. Une vraie catastrophe nucléaire. Hiroshima, mon vieux !

— Tu es d'accord pour marcher comme on a dit dans la voiture ?

— Fifty-fifty ? Ouais, je suis d'accord.

— Moins la mise de dix mille, bien entendu.

— Moins les dix mille. Mais faudra tenir compte aussi de tout le reste.

— Quel reste ?

— L'hôtel. La bouffe. Les fringues que tu m'as achetées hier.

— Ne t'en fais pas pour ça. Ce sont des frais accessoires, ce qu'on pourrait appeler un investissement normal.

— Merde. T'es pas obligé de faire ça.

— Je n'ai aucune obligation. Mais je l'ai fait, non ? C'est un cadeau, Jack, et on en reste là. Si tu veux, tu peux le considérer comme un bonus pour m'avoir procuré cette occasion.

— Le salaire de l'intermédiaire.

— C'est ça. Une commission pour services rendus. Maintenant tu n'as plus qu'à décrocher ce téléphone afin de vérifier que Laurel et Hardy t'attendent toujours. Je ne tiens pas à y aller pour rien. Et assure-toi qu'ils t'expliquent bien le chemin. Ce serait moche d'arriver en retard.

— Je ferais bien de les prévenir que tu viens avec moi. Pour qu'ils sachent à quoi s'en tenir.

— Dis-leur que ta voiture est au garage et que tu te fais conduire par un ami.

— Je vais leur dire que tu es mon frère.

— N'exagérons pas.

— Si, je vais leur dire que tu es mon frère. Comme ça ils ne poseront pas de questions.

— Bon, dis-leur tout ce que tu veux. Mais ne complique pas trop. Pas la peine de faire des nœuds dans ta langue dès le départ.

— Pas de problème, vieux, tu peux me faire confiance. Je suis le Jackpot Kid, n'oublie pas. Ce que je dis n'a pas d'importance. Du moment que c'est moi qui le dis, tout va se passer parfaitement.

Ils partirent pour la ville d'Ockham à une heure et demie le lendemain après-midi. La partie ne devait pas commencer avant la nuit, mais Flower et Stone les attendaient à quatre heures.

— On dirait qu'ils peuvent pas en faire assez pour nous, commenta Pozzi. D'abord, ils vont nous servir le thé. Ensuite on visite la maison. Et avant de commencer à jouer aux cartes, on se met tous à table pour dîner. Qu'est-ce que tu en penses ? Le thé ! Je peux pas y croire, bordel !

— Il faut un début à tout, dit Nashe. Souviens-toi simplement de bien te tenir. Ne fais pas de bruit en avalant. Et si on te demande combien tu veux de morceaux de sucre, réponds un seul.

— Ces deux types sont peut-être des cloches, mais ils ont l'air d'avoir le cœur au bon endroit. Si je n'étais pas un salaud cupide, j'aurais presque envie de les plaindre.

— Tu es bien le dernier que je m'attendrais à voir plaindre des millionnaires.

— Eh bien, tu sais ce que je veux dire. D'abord ils nous offrent le vin et le souper, et puis on se tire avec leur argent. Des types comme ça sont à plaindre. Au moins un peu.

— Je n'irais pas jusque-là. Personne n'entreprend une partie en s'attendant à perdre, même pas des millionnaires bien élevés. On ne sait jamais, Jack. Si ça se trouve, en ce moment, en Pennsylvanie, ils sont en train de nous plaindre, nous.

Il faisait chaud et brumeux, de gros nuages s'amassaient dans le ciel et l'air était lourd d'une menace de pluie. Ils passèrent par le Lincoln Tunnel et s'embarquèrent sur une série d'autoroutes du New Jersey en direction du fleuve Delaware. Pendant trois quarts d'heure, ni l'un ni l'autre ne parla beaucoup. Nashe conduisait et Pozzi regardait par la fenêtre et étudiait la carte. A tout le moins, Nashe avait la certitude d'être arrivé à un tournant décisif ; quoi qu'il dût arriver pendant le poker de ce soir-là, c'en était fini de sa vie sur les routes. Le seul fait de se trouver en ce moment dans sa voiture avec Pozzi semblait démontrer le caractère inévitable de cette conclusion. Quelque chose était terminé, quelque chose d'autre allait commencer, et Nashe flottait entre les deux, en un lieu qui n'était ni d'un bord ni de l'autre. Il pensait que Pozzi avait de fortes chances de gagner, que l'affaire se présentait mieux que bien, mais l'idée d'une victoire lui paraissait trop facile, comme un événement trop vite advenu et trop naturel pour entraîner des conséquences durables. La possibilité d'une défaite demeurait au premier plan de ses pensées, car il se disait qu'il est toujours préférable de se préparer au pire plutôt que de se laisser prendre par surprise. Que ferait-il si ça tournait mal ? Comment réagirait-il à la perte de l'argent ? Le plus étrange n'était pas qu'il fût capable d'imaginer cette possibilité, mais qu'il pût l'envisager avec autant d'indifférence et de détachement, avec si peu de douleur au fond de lui. Comme s'il ne prenait en définitive aucune part à ce qui allait lui arriver. Et s'il n'était plus impliqué par son propre destin, où se trouvait-il, alors, qu'était-il devenu ? Peut-être avait-il vécu trop longtemps dans les limbes, songeait-il, et maintenant qu'il éprouvait le besoin de se redécouvrir, il n'avait plus de points de repère. Nashe eut soudain l'impression que quelque chose en lui était mort, comme s'il avait épuisé toutes ses capacités de sentir. Il aurait préféré avoir peur, mais même la perspective d'un désastre ne parvenait pas à l'effrayer.

Après une petite heure de route, Pozzi relança la conversation. Ils traversaient une zone orageuse (quelque part entre New Brunswick et Princeton) et, pour la première fois depuis trois jours qu'ils s'étaient rencontrés, il manifesta une certaine curiosité au sujet de l'homme qui l'avait secouru. Nashe n'était pas sur ses gardes et, pris au dépourvu par le ton direct des questions de Pozzi, il se mit à parler avec plus de franchise qu'il ne l'aurait voulu, à exprimer des préoccupations qu'il n'aurait normalement partagées avec personne. Lorsqu'il remarqua ce qu'il était en train de faire, il faillit s'interrompre tout net, puis décida que c'était sans importance. Pozzi aurait disparu de sa vie dès le lendemain, et pourquoi se donner la peine de dissimuler quelque chose à un homme qu'il ne verrait plus jamais ?

— Et alors, professeur, commença Pozzi, qu'est-ce que tu comptes faire quand on sera devenus riches ?

— Je ne sais pas encore, répondit Nashe. Avant tout, demain, j'irai sans doute voir ma fille, passer quelques jours avec elle. Ensuite je réfléchirai.

— Alors tu es papa, hein ? Je te voyais pas en père de famille.

— Je ne suis pas un père de famille. Mais j'ai une petite fille dans le Minnesota. Elle va avoir quatre ans dans quelques mois.

— Et pas d'épouse dans le tableau ?

— Il y en avait une. Elle n'y est plus.

— Elle vit là-haut dans le Michigan avec la gamine ?

— Minnesota. Non, ma fille vit chez ma sœur. Ma sœur et mon beau-frère. Il a joué arrière chez les *Vikings*.

— Sans blague. Comment il s'appelle ?

— Ray Schweikert.

— Ça ne me dit rien.

— Il n'a duré qu'une ou deux saisons. Il s'est écrasé un genou en camp d'entraînement, et ç'a été fini pour lui, pauvre cloche.

— Et ta femme ? Elle t'a claqué entre les mains ou quoi ?

— Pas exactement. Elle doit être encore en vie quelque part.

— Escamotée ?

— Je suppose qu'on pourrait dire ça.

— Tu veux dire qu'elle t'a plaqué et qu'elle a pas emmené la gamine ? Qu'est-ce que c'était pour une nana, capable de faire un truc pareil ?

— Je me le suis souvent demandé. Enfin, elle m'a laissé un mot.

— Ça c'est gentil.

— Ouais, ça m'a rempli d'une immense gratitude. Le seul ennui, c'est qu'elle l'avait laissé sur le comptoir, dans la cuisine. Et comme elle ne s'était pas donné la peine de ranger après le petit déjeuner, le comptoir était mouillé. Le soir, quand je suis rentré, le papier était imbibé d'eau. C'est difficile à lire, une lettre dont l'encre a coulé. Elle avait même mentionné le nom du gars avec lequel elle partait, mais je n'ai pas réussi à le déchiffrer. Gorman, ou Corman, je crois, je ne suis toujours pas sûr.

— Elle était belle au moins, j'espère. Elle devait avoir quelque chose, pour que tu aies eu envie de l'épouser.

— Ah, pour ce qui est d'être belle, elle l'était. La première fois que j'ai vu Thérèse, j'ai pensé que c'était la femme la plus merveilleuse que j'aie jamais rencontrée. Je n'arrivais pas à garder mes mains chez moi.

— Une bonne affaire au lit.

— C'est une façon de considérer les choses. Il m'a fallu un certain temps pour me rendre compte que toute son intelligence était concentrée là.

— Une vieille histoire, camarade. C'est ce qui arrive quand on laisse sa queue décider à sa place. Quand même, si elle avait été ma femme, je l'aurais rattrapée et je te lui aurais remis du plomb dans la cervelle.

— Ça n'aurait servi à rien. D'ailleurs, j'avais mon travail. Je ne pouvais pas m'en aller comme ça à sa recherche.

— Ton travail ? Tu veux dire que tu as un job ?

— Je ne l'ai plus. Je l'ai quitté il y a un an environ.

— Qu'est-ce que tu faisais ?

— J'éteignais des feux.

— Un conciliateur, c'est ça ? Les sociétés t'appellent quand il y a un problème, et tu te balades dans les bureaux à la recherche de pépins à rectifier. C'est du top niveau, comme bizness. Tu as dû te faire un sacré fric.

— Non, je veux parler de vrais feux. De ceux qu'on éteint avec des lances – la bonne vieille technique, avec des crochets et des échelles. Des haches, des immeubles en flammes, des gens qui sautent par les fenêtres. Comme on en voit dans les journaux.

— Tu te fous de moi.

— C'est la vérité. J'ai appartenu au corps des pompiers de Boston pendant près de sept ans.

— Tu m'as l'air assez fier de toi.

— Sans doute. Je faisais du bon boulot.

— Si tu aimais tellement ça, pourquoi es-tu parti ?

— J'ai eu de la chance. Tout à coup, mon numéro est sorti.

— T'as gagné au sweepstake irlandais, ou quoi ?

— Plutôt dans le genre du cadeau de fin d'études dont tu m'as parlé.

— Mais plus gros.

— Je pense bien.

— Et maintenant ? Tu fais quoi, maintenant ?

— Maintenant je suis assis dans cette voiture avec toi, petit homme, et je compte sur toi pour réussir, ce soir.

— Un vrai soldat de fortune.

— C'est ça. J'avance en suivant le bout de mon nez, et je verrai bien ce qui arrivera.

— Bienvenue au club.

— Au club ? Quel club ?

— La Confrérie internationale des chiens perdus. Qu'est-ce que tu crois ? Tu es accepté en tant que membre certifié, porteur de carte. Numéro de série zéro zéro zéro zéro.

— J'aurais cru que c'était ton numéro.

— C'est mon numéro. Mais c'est aussi le tien. C'est une des beautés de la Confrérie. Tous ceux qui s'enrôlent reçoivent le même numéro.

Lorsqu'ils atteignirent Flemington, l'orage était passé. Le soleil apparaissait entre les nuages épars, et une clarté soudaine, presque surnaturelle, faisait scintiller le paysage mouillé. Les arbres se détachaient sur le ciel avec plus de netteté, et même les ombres paraissaient gravées plus profondément dans le sol, comme si leurs contours délicats avaient été dessinés avec la précision d'un scalpel. Malgré la tempête, Nashe avait bien roulé, et ils étaient un peu en avance. Ils décidèrent de s'arrêter pour prendre une tasse de café et, une fois en ville, profitèrent de l'occasion pour se vider la vessie et acheter une cartouche de cigarettes. Pozzi expliqua qu'il ne fumait pas en temps normal, mais qu'il aimait avoir des cigarettes sous la main quand il jouait aux cartes. Le tabac lui donnait une contenance, et il contribuait à empêcher ses adversaires de l'observer de trop près, comme si on pouvait littéralement cacher ses pensées derrière un nuage de fumée. L'important, c'était de demeurer impénétrable, de s'entourer d'un mur et de ne laisser personne le franchir. Le jeu ne consistait pas seulement en paris sur des cartes, il fallait aussi étudier ses adversaires, guetter leurs faiblesses, déchiffrer dans leurs gestes des tics éventuels, des réactions révélatrices. Dès qu'il réussissait à repérer un schéma, l'avantage basculait nettement en sa faveur. Un bon joueur prenait d'ailleurs toujours grand soin de ne concéder à personne un tel avantage.

Nashe paya les cigarettes et les tendit à Pozzi, qui se cala sous le bras la longue cartouche de Marlboro. Puis tous deux sortirent du magasin et se promenèrent un moment le long de la grand-rue en se faufilant entre les petits groupes d'estivants qui avaient réapparu avec le soleil. Après avoir parcouru quelques blocs, ils arrivèrent devant un vieil hôtel dont la façade portait une plaque signalant que c'était là qu'avaient logé les reporters chargés de couvrir le procès, lors de l'affaire Lindbergh, dans les années trente. Nashe expliqua à Pozzi que Bruno Hauptmann était probablement innocent, que de nouveaux indices avaient donné à penser que son exécution pour ce crime avait été une erreur. Evoquant Lindbergh, le héros américain, il raconta qu'il était devenu fasciste pendant la guerre, mais ce petit cours paraissait ennuyer Pozzi et, faisant donc demi-tour, ils regagnèrent la voiture.

A Frenchtown, ils trouvèrent le pont sans difficulté puis, lorsqu'ils eurent traversé le Delaware et pénétré en Pennsylvanie, leur route devint moins évidente. Ockham ne se trouvait pas à plus d'une vingtaine de kilomètres du fleuve, mais il fallait pour y arriver emprunter un itinéraire compliqué, et ils finirent par avancer à une allure de tortue le long des routes étroites et sinueuses pendant près de quarante minutes. Sans l'orage, ils eussent été plus rapides, mais le sol était détrempé, boueux, et il leur fallut descendre de voiture une ou deux fois pour déplacer des branches tombées qui bloquaient le passage. Pozzi se référait sans cesse aux indications qu'il avait notées pendant son coup de téléphone à Flower et signalait les points de repère au fur et à mesure qu'ils se présentaient : un pont couvert, une boîte aux lettres bleue, un cercle noir peint sur une pierre grise. Au bout d'un moment, ils commencèrent à avoir l'impression de circuler dans un labyrinthe, et quand ils approchèrent enfin du dernier tournant, ils reconnurent tous deux qu'ils auraient été bien en peine de retrouver leur chemin jusqu'au fleuve.

Pozzi n'avait jamais vu la maison, mais on la lui avait décrite comme une grande bâtisse impressionnante, un manoir d'une vingtaine de chambres au milieu d'un terrain de plus de cent vingt hectares. De la route, on ne devinait néanmoins aucun signe de la richesse abritée derrière le rempart des troncs. Une boîte aux lettres argentée sur laquelle étaient inscrits les mots Flower et Stone se trouvait plantée au bord d'un chemin de terre qui s'enfonçait dans un taillis touffu d'arbres et de buissons. Il paraissait mal entretenu, on aurait dit l'accès à une vieille ferme en ruine. Engageant la Saab sur l'allée bosselée, creusée d'ornières,

Nashe parcourut avec précaution cinq ou six cents mètres – suffisants pour qu'il se demande si cela finirait jamais. Pozzi se taisait, mais Nashe sentait son appréhension, une sorte de silence boudeur qui suggérait que lui aussi commençait à douter de l'aventure. Enfin le chemin se mit à grimper et, lorsque le sol fut redevenu horizontal, ils aperçurent à une cinquantaine de mètres un grand portail de fer forgé. Ils avancèrent encore et, une fois parvenus au pied de la grille, ils découvrirent la maison à travers les barreaux : une immense construction de briques s'élevait à peu de distance, dressant vers le ciel ses quatre cheminées, et la lumière du soleil rebondissait sur les pentes de son toit d'ardoises.

La grille était close. Pozzi sortit pour aller l'ouvrir, mais après avoir manipulé la poignée deux ou trois fois, il se tourna vers Nashe en secouant la tête et fit signe qu'elle était fermée à clef. Nashe mit la voiture au point neutre, serra le frein à main et sortit à son tour afin de voir ce qu'il fallait faire. D'un coup, l'air lui parut plus frais, une bonne brise soufflait du haut de la colline, agitant les feuillages en un premier et discret avant-goût de l'automne. Il posa les pieds sur le sol, se mit debout, et fut submergé par une vague de bonheur. Cela ne dura qu'un instant, aussitôt suivi par une impression de vertige fugace, presque imperceptible, qui disparut dès qu'il se mit à marcher vers Pozzi. Après cela, il se sentit la tête curieusement vide et, pour la première fois depuis des années, il tomba dans l'une de ces transes dont il avait parfois été affligé du temps de son enfance : un déplacement abrupt et radical de ses repères intérieurs, comme si le monde qui l'entourait avait soudain perdu sa réalité. Comme s'il n'avait été qu'une ombre, ou comme quelqu'un qui s'est endormi les yeux ouverts.

Après un bref examen du portail, Nashe découvrit un petit bouton blanc logé dans l'un des piliers de pierre qui supportaient la grille. Supposant qu'il était relié à un timbre dans la maison, il appuya dessus du bout de l'index. Il n'entendit aucun bruit et appuya une seconde fois, pour faire bonne mesure, et pour s'assurer que la sonnerie n'aurait pas dû retentir à l'extérieur. Pozzi, maussade, s'impatientait de tous ces contretemps, mais Nashe attendait en silence, respirant les odeurs de la terre humide et savourant le calme des lieux. Vingt secondes plus tard, environ, il aperçut un homme qui arrivait de la maison en courant. Lorsque la silhouette s'approcha, Nashe se rendit compte qu'il ne pouvait s'agir ni de Flower ni de Stone, en tout cas tels que Pozzi les lui avait décrits. Cet homme-ci était trapu, d'âge indéterminé, il portait un pantalon bleu de travail et une chemise de flanelle rouge, et Nashe devina en voyant ces vêtements que ce devait être un employé – le jardinier, ou peut-être le gardien du portail. Encore essoufflé par son effort, l'homme leur adressa la parole à travers les barreaux.

— Qu'est-ce que je peux faire pour vous, les gars ? demanda-t-il. Sa question était neutre, ni amicale ni hostile, comme si c'était celle qu'il posait à tous les visiteurs de la maison. En l'examinant de plus près, Nashe fut frappé par la couleur de ses yeux, un bleu extraordinaire, si pâle qu'ils paraissaient presque disparaître quand la lumière les atteignait.

— Nous venons voir M. Flower, dit Pozzi.

— Vous êtes les deux types de New York ? fit l'homme, qui regardait la Saab immobilisée derrière eux sur le chemin de terre.

— Tout juste, répondit Pozzi. En direct de l'hôtel Plaza.

— Et la voiture, alors ? demanda l'homme, en passant dans ses cheveux poivre et sel une main aux doigts épais et fermes.

— Quoi, la voiture ? fit Pozzi.

— Ça m'intrigue, expliqua l'autre. Vous arrivez de New York, mais la voiture est immatriculée dans le Minnesota, "le pays aux mille lacs", dit la plaque. Il me semble que ça se trouve en plein dans la direction opposée.

— Ça va pas, chef, ou quoi ? répliqua Pozzi. Quelle différence ça peut foutre, d'où elle vient, la voiture ?

— Pas la peine de t'énerver, mec. Je fais que mon boulot. Y a des tas de gens qui viennent rôder par ici, et on ne veut pas que des hôtes indésirables se faufilent à travers les grilles.

— Nous sommes invités, déclara Pozzi, en s'efforçant de garder son calme. On est là pour jouer aux cartes. Si vous ne me croyez pas, allez demander à votre patron. Flower ou Stone, ça n'a pas d'importance. Ils sont tous les deux mes amis personnels.

— Il s'appelle Pozzi, ajouta Nashe. Jack Pozzi. On a dû vous prévenir qu'il était attendu.

L'homme fourra la main dans la poche de sa chemise, en retira un petit bout de papier, le cala au creux de sa paume et y jeta un coup d'œil rapide, le bras tendu.

— Jack Pozzi, répéta-t-il. Et vous alors ? ajouta-t-il en se tournant vers Nashe.

— Moi c'est Nashe, fit Nashe. Jim Nashe.

L'homme remit le bout de papier dans sa poche et soupira.

— Laisse entrer personne sans nom, dit-il. C'est la règle. Vous auriez dû le dire tout de suite. Y aurait pas eu de problème, alors.

— Vous ne nous l'avez pas demandé, remarqua Pozzi.

— Ouais, marmonna l'homme, presque pour lui-même. Eh bien, j'ai peut-être oublié.

Sans un mot de plus, il ouvrit les deux vantaux de la grille et leur indiqua du geste la maison, derrière lui. Nashe et Pozzi remontèrent dans la voiture et franchirent le portail.

4

Le carillon de la porte d'entrée fit retentir les premières notes de la *Cinquième Symphonie* de Beethoven. Surpris, ils eurent tous deux le même
sourire ahuri, mais avant qu'ils eussent pu faire le
moindre commentaire, la porte leur fut ouverte
par une domestique noire en uniforme gris ami-
donné qui les introduisit dans la maison. Elle leur
fit traverser un grand vestibule au sol dallé de car-
reaux noirs et blancs, encombré de statues plus
ou moins cassées (une nymphe nue, en bois, à
laquelle manquait le bras droit, un chasseur sans
tête, un cheval dépourvu de jambes qui flottait
au-dessus d'un socle de pierre grâce à une tige de
fer fichée dans son ventre), puis une haute salle
à manger au centre de laquelle se trouvait une
immense table de noyer, puis un couloir obscur
aux murs garnis d'une série de petits tableaux
représentant des paysages, et frappa enfin à une
lourde porte de bois. Au-dedans, une voix répondit, et la femme ouvrit la porte en s'effaçant pour
laisser entrer Nashe et Pozzi.

— Vos invités sont arrivés, annonça-t-elle sans
un regard à l'intérieur, et elle se retira, rapide et
silencieuse.

La pièce était vaste et presque ostensiblement
masculine. Du seuil, en ce premier instant, Nashe
remarqua les lambris de bois sombre, la table de
billard, le tapis persan usé, la cheminée de pierre,
les fauteuils de cuir, le ventilateur qui tournait
au plafond. Le tout évoquait pour lui de façon

irrésistible un décor de cinéma, la parodie d'un club masculin britannique dans quelque poste colonial fin de siècle. Il se rendit compte que Pozzi en était responsable. En parlant sans cesse de Laurel et Hardy, il lui avait planté en tête l'image d'Hollywood, et maintenant qu'il se trouvait dans la place, Nashe avait de la peine à ne pas considérer la maison comme une illusion.

Flower et Stone étaient tous deux vêtus de costumes d'été blancs. L'un se tenait debout, devant la cheminée, en train de fumer un cigare, et l'autre était assis dans un fauteuil de cuir avec, à la main, ce qui pouvait être aussi bien un verre d'eau qu'un verre de gin. Les complets blancs contribuaient sans aucun doute à l'atmosphère coloniale, mais lorsque Flower parla, pour leur souhaiter la bienvenue de sa voix bien américaine, rude mais pas déplaisante, l'illusion se dissipa. Oui, songea Nashe, l'un est gros et l'autre mince, mais la ressemblance s'arrête là. Stone avait un air tendu, émacié, qui le faisait penser à Fred Astaire bien plus qu'à la longue figure désolée de Laurel, et Flower, plus costaud que rond, avec son visage aux mâchoires lourdes, lui rappelait davantage la silhouette massive de personnages comme Edward Arnold ou Eugene Pallette que la grâce corpulente de Hardy. Néanmoins, en dépit de ces restrictions, Nashe comprenait ce que Pozzi avait voulu dire.

— Soyez les bienvenus, messieurs, déclara Flower en se dirigeant vers eux, les mains tendues. Ravi que vous ayez pu venir.

— Salut, Bill, fit Pozzi. Content de vous revoir. Voilà Jim, mon grand frère.

— Jim Nashe, c'est ça ? demanda Flower d'un ton aimable.

— C'est ça, répondit Nashe. Jack est mon demi-frère. Même mère, pères différents.

— Je ne sais pas qui en est responsable, dit Flower avec un geste de la tête vers Pozzi, mais c'est un sacré petit joueur de poker.

— Je lui ai enseigné les rudiments quand il était tout gamin, fit Nashe, incapable de résister à cette ouverture. Quand quelqu'un est doué, on se sent l'obligation de l'encourager.

— C'est rien de le dire, renchérit Pozzi. Jim a été mon mentor. Il m'a appris tout ce que je sais.

— Mais il me bat à plates coutures, maintenant, dit Nashe. Je n'ose même plus m'asseoir à la même table que lui.

A ce moment, Stone, qui s'était extrait de son fauteuil, les rejoignit, son verre encore à la main. Il se présenta à Nashe et serra la main de Pozzi, et quelques instants plus tard, assis tous les quatre devant l'âtre vide, ils attendaient l'arrivée des rafraîchissements. Flower faisait presque tous les frais de la conversation et Nashe en inféra qu'il occupait la position dominante dans le couple mais, malgré la chaleur et l'humour expansif du gros homme, il se sentait plus attiré par la timidité silencieuse du petit Stone. Celui-ci écoutait avec attention ce que disaient les autres, et même s'il exprimait peu de vues personnelles (en bredouillant alors de façon inarticulée, presque comme si le son de sa propre voix l'avait embarrassé), il avait dans le regard une tranquillité, une sérénité que Nashe trouvait profondément sympathiques. Flower paraissait tout agitation et bonne volonté débordante, mais avec un côté un peu grossier, pensait Nashe, une sorte d'anxiété qui lui donnait l'air mal accordé à lui-même. Stone, pour sa part, semblait plus simple et plus doux, un homme peu soucieux des apparences et à l'aise dans sa peau. Mais il ne s'agissait là que de premières impressions, Nashe s'en rendait compte. En observant Stone, qui continuait à boire à petites gorgées le liquide clair contenu dans son verre, il lui vint à l'esprit que cet homme pouvait aussi être saoul.

— Willie et moi avons toujours adoré les cartes, racontait Flower. A Philadelphie, nous jouions au poker tous les vendredis soir. C'était un rite, et je ne crois pas qu'en dix ans nous ayons manqué plus de parties que les doigts de la main. Il y a des gens qui vont à l'église le dimanche, pour nous c'était le poker du vendredi soir. Dieu, qu'est-ce qu'on aimait nos fins de semaine, en ce temps-là ! Laissez-moi vous dire, il n'y a pas de meilleur remède qu'une partie de cartes amicale pour se débarrasser des soucis de la vie professionnelle.

— Ça détend, fit Stone. Ça change les idées.

— Exactement, reprit Flower. Ça ouvre l'esprit à d'autres possibilités, ça aide à faire table rase. Il marqua une pause, retrouva le fil de son histoire. En tout cas, poursuivit-il, Willie et moi avions depuis des années nos bureaux dans le même immeuble de Chestnut Street. Il était opticien, vous savez, et moi comptable, et tous les vendredis à cinq heures on s'empressait de fermer boutique. La partie commençait toujours à sept heures et, d'une semaine à l'autre, on passait toujours ces deux heures de la même façon. D'abord on allait chez le marchand de journaux du coin acheter un billet de loterie, et puis on s'installait en face, au Steinberg's Deli. Je commandais toujours un *pastrami on rye* et Willie prenait un *corned beef*. On a fait ça longtemps, hein, Willie ? Neuf ou dix ans, je dirais.

— Au moins neuf ou dix, dit Stone. Peut-être onze ou douze.

— Peut-être onze ou douze, répéta Flower avec satisfaction. Il était évident maintenant pour Nashe que Flower avait déjà raconté souvent cette histoire, mais que cela ne l'empêchait pas de savourer l'occasion de la rappeler une fois de plus. C'était sans doute compréhensible. La bonne fortune n'est pas moins étourdissante que la malchance, et si des millions de dollars vous étaient littéralement tombés dessus du haut du ciel, il vous faudrait peut-être en reprendre sans cesse le récit pour vous convaincre de la réalité de l'événement.

— En tout cas, nous avons été longtemps fidèles à cette habitude, reprit Flower. La vie suivait son cours, bien sûr, mais les vendredis soir restaient sacrés, et à la fin ils se sont révélés plus forts que tout le reste. La femme de Willie est morte ; la mienne m'a quitté ; une armée de déceptions ont failli nous briser le cœur. Mais malgré tout, les parties de poker dans le bureau d'Andy Dugan, au cinquième étage, continuaient comme un mouvement d'horlogerie. Elles ne nous ont jamais fait défaut, nous pouvions compter dessus contre vents et marées.

— Et alors, interrompit Nashe, tout à coup vous êtes devenus riches.

— Juste comme ça, confirma Stone. Un coup de tonnerre dans un ciel bleu.

— Il y aura bientôt sept ans, reprit Flower, essayant de ne pas s'écarter de son récit. Le quatre octobre, pour être exact. Ça faisait plusieurs semaines que personne n'avait touché de numéro gagnant, et la cagnotte avait atteint un montant phénoménal. Plus de vingt millions de dollars, croyez-le si vous pouvez, une somme vraiment étonnante. Il y avait des années qu'on jouait, Willie et moi, et jusque-là on n'avait jamais gagné le moindre sou, pas le moindre centime pour toutes les centaines de dollars qu'on avait dépensés. Et on n'en espérait pas plus. La probabilité est toujours aussi faible, quel que soit le nombre de fois qu'on joue. Des millions et des millions de chances contre une, le plus douteux des hasards. A la limite, je crois qu'on achetait ces tickets juste pour pouvoir discuter de ce qu'on ferait de l'argent si jamais on gagnait. C'était un de nos passe-temps préférés : on s'installait au Steinberg's Deli avec nos sandwiches et on échafaudait plein d'histoires sur la vie qu'on mènerait si la chance nous souriait tout à coup. Un petit jeu inoffensif, et on aimait bien laisser vagabonder nos pensées de cette façon. On pourrait même dire que c'était thérapeutique. S'inventer une autre vie, ça fait battre le cœur.

— C'est bon pour la circulation, dit Stone.

— Exact, dit Flower, ça redonne du gaz à la vieille mécanique.

A ce moment, on frappa à la porte et la domestique entra en poussant une table roulante chargée de boissons glacées et de petites tartines. Flower interrompit sa narration jusqu'à ce que tous soient servis, pour la reprendre sans tarder, dès qu'ils furent réinstallés dans leurs fauteuils.

— On prenait toujours un seul ticket pour nous deux, Willie et moi. On préférait ça, parce que de cette manière il n'y avait pas de compétition entre nous. Imaginez que l'un de nous ait gagné ! Il aurait été impensable qu'il ne partage pas le butin avec l'autre, et donc pour éviter ça, nous partagions le billet, moitié-moitié. L'un d'entre nous choisissait le premier numéro, l'autre le deuxième, et ainsi de suite jusqu'à ce que tous les trous soient perforés. Une ou deux fois, on est arrivés très près, on a raté le gros lot à un ou deux chiffres près. Une perte est une perte, mais je dois dire que nous avons trouvé ces *presque*-là très excitants.

— Ils nous stimulaient, expliqua Stone. Ils nous donnaient l'impression que tout était possible.

— Le jour en question, poursuivit Flower, ça fera sept ans le quatre octobre, on a percé les trous avec un peu plus de soin que d'habitude, Willie et moi. Je ne sais pas pourquoi, mais quelle qu'en fût la raison on a carrément discuté des chiffres qu'on allait choisir. J'ai eu affaire aux chiffres toute ma vie, bien entendu, et après un certain temps on se rend compte qu'ils ont tous leur personnalité particulière. Un douze est très différent d'un treize, par exemple. Le douze est droit, consciencieux, intelligent, tandis que le treize est un solitaire, un type ombrageux qui n'hésiterait pas une seconde à enfreindre la loi pour obtenir ce qu'il veut. Le onze est rude, homme d'extérieur, amateur de randonnées en forêt et d'escalade ; le dix est un esprit simple, sans caractère, qui obéit aux ordres ; le neuf est profond et mystique, un

Bouddha contemplatif. Je ne veux pas vous ennuyer avec tout ça, mais je suis sûr que vous comprenez ce que je veux dire. C'est très personnel, mais tous les comptables avec qui j'en ai parlé étaient du même avis. Les chiffres ont une âme, et on ne peut pas y rester tout à fait indifférent.

— Donc on était là, dit Stone, ce billet de loterie en main, en train d'essayer de décider sur quels chiffres on allait miser.

— Et j'ai regardé Willie, reprit Flower, et j'ai dit : Des nombres premiers. Et Willie m'a regardé, et il a répondu : Bien sûr. Parce que c'était exactement ce qu'il s'apprêtait à me proposer. Ma bouche a prononcé les mots une fraction de seconde avant la sienne, mais il avait eu la même idée. Des nombres premiers. Ça paraissait si net, si élégant. Des nombres qui refusent de coopérer, qui ne se modifient ni ne se divisent, qui restent eux-mêmes de toute éternité. Nous avons donc choisi une série de nombres premiers, puis nous avons traversé la rue pour aller prendre nos sandwiches.

— Trois, sept, treize, dix-neuf, vingt-trois, trente et un, récita Stone.

— Je ne l'oublierai jamais, dit Flower. La combinaison magique, la clef des portes du ciel.

— Tout de même, on a été sonnés, rappela Stone. Pendant une ou deux semaines, on ne savait que penser.

— C'était le chaos, dit Flower. La télévision, les journaux, les magazines. Chacun voulait nous parler, nous photographier. Il a fallu du temps avant que ça s'apaise.

— Nous étions des célébrités, dit Stone. D'authentiques héros populaires.

— Malgré tout, reprit Flower, on n'a jamais proféré aucune de ces déclarations ridicules comme en font les autres gagnants. Ces secrétaires qui affirment vouloir garder leur emploi, ces plombiers qui jurent qu'ils vont continuer à habiter leur appartement minuscule. Non, Willie et moi, on n'a jamais été stupides à ce point. L'argent change la vie, et plus il y a d'argent, plus les changements sont considérables. D'ailleurs nous savions déjà ce que nous ferions de nos gains. On en avait si souvent parlé, ce n'était plus un mystère pour nous. Dès que le charivari s'est calmé, j'ai vendu mes parts de ma société, et Willie en a fait autant avec les siennes. Au point où nous en étions, on n'avait pas besoin d'y réfléchir. C'était une conclusion évidente.

— Mais ça ne faisait que commencer, fit Stone.

— Bien vrai, dit Flower. On ne s'est pas reposés sur nos lauriers. Avec plus d'un million de revenu annuel, on pouvait se payer le luxe de faire ce qu'on voulait. Même après avoir acheté cette maison, rien ne pouvait nous empêcher d'utiliser notre argent pour en gagner encore plus.

— Au royaume des dollars ! pouffa Stone.

— Bingo, renchérit Flower, en plein dans le mille. On n'était pas plus tôt devenus riches qu'on a commencé à devenir très riches. Et une fois qu'on a été très riches, on est devenus fabuleusement riches. Après tout, je m'y connaissais en investissements. J'avais manipulé l'argent des autres pendant tant d'années, il était tout naturel que j'aie appris quelques trucs en chemin. Mais, pour être honnête, nous n'avions jamais imaginé que ça marcherait aussi bien. D'abord l'argent-métal. Puis les eurodollars. Puis le marché des matières premières. Puis les *junk bonds*, les supraconducteurs, l'immobilier. Vous pouvez citer n'importe quoi, nous avons gagné des sous avec.

— Bill a le don de Midas, dit Stone. Les plus verts de tous les pouces verts.

— Gagner à la loterie, c'était bien, renchérit Flower, et on aurait pu croire qu'après ça c'était fini. Un miracle comme on n'en voit qu'un dans sa vie. Mais la chance est demeurée avec nous. Quoi que nous fassions, ça paraissait toujours marcher. On a tellement d'argent qui rentre, maintenant, qu'on en donne la moitié à des œuvres – et malgré tout, il nous en reste à ne savoir qu'en faire. C'est comme si Dieu nous avait choisis entre les hommes. Il a fait pleuvoir sur nous la bonne fortune et nous a transportés aux cimes du bonheur. Je me doute que ceci va vous paraître présomptueux, mais j'ai parfois l'impression que nous sommes devenus immortels.

— Peut-être bien que vous êtes très forts pour vous en mettre plein les poches, remarqua Pozzi, prenant enfin part à la conversation. Mais vous n'étiez pas tellement brillants quand vous avez joué au poker contre moi.

— C'est vrai, admit Flower. Tout à fait vrai. Au cours de ces sept années, c'est la seule fois où notre chance nous a abandonnés. Nous avons fait plusieurs bêtises ce soir-là, Willie et moi, et vous nous avez rudement corrigés. C'est pour ça que je tenais tant à organiser une revanche.

— Qu'est-ce qui vous fait croire que ce sera différent cette fois-ci ? demanda Pozzi.

— Je suis heureux que vous posiez cette question, répondit Flower. Après avoir été battus par vous, le mois dernier, nous nous sommes sentis humiliés. Nous nous étions toujours considérés, Willie et moi, comme des joueurs de poker assez convenables, mais vous nous avez démontré notre erreur. Alors au lieu de nous replier sur nous-mêmes, d'abandonner, nous avons décidé de nous améliorer. Nous nous sommes entraînés jour et nuit. Nous avons même pris des leçons.

— Des leçons ? fit Pozzi.

— Avec un certain Sid Zeno, dit Flower. Vous avez entendu parler de lui ?

— Sûr que j'en ai entendu parler. Il vit à Las Vegas. Il est plus tout jeune, mais il a été un des six plus grands dans la partie.

— Sa réputation est encore excellente, dit Flower. Nous lui avons donc payé l'avion pour qu'il descende du Nevada, et il a fini par passer une semaine avec nous. Je pense que vous nous trouverez nettement meilleurs cette fois, Jack.

— Je l'espère, répondit Pozzi, qui n'était manifestement pas impressionné, mais essayait encore de rester poli. Ce serait dommage de payer des leçons si cher et de ne rien en retirer. Je parie que ce vieux Sid vous a facturé ses services un bon prix.

— Il n'était pas bon marché, reconnut Flower. Mais je pense qu'il valait ça. A un moment donné, je lui ai demandé s'il vous connaissait, mais il a avoué que votre nom ne lui disait rien.

— Ouais, Sid n'est plus vraiment dans le coup, ces temps-ci, fit Pozzi. Et en plus, ma carrière commence à peine. Ma renommée n'est pas encore très étendue.

— On pourrait sans doute dire que pour nous aussi, Willie et moi, c'est le début de notre carrière, déclara Flower, qui se leva de son fauteuil et alluma un nouveau cigare. A tout le moins, la partie de ce soir devrait être passionnante. Je m'en promets un plaisir immense.

— Moi aussi, Bill, dit Pozzi. Ça va être du tonnerre.

Ils commencèrent la visite de la maison par le rez-de-chaussée et, tandis qu'ils circulaient de pièce en pièce, Flower leur commentait le mobilier, les améliorations architecturales et les tableaux accrochés aux murs. Dès la deuxième pièce, Nashe constata que le gros homme ne manquait jamais de mentionner le coût de chaque objet, et il s'aperçut qu'au fur et à mesure de l'allongement de ce catalogue des dépenses, il éprouvait une antipathie croissante pour cet individu grossier qui paraissait si sûr de lui et manifestait avec si peu de pudeur l'exultation de son esprit tatillon de comptable. Stone continuait de ne presque rien dire, glissant à l'occasion une remarque hors de propos ou redondante, un vrai béni-oui-oui à la traîne de son énorme et bouillonnant ami. Dans l'ensemble, cette comédie devenait déprimante et au bout de quelque temps Nashe n'arrivait plus à penser à autre chose qu'à l'absurdité de sa présence en cet endroit et à l'énumération des hasards successifs dont la concomitance l'avait amené précisément dans cette maison et à ce moment précis, sans autre but apparent que d'écouter les vantardises d'un inconnu gras et bouffi. Sans Pozzi, il aurait sans doute chaviré dans l'angoisse. Mais le gosse était là, circulant avec bonne humeur d'une pièce à l'autre, feignant de suivre le discours de Flower à grand renfort de politesse sarcastique. Nashe ne pouvait s'empêcher d'admirer son moral, sa capacité de profiter à fond de la situation. Et quand Pozzi lui lança un bref clin d'œil amusé, dans la troisième ou la quatrième pièce, il lui en fut presque reconnaissant, comme un roi morose à qui les plaisanteries de son fou rendent courage.

Les choses s'améliorèrent nettement quand ils montèrent à l'étage. Au lieu de leur montrer les chambres à coucher qui se trouvaient derrière les six portes closes du couloir principal, Flower les entraîna au bout du corridor et poussa une septième porte qui menait à ce qu'il appelait "l'aile est". Cette porte était presque invisible et Nashe ne s'aperçut de son existence qu'au moment où Flower, posant la main sur la poignée, eut commencé à l'ouvrir. Tendue du même papier qui tapissait le corridor sur toute sa longueur (un vilain papier au motif démodé, avec des fleurs de lis dans des tons assourdis de bleu et de rose), elle était si habilement camouflée qu'elle paraissait se fondre dans le mur. C'était dans l'aile est, expliqua Flower, que Willie et lui passaient le plus clair de leur temps. Ils l'avaient fait ajouter à la maison peu après s'y être installés (et il cita ici le montant précis des dépenses entraînées par cette construction, montant que Nashe s'efforça aussitôt d'oublier), et le contraste entre l'atmosphère plutôt renfermée de la vieille maison et celle de la nouvelle aile était surprenant, impressionnant même. A peine le seuil franchi, ils se trouvèrent debout sous un vaste toit de verre polygonal. De là-haut, les inondant de clarté, se déversait la lumière de fin d'après-midi. Il fallut un moment à Nashe pour que ses yeux s'y habituent, et il se rendit compte alors qu'il ne s'agissait que d'un vestibule. Juste devant eux, il y avait un autre mur, un mur fraîchement peint en blanc, avec deux portes closes.

— Une moitié appartient à Willie, annonça Flower, et l'autre à moi.

— On dirait une serre, remarqua Pozzi. Qu'est-ce que vous fabriquez là-dedans, vous faites pousser des plantes, ou quoi ?

— Pas exactement, dit Flower. Mais nous cultivons d'autres choses. Nos intérêts, nos passions, notre jardin mental. Ce qui compte, ce n'est pas la quantité d'argent qu'on possède. Si la vie est dépourvue de passion, elle ne vaut pas la peine d'être vécue.

— Bien dit, approuva Pozzi, hochant la tête avec un sérieux feint. Je n'aurais pas pu exprimer ça mieux, Bill.

— Peu importe quelle partie nous visitons d'abord, poursuivit Flower, mais je sais que Willie est très impatient de vous montrer sa cité. Nous pourrions peut-être commencer par la porte de gauche.

Sans attendre l'avis de Stone en la matière, Flower ouvrit la porte et fit signe à Nashe et à Pozzi d'entrer. La pièce était beaucoup plus grande que Nashe ne l'avait imaginée, ses dimensions évoquaient une grange. Avec son haut plafond transparent et son sol de bois clair, elle donnait une impression d'ouverture et de lumière, comme si elle avait été suspendue entre ciel et terre. Immédiatement à leur gauche, le long du mur, s'étendaient une série de bancs et de tables jonchés d'outils, de bouts de bois et de tout un étrange bric-à-brac de morceaux de métal. Le seul autre objet dans la pièce était une immense plate-forme installée au milieu du plancher et couverte de ce qui ressemblait à la reproduction d'une ville à échelle minuscule. Avec ses clochers aux flèches audacieuses et ses immeubles plus vrais que nature, ses rues étroites et ses personnages minuscules, c'était une merveille à contempler, et tandis que tous quatre approchaient de la plate-forme, Nashe se prit à sourire, stupéfait de tant d'invention, d'une telle ingéniosité.

— Ça s'appelle la Cité du Monde, expliqua Stone modestement, et comme si parler lui coûtait un effort. Elle n'est qu'à moitié achevée, mais je pense que vous pouvez vous faire une idée de ce dont elle devrait avoir l'air.

Il y eut un bref silence tandis que Stone cherchait que dire de plus et Flower profita de cette courte pause pour reprendre la parole, tel un de ces pères autoritaires et vaniteux qui obligent leurs fils à se mettre au piano devant les invités.

— Il y a cinq ans que Willie a commencé ça, déclara-t-il, et vous admettrez que le résultat est étonnant, prodigieux. Rien que l'hôtel de ville, là, regardez. Ce bâtiment seul lui a pris quatre mois.

— J'aime bien y travailler, fit Stone avec un sourire timide. C'est à ça que je voudrais que ressemble l'univers. Tout s'y passe en même temps.

— La cité de Willie est plus qu'un simple jouet, reprit Flower, c'est une vision artistique de l'humanité. Dans un sens, c'est une autobiographie, mais dans un autre, on pourrait la considérer comme une utopie – un lieu où le passé et l'avenir se rejoignent, où le bien finit par triompher du mal. Si vous l'examinez avec attention, vous remarquerez que plusieurs des personnages représentent en fait Willie lui-même. Ici, sur ce terrain de jeux, vous le voyez enfant. De ce côté, le voilà adulte, dans sa boutique, occupé à meuler des verres de lunettes. Là, au coin de cette rue, nous voici tous les deux en train d'acheter le billet de loterie. Sa femme et ses parents sont enterrés là-bas, dans ce cimetière, mais les revoici qui voltigent, tels des anges, au-dessus de cette maison. En vous penchant, vous apercevrez Willie et sa fille qui se tiennent par la main sur le perron. Il s'agit là, si l'on peut dire, de l'arrière-plan personnel, du matériau privé, de la composante intime. Mais tout cela figure dans un contexte plus vaste. Simples exemples, illustrations du parcours de l'homme dans la Cité du Monde. Voici le palais de justice, la bibliothèque, la banque et la prison. Willie les nomme les quatre règnes de l'Unité, et chacun d'eux joue un rôle vital pour le maintien de l'harmonie dans la cité. Si vous observez la prison, vous verrez que tous les prisonniers travaillent joyeusement à des tâches variées, ils ont tous le visage souriant. La cause en est leur satisfaction d'avoir reçu la punition de leurs crimes et d'apprendre maintenant, grâce à un dur labeur, comment recouvrer leur bonté innée. Voilà, à mon avis, ce qui rend la cité de Willie si inspirante. C'est un lieu imaginaire, mais cependant réaliste. Le mal existe toujours, mais les puissances qui régissent la cité ont découvert le moyen de transformer ce mal en bien. La sagesse règne ici. Néanmoins, le combat est constant et la plus grande vigilance est exigée de tous les citoyens – dont chacun porte en lui la cité entière. William Stone est un grand artiste, et je ressens comme un immense honneur le fait de me compter au nombre de ses amis.

Stone baissa les yeux vers le sol en rougissant. Désignant une zone nue sur la plate-forme, Nashe lui demanda quels étaient ses projets pour cette section. Stone releva la tête, fixa un instant l'espace vide, puis sourit à la perspective de l'ouvrage qui lui restait à accomplir.

— La maison dans laquelle nous nous trouvons en ce moment, répondit-il. La maison, et puis le parc, les champs et les bois. Là à droite – il pointa un doigt en direction du coin le plus éloigné –, j'envisage de construire une maquette séparée de cette pièce-ci. Il faudrait que j'y figure, bien entendu, ce qui signifie que je devrais également construire une seconde Cité du Monde. Plus petite, une seconde cité proportionnée à la chambre à l'intérieur de la chambre.

— Vous voulez dire une maquette de la maquette ? demanda Nashe.

— Oui, une maquette de la maquette. Mais il faut d'abord que je finisse tout le reste. Ce serait le dernier élément, à n'ajouter que tout à la fin.

— Personne ne pourrait fabriquer quelque chose d'aussi petit, dit Pozzi, qui regardait Stone comme s'il le pensait fou. Vous allez vous rendre aveugle, si vous essayez de faire ça.

— J'ai des loupes, dit Stone. Et pour les plus petits objets je me sers de verres grossissants.

— Mais si vous construisez une maquette de la maquette, dit Nashe, alors, théoriquement, vous devriez en concevoir une encore plus petite. Une maquette de la maquette de la maquette. Ça peut continuer à l'infini.

— Oui, sans doute, répondit Stone en souriant de cette remarque. Mais je pense qu'il serait très difficile d'aller au-delà du second degré, n'est-ce pas ? Je ne veux pas seulement parler de la construction, mais aussi du temps. J'ai mis cinq ans à réaliser ceci. Il m'en faudra vraisemblablement cinq autres pour achever la première maquette. Si la maquette de la maquette présente autant de difficultés que je le prévois, elle prendra bien dix ans, peut-être même vingt ans de plus. J'ai cinquante-six ans maintenant. Faites l'addition, je serai de toute façon vieux quand j'aurai fini. Et personne ne vit éternellement. Du moins à mon avis. Bill a une opinion différente sur ce point, mais je ne parierais pas gros là-dessus. Tôt ou tard, je m'en irai de cette terre, comme tout le monde.

— Vous voulez dire, demanda Pozzi d'une voix que l'incrédulité rendait plus aiguë, vous voulez dire que vous avez l'intention de travailler sur ce machin-là jusqu'à la fin de vos jours ?

— Oh oui, fit Stone, presque choqué que quiconque pût envisager autre chose. Bien sûr.

Il y eut un petit silence tandis que cette réponse pénétrait les consciences, puis Flower, passant un bras autour des épaules de Stone, déclara :

— Je n'ai pas la prétention de posséder le moindre des talents artistiques de Willie. Mais sans doute est-ce mieux ainsi. Deux artistes dans une maisonnée, ce serait excessif. Quelqu'un doit s'occuper du côté matériel des choses, hein, Willie ? Il faut toutes sortes de gens pour faire un monde.

Le bavardage intarissable de Flower se poursuivit tandis qu'ils sortaient de l'atelier de Stone, se retrouvaient dans le vestibule, et se dirigeaient vers l'autre porte.

— Comme vous allez le constater, messieurs, disait-il, mes intérêts se situent dans un domaine tout à fait différent. Par nature, je pense qu'on pourrait me considérer comme un antiquaire. J'aime découvrir des objets historiques qui possèdent une certaine valeur, une certaine signification, m'entourer de vestiges tangibles du passé. Willie fabrique des choses. Mon plaisir, c'est de m'en entourer.

La moitié de "l'aile est" réservée à Flower était totalement différente de celle de Stone. Au lieu d'être constituée par un seul espace ouvert, elle était divisée en un réseau de petites pièces, et sans la coupole de verre qui surplombait le tout, l'atmosphère en eût paru oppressive. Chacune des cinq chambres était bourrée de meubles, de bibliothèques surchargées, de carpettes, de plantes en pots et d'une multitude de bibelots, comme si l'idée avait été de reproduire l'ambiance lourde et le fouillis d'un salon victorien. D'après les explications de Flower, une certaine méthode régissait néanmoins ce désordre apparent. Deux des pièces étaient consacrées à ses livres (des éditions originales d'auteurs anglais et américains dans l'une, sa collection d'ouvrages historiques dans l'autre), une troisième était réservée à ses cigares (une chambre climatisée au plafond surbaissé, qui abritait son stock de chefs-d'œuvre roulés à la main : cigares de Cuba et de la Jamaïque, des îles Canaries et des Philippines, de Sumatra et de la République dominicaine) et une quatrième lui servait de bureau pour la gestion de ses opérations financières (l'aménagement y était aussi démodé que dans les précédentes, mais comprenait en outre tout un équipement moderne : téléphone, machine à écrire, ordinateur, télécopieur, télex, téléscripteur boursier, classeurs métalliques, et ainsi de suite). La dernière pièce était deux fois plus grande que les quatre autres, et semblait aussi sensiblement moins encombrée. Nashe la trouva presque agréable, par contraste. C'était là que Flower conservait ses souvenirs historiques. De longues rangées de vitrines occupaient le centre de la pièce, et les murs étaient garnis d'étagères et d'armoires d'acajou protégées par des portes en verre. Nashe avait l'impression d'avoir pénétré dans un musée. Quand il regarda Pozzi, le gosse roula des yeux en grimaçant un sourire loufoque qui exprimait avec une clarté parfaite combien tout cela l'assommait.

Nashe trouva la collection moins ennuyeuse que bizarre. Posé sur un socle et étiqueté avec soin, chacun des objets installés dans les vitrines paraissait proclamer son importance particulière, mais en fait on n'en voyait aucun de bien intéressant. La pièce était un monument à l'insignifiance, remplie d'articles d'une valeur tellement marginale que Nashe se demandait s'il ne s'agissait pas d'une sorte de plaisanterie. Mais Flower paraissait trop satisfait de lui-même pour comprendre le ridicule de tout cela. Il parlait de ses objets comme de "bijoux", de "trésors", ignorant la possibilité qu'il pût exister en ce monde des gens qui ne partageaient pas son enthousiasme, et durant la demi-heure que dura encore la visite, Nashe eut à se défendre d'un élan de pitié envers lui.

A long terme, l'impression qu'il en retira devait néanmoins se révéler très différente de ce qu'il aurait cru. Pendant des semaines, des mois, il allait fréquemment se retrouver en train de penser à ce qu'il avait vu là, et se rendre compte avec étonnement du nombre d'objets dont il se souviendrait. Ils se pareraient à ses yeux d'une sorte de lumière, d'une qualité presque transcendante, et chaque fois que l'un d'eux surgirait dans sa mémoire, son image lui apparaîtrait avec une telle clarté qu'elle semblerait briller, telle une apparition venue d'un autre monde. Le téléphone qui s'était trouvé jadis sur la table de travail de Woodrow Wilson. Une boucle d'oreille en perle portée par sir Walter Raleigh. Un crayon tombé de la poche d'Enrico Fermi en 1942. Les jumelles du général McClellan. Un cigare à demi fumé subtilisé dans un cendrier du bureau de Winston Churchill. Un sweatshirt revêtu par Babe Ruth en 1927. La Bible de William Seward. La canne dont Nathaniel Hawthorne s'était servi après s'être cassé la jambe lorsqu'il était enfant. Une paire de lunettes utilisées par Voltaire. Tout cela paraissait si hétéroclite, si peu organisé, si totalement dépourvu de sens : le musée de Flower n'était qu'un cimetière d'ombres, un autel dément à l'esprit de néant. Nashe comprendrait que si ces objets continuaient de l'interpeller, c'était à cause de leur caractère impénétrable, de leur refus de divulguer quoi que ce fût les concernant. Cela n'avait rien à voir avec l'histoire, rien avec les hommes qui les avaient un jour possédés. Les objets le fascinaient en tant que choses matérielles, et à cause de la façon dont ils avaient été arrachés à tout contexte possible et condamnés par Flower à poursuivre leur existence sans aucune raison : défunts, inutiles, seuls en eux-mêmes pour les temps à venir. C'est cet isolement qui hanterait Nashe, cette image d'une irréductible mise à l'écart qui resterait marquée au fer dans sa mémoire, et en dépit de tous ses efforts, il ne réussirait jamais à s'en libérer.

— J'ai commencé à m'étendre dans d'autres domaines, expliquait Flower. On pourrait considérer ce que vous voyez ici comme des babioles, de minuscules souvenirs, grains de poussière échappés par mégarde. Je me suis lancé maintenant dans un nouveau projet qui, lorsqu'il sera achevé, reléguera tout ceci au niveau d'un jeu d'enfant. Le gros homme se tut un instant, porta une allumette à son cigare éteint et en tira des bouffées jusqu'à ce que son visage soit entouré de fumée.

— L'année dernière, Willie et moi avons fait un voyage en Angleterre et en Irlande, racontat-il. Nous n'avions guère voyagé jusqu'alors, je l'avoue, et cet aperçu de la vie à l'étranger nous a procuré un plaisir énorme. Ce que nous avons préféré, c'est la découverte de l'abondance de vieilleries qu'on trouve dans cette partie du monde. Nous autres Américains, nous démolissons toujours ce que nous avons construit, nous détruisons le passé pour recommencer, nous nous précipitons tête la première vers l'avenir. Mais de l'autre côté de la mare, nos cousins sont plus attachés à leur histoire, ça les rassure de savoir qu'ils appartiennent à une tradition, à des habitudes et à des coutumes séculaires. Je ne vais pas vous ennuyer en discourant sur mon amour du passé. Il vous suffit de regarder autour de vous pour comprendre ce que ça signifie pour moi. Pendant que j'étais là-bas avec Willie, en train de visiter les sites et les monuments anciens, je me suis rendu compte que j'avais l'occasion de réaliser quelque chose de formidable. Nous étions alors dans l'ouest de l'Irlande, et un jour où nous parcourions la campagne en voiture, nous sommes tombés sur un château du XVe siècle. Ce n'était plus qu'un tas de pierres, en réalité, perdu au fond d'une petite vallée, une combe, et son air triste et négligé m'est allé droit au cœur. En un mot comme en cent, j'ai décidé de l'acheter et de le faire transporter en Amérique. Il a fallu un certain temps, bien entendu. Le propriétaire, un vieux bonhomme qui s'appelait Muldoon, Patrick lord Muldoon, n'avait naturellement aucune envie de vendre. Une certaine persuasion s'est révélée nécessaire de ma part, mais l'argent parle, comme on dit, et j'ai fini par obtenir ce que je voulais. Les pierres du château ont été chargées sur des camions (des *lorries*, comme ils disent là-bas) qui les ont apportées jusqu'au bateau, à Cork. Elles ont alors traversé l'Océan, pour être de nouveau chargées sur des camions (des *trucks*, comme nous les appelons par ici, ha !) et parvenir à notre petit coin dans les forêts de Pennsylvanie. Etonnant, n'est-ce pas ? Tout ça a coûté un os, je peux vous l'assurer, mais qu'est-ce que vous voulez ? Il y avait plus de dix mille pierres, et vous pouvez imaginer ce que devait peser une cargaison de ce genre. Et pourquoi s'en faire quand l'argent n'est pas un problème ? Le château est arrivé il y a moins d'un mois, et à l'instant même où nous parlons, il se trouve sur nos terres – par là, dans un pré, à la limite nord de la propriété. Un château irlandais du XVe siècle, démoli par Oliver Cromwell. Une ruine historique d'une importance capitale, et qui nous appartient, à Willie et moi.

— Vous n'avez tout de même pas l'intention de le reconstruire ? demanda Nashe. Pour une raison ou une autre, cette idée lui paraissait grotesque. Au lieu du château, il ne voyait que la silhouette brisée du vieux lord Muldoon, s'inclinant avec lassitude devant le tromblon de la fortune de Flower.

— Nous l'avons envisagé, Willie et moi, répondit Flower, mais finalement nous y avons renoncé pour des raisons pratiques. Il manque trop de pièces.

— Un vrai puzzle, confirma Stone. Pour le reconstruire, nous devrions adjoindre des matériaux neufs aux anciens. Et ça, ce serait aller à l'encontre de notre propos.

— Vous voilà donc avec dix mille pierres dans un pré, dit Nashe, et vous ne savez pas quoi en faire.

— Plus maintenant, corrigea Flower. Nous savons exactement ce que nous allons en faire. N'est-ce pas, Willie ?

— Absolument, fit Stone, soudain rayonnant de plaisir. Nous allons bâtir un mur.

— Un monument, pour être précis, dit Flower. Un monument en forme de mur.

— Tout à fait fascinant, dit Pozzi d'une voix onctueuse de mépris. Je meurs d'envie de voir ça.

— Oui, dit Flower, sans prendre garde au ton moqueur du gosse, cette solution paraît ingénieuse, quoique je le dise moi-même. Plutôt que d'essayer de reconstruire le château, nous allons le transformer en œuvre d'art. Dans mon esprit, il n'y a rien de plus mystérieux ni de plus beau qu'un mur. Je le vois déjà : dressé dans cette prairie, élevé comme une énorme barrière contre le temps. Ce mur sera un mémorial à lui-même, messieurs, une symphonie de pierres ressuscitées, et chaque soir il chantera un hymne au passé que nous portons en nous.

— Un mur des Lamentations, suggéra Nashe.

— Oui, dit Flower. Un mur des Lamentations. Le Mur aux dix mille pierres.

— Qui va vous réaliser ça, Bill ? demanda Pozzi. Si vous avez besoin d'un bon entrepreneur, je peux sans doute vous aider. Ou avez-vous l'intention de vous y mettre vous-mêmes, Willie et vous ?

— Je pense que nous sommes un peu vieux pour ça, maintenant, dit Flower. Notre gardien engagera des ouvriers et surveillera les opérations au jour le jour. Je crois que vous l'avez rencontré. Il s'appelle Calvin Murks. C'est lui qui vous a ouvert la grille.

— Et quand est-ce que ça commence ? demanda Pozzi.

— Demain, dit Flower. Nous avons d'abord une petite affaire de poker à régler. Le mur vient aussitôt après dans nos projets. A vrai dire, nous avons été trop occupés par les préparatifs de cette soirée pour lui consacrer beaucoup d'attention. Mais cette soirée, nous y voilà presque, et ensuite on passera aux choses suivantes.

— Des cartes aux châteaux, fit Stone.

— Exactement, répondit Flower. Et des paroles au repas. Croyez-le ou non, mes amis, il me semble que voici l'heure du dîner.

Nashe ne savait plus que penser. Il avait d'abord pris Flower et Stone pour d'aimables excentriques – peut-être pas très malins, mais dans l'ensemble inoffensifs – et plus il les voyait, plus il les écoutait parler, plus incertains devenaient ses sentiments. Le gentil petit Stone, par exemple, dont les manières semblaient si humbles et si douces, passait en fait ses journées à construire la maquette d'un univers bizarre et totalitaire. Bien sûr c'était charmant, bien sûr c'était habile et brillant et admirable, mais on y sentait comme une logique perverse, une espèce de sorcellerie, l'impression de deviner, sous tant de délicatesse et de complexité, une touche de violence, une atmosphère de cruauté et de vengeance. Avec Flower aussi, tout était ambigu, mal définissable. D'un instant à l'autre, il paraissait parfaitement raisonnable, puis se mettait à tenir des propos insensés et à bavarder comme un fou. Il se montrait aimable, indiscutablement, et pourtant même sa jovialité paraissait forcée et suggérait l'idée que s'il ne les avait pas bombardés de tous ces discours pédants et excessifs, ce masque amical aurait risqué de lui glisser du visage. Pour révéler quoi ? Nashe ne s'était pas formé d'opinion précise, mais il était conscient de se sentir de plus en plus inquiet. Il se promit, à tout le moins, de rester attentif et de se tenir sur ses gardes.

Le dîner se déroula de façon ridicule, comme une farce grossière réduisant à zéro les doutes de Nashe en démontrant que Pozzi avait raison depuis le début : Flower et Stone n'étaient que de grands enfants, deux clowns benêts qui ne méritaient pas qu'on les prenne au sérieux. Lorsqu'ils redescendirent de l'aile est, la grande table en noyer de la salle à manger avait été dressée pour quatre. Flower et Stone s'installèrent à leurs places habituelles aux deux extrémités, et Nashe et Pozzi s'assirent l'un en face de l'autre à mi-distance. Nashe éprouva sa première surprise en jetant un coup d'œil à son napperon. C'était un gadget en plastique qui paraissait dater des années cinquante et dont la surface de vinyle arborait une photographie en couleurs de Hopalong Cassidy, l'ancienne star des films de cowboy du samedi après-midi. L'interprétation initiale de Nashe fut de considérer l'objet comme délibérément kitch, un geste humoristique de la part de ses hôtes, puis on apporta le repas et il devint évident que celui-ci ne serait qu'un banquet pour gosses, un dîner conçu pour des enfants de six ans : hamburgers sur petits pains blancs non grillés, bouteilles de Coca-Cola munies de pailles en plastique, chips, épis de maïs, avec un distributeur de ketchup en forme de tomate. Sauf l'absence de chapeaux de papier et de pétards, tout cela rappelait à Nashe les fêtes d'anniversaire auxquelles il avait participé quand il était petit. Il observait Louise, la domestique noire qui les servait, avec l'espoir que quelque chose dans son expression trahirait la plaisanterie, mais elle vaquait à sa tâche sans un sourire, avec toute la solennité d'une serveuse dans un restaurant quatre étoiles. Pis encore, Flower, qui s'était calé sa serviette en papier sous le menton (sans doute pour ne pas tacher son complet blanc), remarquant que Stone n'avait mangé que la moitié de son hamburger, se pencha carrément en avant avec une lueur gloutonne dans le regard en demandant à son ami s'il pouvait le terminer à sa place. Stone n'était que trop heureux de lui faire ce plaisir mais, au lieu de lui passer son assiette, il se contenta de ramasser le hamburger entamé et de le tendre à Pozzi en lui demandant de le donner à Flower. En voyant la tête que faisait Pozzi à cet instant, Nashe imagina qu'il allait lancer le hamburger au gros homme en criant quelque chose comme *Attrape !* ou *Par ici !* tandis que les aliments voleraient en l'air. Pour le dessert, Louise apporta quatre assiettes de gelée à la framboise, surmontées chacune d'une petite pyramide de crème fouettée et d'une cerise confite.

Le plus étrange, à propos de ce dîner, fut que personne ne fit le moindre commentaire. Flower et Stone se conduisaient comme s'il était tout à fait normal de servir à des adultes un tel repas, et ni l'un ni l'autre ne présenta d'excuse ni d'explication. A un moment, Flower mentionna qu'ils mangeaient toujours des hamburgers le lundi soir, mais rien de plus. A part cela, la conversation suivait son cours comme auparavant (c'est-à-dire que Flower discourait longuement et que les autres l'écoutaient), et lorsqu'ils en furent à croquer les dernières chips, le poker en était devenu le sujet. Flower énuméra les raisons pour lesquelles ce jeu lui plaisait tellement – le sens du risque, le combat mental, la pureté absolue – et Pozzi parut pour la première fois lui prêter une attention réelle. Nashe ne disait rien, sachant qu'il n'avait pas grand-chose à ajouter sur la question. Puis le repas s'acheva, et tous quatre se levèrent de table. Flower demanda si l'un d'eux souhaitait boire quelque chose, et comme Nashe et Pozzi déclinaient son offre, Stone déclara en se frottant les mains : "Alors nous pourrions peut-être passer dans la pièce à côté et sortir les cartes." Et c'est ainsi que la partie commença.

5

Ils jouèrent dans la pièce où ils avaient pris le thé. Une grande table pliante avait été installée dans un espace libre entre le divan et les fenêtres, et en voyant cette surface de bois nu et les chaises vides qui l'entouraient, Nashe comprit soudain l'étendue de ce qu'il risquait. C'était la première fois qu'il considérait sérieusement ce qu'il était en train de faire, et sa prise de conscience fut très brutale – entraînant l'accélération de son pouls et un martèlement éperdu dans sa tête. Il s'apprêtait à jouer sa vie sur cette table, réalisa-t-il, et la folie de ce pari le remplit d'une sorte de terreur.

Flower et Stone s'occupaient des préparatifs avec une détermination obstinée, presque sévère, et en les regardant compter les jetons et examiner les paquets de cartes scellés, Nashe comprit que ça n'irait pas tout seul, que le triomphe de Pozzi n'avait rien de certain. Le gosse était sorti chercher ses cigarettes dans la voiture et quand il revint dans la pièce il fumait déjà, tirant sur sa Marlboro à petites bouffées nerveuses. L'atmosphère festive des instants précédents sembla disparaître dans cette fumée et le salon entier parut se tendre d'anticipation. Nashe regretta de ne pas pouvoir jouer un rôle plus actif dans les événements, mais tel était le marché qu'il avait conclu avec Pozzi : aussitôt la première carte distribuée, il serait mis sur la touche et n'aurait dès lors plus rien à faire qu'observer et attendre.

Flower se rendit à l'autre bout de la pièce, ouvrit un coffre-fort encastré dans le mur près de la table de billard, et pria Nashe et Pozzi de venir regarder à l'intérieur.

— Comme vous pouvez le constater, dit-il, il est parfaitement vide. J'ai pensé qu'il pourrait nous servir de banque. On remplace l'argent par des jetons, et on le met là-dedans. Quand on aura fini de jouer, on rouvrira le coffre et on distribuera l'argent en fonction de ce qui se sera passé. L'un de vous a-t-il une objection ? Ils n'en avaient ni l'un ni l'autre, et Flower continua : Dans un esprit d'équité, il me semble que nous devrions tous y aller de la même somme. De cette manière, le verdict sera plus décisif, et comme Willie et moi ne jouons pas seulement pour l'argent, nous serons heureux de nous conformer au montant que vous choisirez. Qu'en dites-vous, monsieur Nashe ? Combien aviez-vous l'intention de dépenser pour financer votre frère ?

— Dix mille dollars, fit Nashe. Si ça ne vous dérange pas, je crois que j'aimerais changer le tout en jetons avant de commencer.

— Excellent, dit Flower. Dix mille dollars, un bon chiffre rond.

Nashe hésita un instant, puis remarqua :

— Un dollar pour chaque pierre de votre mur.

— En effet, répondit Flower, d'un ton légèrement condescendant. Et si Jack se débrouille bien, vous vous en tirerez peut-être avec de quoi bâtir un château.

— Un château en Espagne, qui sait ? intervint soudain Stone. Puis, souriant de son propre bon mot, il se baissa tout à coup jusqu'au sol, étendit un bras sous la table de billard, et en ramena une petite sacoche. Toujours accroupi sur le tapis, il ouvrit celle-ci et se mit à en retirer des liasses de billets de mille dollars chacune qu'il plaquait au fur et à mesure sur le revêtement de feutre au-dessus de lui. Lorsqu'il eut compté vingt de ces liasses, il referma la sacoche, la fourra sous la table et se redressa.

— Tiens, dit-il à Flower. Dix mille pour toi et dix mille pour moi.

Flower demanda à Nashe et à Pozzi s'ils désiraient compter l'argent, et à la surprise de Nashe le gosse acquiesça. Tandis que Pozzi effeuillait les liasses avec méticulosité, Nashe sortit de son portefeuille dix billets de mille dollars et les déposa en douceur sur le billard. Tôt le matin, à New York, il était allé dans une banque échanger sa multitude de coupures de cent contre ces billets monstrueux. C'était moins dans un but pratique que pour s'épargner de l'embarras quand viendrait le moment d'acheter les jetons, car il s'était rendu compte qu'il n'avait pas envie de se trouver obligé de jeter sur le tapis d'un inconnu des paquets de billets froissés. Il trouvait à cette manière d'agir quelque chose de net et d'abstrait, une impression d'émerveillement mathématique à voir son monde réduit à dix petits morceaux de papier. Il lui en restait un peu, bien entendu, mais deux mille trois cents dollars ne représentaient pas grand-chose. Il avait gardé cette réserve sous forme de coupures plus modestes, dont il avait bourré deux enveloppes, placées chacune dans une poche intérieure de son blouson. Pour le moment, c'était là tout ce qu'il possédait : deux mille trois cents dollars, et une pile de jetons de poker en plastique. Si les jetons étaient perdus, il n'irait pas loin. Trois ou quatre semaines, peut-être, et puis il ne lui resterait même plus un pot pour pisser.

Après une brève discussion, Flower, Stone et Pozzi se mirent d'accord sur les règles de base de la partie. Ils joueraient au stud à sept cartes du début à la fin, sans baladeurs ni jokers – du sérieux, de bout en bout, comme l'exprima Pozzi. Si celui-ci prenait de l'avance, les autres seraient autorisés à reconstituer leurs mises à concurrence de trente mille dollars. Les enjeux seraient limités à cinq cents dollars, et la partie durerait jusqu'à ce que l'un des joueurs se trouve éliminé. Si tous trois réussissaient à rester en jeu, il y serait mis un terme au bout de vingt-quatre heures, sans remise en cause possible. Puis, tels des diplomates à la conclusion d'un traité de paix, ils se serrèrent la main et se dirigèrent vers la table de billard pour ramasser leurs jetons.

Nashe prit un siège et s'installa juste derrière l'épaule droite de Pozzi. Sans que ni Flower ni Stone y aient fait allusion, il sentait qu'il serait mal venu de circuler dans la pièce pendant que les autres jouaient. Il était personnellement intéressé, après tout, et devait donc éviter toute attitude qui pût sembler suspecte. S'il lui arrivait de se trouver à un endroit d'où il pouvait apercevoir les mains de leurs hôtes, ceux-ci pourraient croire que Pozzi et lui trichaient, communiquaient au moyen d'un code de signaux privés : en toussant, par exemple, ou en clignant de l'œil, en se grattant la tête. Il existe d'infinies possibilités de tromperie. Tous quatre le savaient, et ils n'éprouvèrent donc pas le besoin d'en parler.

Les débuts n'eurent rien de spectaculaire. Les trois joueurs se montraient prudents, prenaient la mesure les uns des autres, tels des boxeurs tournant en rond pendant les premiers rounds d'un combat, frappant de petits coups et s'évitant de la tête, assimilant peu à peu l'ambiance du ring. Flower avait allumé un nouveau cigare, Stone mâchouillait une plaquette de chewing-gum à la menthe et Pozzi tenait une cigarette allumée entre les doigts de sa main gauche. Chacun d'eux paraissait pensif et renfermé, et Nashe commença à éprouver une certaine surprise devant l'absence de bavardage. Le poker s'était toujours trouvé associé dans son esprit avec une sorte d'agressivité verbale bon enfant, un échange de blagues douteuses et d'insultes amicales, mais ces trois-ci avaient l'air tout à fait sérieux, et Nashe eut bientôt l'impression que l'atmosphère de la pièce se teintait d'un véritable antagonisme. Tous les autres sons semblaient effacés, il n'entendait plus que le jeu : le cliquetis des jetons, le bruit des cartes neuves battues avant chaque donne, les annonces brèves des enchères et des relances, les moments de silence total. Au bout de quelque temps, Nashe se mit à prendre des cigarettes dans le paquet que Pozzi avait posé sur la table et à les allumer sans s'en rendre compte, sans s'apercevoir qu'il était en train de fumer pour la première fois depuis plus de cinq ans.

Il avait espéré une échappée rapide, un écrasement, mais au cours des deux premières heures Pozzi ne fit que se maintenir, gagnant à peu près le tiers des mises et ne progressant guère. Les cartes ne le favorisaient pas, il fut plusieurs fois obligé de passer la main après avoir parié sur les trois ou quatre premières cartes d'une donne et, même s'il lui arriva en quelques occasions de tirer parti de sa malchance pour réussir un coup de bluff, il paraissait évident qu'il ne désirait pas abuser de cette tactique. Heureusement, les enjeux restèrent assez bas au début, personne n'osait hasarder plus de cent cinquante ou deux cents dollars au cours d'une donne, ce qui contribua à limiter les dégâts. Et Pozzi ne montrait aucun signe de panique. Nashe s'en sentait rassuré et, les heures passant, de plus en plus certain que la patience du gosse les tirerait d'affaire. Cela signifiait néanmoins qu'il fallait renoncer à son rêve d'anéantissement rapide, et il en éprouvait une vive déception. Il se rendait compte que les choses allaient se dérouler avec une âpreté intense, preuve que Flower et Stone n'étaient plus les joueurs qu'ils avaient été lorsque Pozzi les avait rencontrés à Atlantic City. Peut-être les leçons avec Sid Zeno étaient-elles responsables de cette transformation. Ou peut-être avaient-ils toujours été bons et n'avaient-ils joué cette partie-là que pour attirer Pozzi dans celle-ci. De ces deux possibilités, Nashe trouvait la seconde beaucoup plus inquiétante que la première.

Et puis la situation s'améliora. Juste avant onze heures, le gosse ramassa un pot de trois mille dollars grâce à des as et des reines, et pendant une heure, il mena un train d'enfer, gagnant trois jeux sur quatre, jouant avec une telle assurance et tant de ruse qu'il semblait à Nashe voir les deux autres s'affaisser, comme si leur volonté, manifestement émoussée, cédait devant cette offensive. A minuit, Flower échangea contre des jetons dix mille dollars de plus, et Stone encore cinq mille un quart d'heure après. La pièce s'était remplie de fumée, et quand Flower finit par entrouvrir une des fenêtres, Nashe fut surpris par le vacarme du chant des grillons au-dehors, dans l'herbe. Pozzi se trouvait alors à la tête de vingt-sept mille dollars et, pour la première fois de la soirée, Nashe laissa vagabonder son attention, avec le sentiment que sa concentration n'était peut-être plus indispensable. La situation paraissait bien maîtrisée et il ne pouvait y avoir de mal à dériver un peu, à se permettre quelques rêves d'avenir. Si incongru que ceci dût lui sembler par la suite, il se mit même à envisager de s'installer quelque part, de retourner dans le Minnesota et d'y acheter une maison avec l'argent qu'il allait gagner. Les prix étaient bas dans cette région, et il ne voyait pas pourquoi ses gains ne suffiraient pas au moins pour un premier versement. Après quoi il persuaderait Donna de le laisser reprendre Juliette, puis il tirerait peut-être quelques ficelles, à Boston, pour se faire embaucher chez les pompiers locaux. Il se rappelait que les camions de pompiers étaient vert pâle, à Northfield, et ce souvenir l'amusa ; il se demandait combien d'autres choses seraient différentes, dans le Middle West, et combien seraient pareilles.

A une heure, ils entamèrent un nouveau paquet de cartes, et Nashe profita de l'interruption pour s'excuser et se rendre aux toilettes. Il avait l'intention bien arrêtée de revenir aussitôt mais quand, après avoir tiré la chasse, il revint dans le corridor obscur, il ne put s'empêcher de constater combien il était agréable de se détendre les jambes. Fatigué d'être resté assis pendant des heures dans une position peu confortable, et puisqu'il se trouvait déjà sur ses pieds, il décida de faire un petit tour dans la maison pour se remettre en forme. Malgré son épuisement, il débordait de joie et d'impatience, et il ne se sentait pas encore prêt à retourner au salon. Pendant trois ou quatre minutes, il traversa à tâtons, en se cognant dans le noir aux montants de portes et aux meubles, les pièces que Flower leur avait fait visiter avant le dîner, puis il se retrouva au milieu du vestibule. Une lampe était allumée en haut de l'escalier et comme il levait les yeux vers elle, il se souvint tout à coup de l'atelier de Stone dans l'aile est. Nashe hésita à monter là-haut sans permission, mais son envie de revoir la maquette était irrésistible. Balayant ses scrupules, il empoigna la rampe et grimpa l'escalier deux marches à la fois.

Il passa près d'une heure à regarder la Cité du Monde en l'examinant d'une façon qui n'avait pas été possible auparavant – sans la distraction d'une prétendue politesse, sans commentaires de Flower lui bourdonnant à l'oreille. Il put cette fois se plonger dans les détails, se déplacer lentement d'une zone de la maquette à une autre, étudier la minutie des ornements architecturaux, le soin de la mise en couleurs, la vivacité parfois étonnante des expressions sur le visage des petits personnages pas plus hauts que le pouce. Il vit des choses qui lui avaient complètement échappé au cours de la première visite, et nota que plusieurs de ces découvertes portaient la marque d'un humour grinçant : devant le palais de justice, un chien pissait sur une borne à incendie ; dans une rue s'avançait un groupe d'une vingtaine d'hommes et de femmes qui portaient tous des lunettes ; au fond d'une ruelle, un voleur masqué dérapait sur une peau de banane. Mais ces éléments comiques faisaient ressortir le caractère inquiétant du reste, et au bout d'un moment l'attention de Nashe se trouva concentrée presque exclusivement sur la prison. Dans un coin de la cour de promenade, il y avait des détenus en train de bavarder par petits groupes, de jouer au basket-ball ou de lire ; avec une certaine horreur il aperçut aussi, juste derrière eux, un prisonnier aux yeux bandés debout contre le mur, tenu en joue par un peloton d'exécution. Que signifiait ceci ? Quel crime avait commis cet homme, et pourquoi subissait-il cette terrible punition ? En dépit de tout le sentimentalisme chaleureux qu'illustrait la maquette, l'impression dominante qui s'en dégageait était de terreur, de rêves sinistres déambulant dans les rues en plein midi. La menace d'un châtiment semblait planer sur la cité – comme si la ville avait été en guerre avec elle-même, en lutte pour se réformer avant l'arrivée de prophètes annonciateurs d'un dieu meurtrier et vengeur.

A l'instant où il s'apprêtait à éteindre la lumière et à sortir de la pièce, Nashe se retourna et revint près de la maquette. Avec la pleine conscience de ce qu'il allait faire, et pourtant sans le moindre sentiment de culpabilité ni le moindre scrupule, il repéra l'endroit où Flower et Stone, debout devant le magasin de bonbons, le bras sur l'épaule l'un de l'autre et la tête penchée dénotant leur concentration, regardaient le billet de loterie. Plaçant le pouce et l'index à l'endroit où leurs pieds touchaient le sol, il exerça une légère traction. Les figurines étaient collées solidement, et il fit un deuxième essai, en donnant cette fois une secousse nette et rapide. Il y eut un claquement sourd, et une seconde après les deux petits hommes de bois gisaient dans la paume de sa main. Sans même un regard, il fourra ce souvenir dans sa poche. C'était la première fois que Nashe volait quelque chose depuis sa petite enfance. Il ne se sentait pas très sûr de la raison pour laquelle il avait fait ça, mais à ce moment précis cette raison était le cadet de ses soucis. Même s'il ne pouvait pas se l'expliquer, il était persuadé d'avoir agi par nécessité absolue. Il le savait avec autant de certitude qu'il connaissait son propre nom.

Quand Nashe reprit sa place derrière Pozzi, Flower était en train de mêler les cartes et s'apprêtait à les distribuer. Il était plus de deux heures, et un seul regard vers la table apprit à Nashe que tout avait changé, que des combats formidables avaient eu lieu en son absence. La montagne de jetons du gosse s'était réduite à un tiers de ce qu'elle avait été, et si les calculs de Nashe étaient exacts, cela signifiait qu'ils étaient revenus à leur point de départ, peut-être même à mille ou deux mille de moins. Cela paraissait impossible. Pozzi volait haut, il paraissait sur le point d'emporter toute l'affaire, et maintenant les autres semblaient le maintenir sur la défensive, le harceler durement afin de lui faire perdre son assurance et de l'écraser une fois pour toutes. Nashe ne comprenait pas ce qui avait pu se passer.

— Qu'est-ce que tu foutais ? chuchota Pozzi sur un ton de fureur contenue.

— J'ai fait un somme sur le divan du salon, mentit Nashe. Je n'ai pas pu m'en empêcher. J'étais épuisé.

— Merde. Tu te rends pas compte que tu peux pas me laisser tomber comme ça ? Tu es mon porte-bonheur, connard. Tu étais à peine parti que tout s'est mis à foirer.

Flower intervint alors, trop satisfait de lui-même pour ne pas avancer sa propre version des faits.

— Nous avons eu quelques beaux affrontements, raconta-t-il en s'efforçant de ne pas rayonner. Votre frère a misé le maximum sur un full, mais à la dernière minute Willie l'a battu avec quatre six. Ensuite, quelques donnes plus tard, nous avons eu une confrontation dramatique, un duel à mort. A la fin, mes trois rois l'ont emporté sur les trois valets de votre frère. Vous avez manqué des moments passionnants, jeune homme, je peux vous l'assurer. Ça c'est du poker tel qu'on doit le jouer.

Assez curieusement, Nashe ne s'alarma pas de la rigueur de ces revers. L'effondrement de Pozzi eut plutôt pour effet de le galvaniser, et plus le gosse se montrait malheureux et désorienté, plus

Nashe sentait grandir sa confiance, comme si une telle crise avait été précisément ce qu'il recherchait depuis le début.

— Le moment est peut-être venu d'injecter quelques vitamines dans le jeu de mon frère, déclara-t-il en souriant de l'image. Plongeant la main dans les poches de son blouson, il en retira les deux enveloppes. Voici deux mille trois cents dollars, dit-il. Si on achetait encore quelques jetons, Jack ? Ce n'est pas beaucoup, mais ça te donnera un peu plus de champ.

Pozzi savait que cet argent représentait tout ce que Nashe possédait au monde, et il hésita à l'accepter.

— Je peux encore tenir, répondit-il. Essayons voir encore quelques tours, d'abord.

— Ne t'en fais pas pour ça, Jack, insista Nashe. Prends cet argent maintenant. Ça te fera un changement d'humeur, de quoi t'aider à te remettre en selle. Tu es dans un creux, c'est tout, tu vas redémarrer en flèche. Ça arrive tout le temps.

Mais Pozzi ne redémarra pas en flèche. Même avec les nouveaux jetons, la situation lui resta défavorable. S'il gagnait de temps à autre, ses victoires n'étaient jamais assez importantes pour compenser l'érosion de ses fonds, et chaque fois que ses cartes offraient l'amorce d'une promesse, il misait trop et se retrouvait perdant, gaspillant ses ressources en efforts désespérés et malchanceux. Quand l'aube arriva, il ne lui restait que dix-huit cents dollars. Il était à bout de nerfs, et si Nashe conservait le moindre espoir de gagner, il lui suffisait d'observer les mains tremblantes de Pozzi pour comprendre que l'heure n'était plus aux miracles. Au-dehors, les oiseaux s'éveillaient, et les premières lueurs du jour qui pénétraient dans la pièce donnaient au visage tuméfié et pâle de Pozzi une apparence blafarde. Sous les yeux de Nashe, il se transformait en cadavre.

Pourtant, la partie n'était pas encore jouée. La donne suivante apporta à Pozzi deux rois face contre table et l'as de cœur exposé, et lorsqu'il vit que la quatrième carte était un roi – le roi de cœur – Nashe eut le sentiment que le vent pouvait encore tourner. Les enjeux étaient gros, cependant, et avant même la distribution des cinquièmes cartes, il ne restait au gosse que trois cents dollars. Flower et Stone étaient en train de l'expulser de la table : il ne possédait plus de quoi tenir jusqu'au bout de cette donne. Sans même réfléchir, Nashe se leva en disant à Flower :

— Je voudrais faire une proposition.

— Une proposition ? fit Flower. Que voulez-vous dire ?

— Nous n'avons presque plus de jetons.

— Bien. Alors allez-y, changez de l'argent.

— Ce serait volontiers, mais il ne nous en reste pas non plus.

— Dans ce cas, il me semble que voilà la fin de la partie. Si Jack ne peut pas suivre jusqu'à la fin de cette donne, il faudra que nous y mettions un terme. Ce sont les règles sur lesquelles nous sommes tombés d'accord. ·

— Je le sais. Mais je voudrais proposer autre chose, autre chose que de l'argent.

— Je vous en prie, monsieur Nashe, pas de reconnaissance de dette. Je ne vous connais pas assez pour vous faire crédit.

— Je ne demande pas de crédit. Je désire apporter ma voiture en garantie additionnelle.

— Votre voiture ? Et quel genre de voiture est-ce donc ? Une Chevrolet de seconde main ?

— Non, c'est une bonne voiture. Une Saab de l'année dernière, en parfait état.

— Et que voulez-vous que j'en fasse ? Willie et moi avons déjà trois voitures dans le garage. Nous ne sommes pas acquéreurs d'une quatrième.

— Alors vendez-la. Donnez-la. Qu'est-ce que ça peut faire ? Je n'ai rien d'autre à offrir. Sinon il faut arrêter la partie. Et pourquoi arrêter quand on n'y est pas obligé ?

— Et à combien estimez-vous cette automobile ?

— Je ne sais pas. Je l'ai payée seize mille dollars. Elle en vaut sans doute au moins la moitié maintenant, peut-être même dix mille.

— Dix mille dollars pour une voiture d'occasion ? Je vous en donne trois.

— C'est absurde. Pourquoi n'iriez-vous pas la voir avant de faire une offre ?

— Parce que je me trouve en plein milieu d'une partie. Je n'ai pas envie de perdre ma concentration.

— Alors donnez-m'en huit, et topons là.

— Cinq. C'est ma dernière offre. Cinq mille dollars.

— Sept.

— Non, cinq. C'est à prendre ou à laisser, monsieur Nashe.

— Bon, d'accord. Cinq mille pour la voiture. Mais ne vous faites pas de souci. Nous les déduirons de nos gains, à la fin. Je ne voudrais pas vous encombrer de quelque chose dont vous n'avez pas besoin.

— Nous verrons bien. En attendant, comptons les jetons et reprenons. Je ne supporte pas ces interruptions. Elles cassent tout le plaisir.

Pozzi avait reçu une transfusion d'urgence, mais cela ne signifiait pas qu'il allait vivre. Il se sortirait de la crise présente, sans doute, mais les perspectives à long terme restaient confuses, au mieux paraissaient-elles incertaines. Nashe avait fait tout ce qu'il pouvait, néanmoins, et il puisait dans cette idée une consolation, et même un motif de fierté. Il savait aussi que la banque du sang était épuisée. Il était allé beaucoup plus loin qu'il n'en avait eu l'intention, à la limite de ses possibilités, et cela risquait encore de n'être pas assez.

Pozzi avait donc deux rois cachés, plus le roi et l'as de cœur apparents. Les deux cartes visibles de Flower étaient un six de carreau et un sept de trèfle – l'amorce d'une suite, peut-être, mais assez faible comparée aux trois rois que le gosse détenait déjà. La main de Stone représentait une menace potentielle. Il avait deux huit devant lui, et à la façon dont il avait mené les paris sur la quatrième carte (s'engageant carrément, avec des surenchères successives de trois et quatre cents dollars) Nashe soupçonnait que ses cartes cachées recelaient de bonnes choses. Une autre paire, ou même le troisième et le quatrième huit. Nashe se concentrait sur l'espoir que Pozzi tire le quatrième roi, mais il espérait que ce serait à la fin, dos en l'air, au septième tour. En attendant, songeait-il, donnez-lui la dame et le valet de cœur. Faites qu'il semble tout risquer sur une éventuelle quinte flush – puis qu'il les étourdisse à la fin avec les quatre rois.

Stone distribua les cinquièmes cartes. Flower reçut un cinq de pique ; Pozzi eut son cœur : ni la dame ni le valet, mais presque aussi bien : le huit de cœur. Le flush était encore intact, et Stone n'avait plus aucune chance de tirer le quatrième huit. Comme Stone s'attribuait le trois de trèfle, Pozzi se tourna vers Nashe en souriant pour la première fois depuis plusieurs heures. Tout à coup, la situation paraissait moins désespérée.

Malgré son trois, Stone ouvrit avec l'enjeu maximal, cinq cents dollars. Nashe en fut un peu intrigué, puis décida qu'il devait s'agir d'un bluff. Ils essayaient de pressurer le gosse, et avec de telles réserves d'argent, ils pouvaient se permettre quelques coups téméraires. Flower suivit avec son début de suite, et Pozzi vit les cinq cents et relança avec cinq cents de plus, que Stone et Flower suivirent tous les deux.

La sixième carte de Flower fut le valet de carreau, et à l'instant où il la vit glisser sur la table un soupir de déception lui échappa. Nashe supposa qu'il était mort. Puis, comme par magie, Pozzi retourna le trois de cœur. Quand Stone tira le neuf de pique, cependant, Nashe fut pris d'inquiétude à l'idée que les cartes de Pozzi soient trop fortes. Mais Stone joua de nouveau une somme élevée, et même après l'abandon de Flower, la manche resta belle et vivante, continuant de grandir jusqu'à la dernière ligne droite.

Pour la sixième carte, Stone et Pozzi marchèrent de front, dans un échange frénétique d'enchères et de surenchères. A la fin, Pozzi ne disposait plus que de quinze cents dollars pour le dernier tour. Nashe s'était imaginé, en donnant sa voiture en gage, leur procurer au moins une heure ou deux de plus, mais les paris étaient devenus tellement furieux que tout se réduisait soudain à ce dernier coup. Le pot était énorme. Si Pozzi gagnait, il serait remis en piste et Nashe sentait que rien cette fois ne pourrait l'arrêter. Mais il fallait qu'il gagne. S'il perdait, tout était fini.

Nashe se doutait qu'il était excessif d'espérer le quatrième roi. La probabilité était vraiment trop faible. Mais quoi qu'il arrive, Stone devait penser que Pozzi tenait un flush. Les quatre cœurs exposés l'y incitaient, et puisque le gosse jouait le dos au mur, le montant de ses paris semblerait éliminer la possibilité qu'il bluffe. De toute façon, même si la septième carte ne valait rien, les trois rois feraient sans doute l'affaire. C'était une bonne main, se disait Nashe, une main solide, et à voir la façon dont les choses se présentaient sur la table, il y avait peu de chances que Stone l'emporte.

Pozzi tira le quatre de trèfle. Malgré tout, Nashe ne put se défendre d'un léger découragement. Peut-être moins à cause du roi que faute d'un autre cœur. *Défaillance cardiaque*, se dit-il, pas bien sûr qu'il s'agît d'une plaisanterie, et puis Stone se servit sa dernière carte et ils furent prêts à égaliser et à terminer la manche.

Tout se passa très vite. Stone, qui menait toujours avec ses deux huit, misa cinq cents dollars. Pozzi vit les cinq cents puis relança de cinq cents autres. Stone vit la relance de Pozzi, hésita une seconde ou deux, jetons en main, puis plaqua cinq cents de plus. Alors le gosse, qui ne possédait plus que cinq cents dollars, poussa ses derniers jetons au centre de la table.

— OK, Willie, fit-il, voyons ce que vous avez.

Le visage de Stone ne laissait rien deviner. Une par une, il retourna ses cartes cachées mais même lorsque trois d'entre elles furent visibles, il eût été difficile de dire s'il avait gagné ou perdu.

— J'ai ces deux huit, dit-il. Et puis j'ai ce dix (en le retournant), et puis j'ai cet autre dix (en le retournant) et puis j'ai ce troisième huit (en retournant la septième et dernière carte).

— Un full ! rugit Flower en abattant son poing sur la table. Qu'est-ce que tu peux répondre à ça, Jack ?

— Rien, dit Pozzi sans prendre la peine de retourner ses cartes. Je suis foutu. Le gosse regarda fixement la table pendant un bon moment, comme pour tenter de se pénétrer de la réalité. Puis, rassemblant son courage, il se retourna vers Nashe en grimaçant un sourire.

— Ben mon petit vieux, fit-il, on dirait qu'on va devoir rentrer à pied.

En prononçant ces mots, Pozzi avait l'air si embarrassé que Nashe ne put que le plaindre. Si bizarre que cela parût, il était en fait plus malheureux pour le gosse que pour lui-même. Tout était perdu, et pourtant le seul sentiment qu'il éprouvât était de la pitié.

Nashe étreignit l'épaule de Pozzi, comme pour le rassurer, puis il entendit Flower qui éclatait de rire.

— J'espère que vous avez des chaussures confortables, les gars, dit le gros homme. Ça fait bien cent trente, cent cinquante kilomètres d'ici à New York, vous savez.

— Descends de ton char, mon gros père, répliqua Pozzi, oubliant enfin ses bonnes manières. On te doit cinq mille dollars. On te fait un papier, tu nous rends la voiture, et on te rembourse dans la semaine.

Apparemment insensible à la grossièreté, Flower se mit à rire de plus belle.

— Oh non, dit-il. Ce n'est pas le marché que j'ai conclu avec M. Nashe. La voiture est à moi, maintenant. Si vous ne trouvez pas d'autre moyen de rentrer chez vous, vous n'aurez qu'à y aller à pied. C'est comme ça.

— Qu'est-ce que c'est que ces façons dégueulasses de jouer au poker, Gueule d'hippo ? fit Pozzi. Bien sûr que tu vas accepter notre papier. C'est comme ça que ça marche.

— Je l'ai déjà dit, répondit Flower avec calme, et je le répète. Pas de crédit. Je serais idiot de faire confiance à deux types comme vous. A la minute où vous partiriez d'ici, mon argent aurait disparu.

— Bon, bon, intervint Nashe, s'efforçant hâtivement d'improviser une solution. Jouons ça aux cartes. Si je gagne, vous nous rendez la voiture. Tout simplement. On coupe une fois, et c'est fini.

— Pas de problème, dit Flower. Et si vous ne gagnez pas ?

— Alors je vous dois dix mille dollars, dit Nashe.

— Vous feriez bien de réfléchir un peu, mon ami, dit Flower. Cette nuit ne vous a pas porté chance. Pourquoi aggraver votre situation ?

— Parce qu'on a besoin de la voiture pour se tirer d'ici, crétin, fit Pozzi.

— Pas de problème, répéta Flower. Souvenez-vous seulement que je vous aurai avertis.

— Bats les cartes, Jack, dit Nashe, et puis donne-les à M. Flower. Nous le laisserons jouer le premier.

Pozzi déballa un nouveau paquet, ôta les jokers et battit les cartes, comme Nashe le lui avait demandé. Puis, cérémonieusement, il se pencha en avant et les plaqua sur la table devant Flower. Le gros homme n'hésita pas. Il n'avait rien à perdre, après tout, et, tendant aussitôt la main vers les cartes, il souleva la moitié du paquet entre le pouce et le majeur. Un instant plus tard, il présentait le sept de cœur. En le voyant, Stone haussa les épaules, et Pozzi claqua des mains – une seule fois, farouche, pour célébrer la médiocrité du coup.

Ensuite le paquet se trouva entre les mains de Nashe. Il se sentait complètement vide, et fut frappé pendant un bref instant par le caractère ridicule de ce petit drame. Juste avant de couper, il eut cette pensée : Voici le moment le plus ridicule de toute ma vie. Puis il fit un clin d'œil à Pozzi, souleva les cartes, et retourna le quatre de carreau.

— Un quatre ! glapit Flower, se claquant les deux mains sur le front en signe d'incrédulité. Un quatre ! Vous n'avez même pas battu mon sept !

Après cela, tout se tut. Un long moment s'écoula et puis, d'une voix qui semblait plus lasse que triomphante, Stone dit enfin :

— Dix mille dollars. On dirait que nous avons de nouveau misé sur le numéro magique.

Flower se laissa aller contre le dossier de son fauteuil en tirant des bouffées de son cigare, et examina longuement Nashe et Pozzi comme s'il les apercevait pour la première fois. Son attitude évoquait pour Nashe un proviseur de lycée assis dans son bureau devant deux gamins délinquants. Son visage exprimait moins la colère que la perplexité, comme s'il venait de se trouver confronté à un problème philosophique apparemment insoluble. Il fallait trouver un châtiment approprié, c'était certain, mais il semblait pour l'instant ne pas savoir que suggérer. Il ne souhaitait pas se montrer trop dur, mais pas trop indulgent non plus. Il voulait quelque chose qui convînt à la faute, un juste châtiment, comportant une certaine valeur éducative – pas seulement en tant que châtiment, mais comme une expérience positive, dont les coupables pourraient tirer un enseignement.

— Je crois que nous voici confrontés à un dilemme, dit-il enfin.

— Oui, dit Stone. Un vrai dilemme. Ce qu'on pourrait appeler un cas.

— Ces deux jeunes gens nous doivent de l'argent, continua Flower, affectant d'ignorer la présence de Nashe et de Pozzi. Si nous les laissons partir, ils ne nous rembourseront jamais.

Mais si nous ne les laissons pas partir, ils n'auront aucune chance de se procurer l'argent qu'ils nous doivent.

— Il me semble que vous êtes obligés de nous faire confiance, alors, fit Pozzi. Pas vrai, monsieur Gros Lard ?

Flower ignora la remarque de Pozzi et se tourna vers Stone.

— Qu'est-ce que tu en penses, Willie ? C'est une sacrée impasse, non ?

Tandis qu'il écoutait cette conversation, Nashe se souvint soudain du dépôt qu'il avait constitué pour Juliette. Il ne serait sans doute pas compliqué d'en retirer dix mille dollars, se dit-il. Un coup de téléphone à la banque, dans le Minnesota, pouvait déclencher l'affaire, et à la fin de la journée l'argent se trouverait au compte de Flower et Stone. C'était une solution pratique, mais lorsqu'il en imagina le déroulement, il la rejeta, horrifié d'avoir pu considérer ne fût-ce qu'un instant une chose pareille. L'équation était trop terrible : se dégager de sa dette de jeu en volant l'avenir de sa fille. Quoi qu'il arrive, c'était hors de question. Il s'était fourré dans cette situation, il fallait en encaisser les conséquences. Comme un homme, pensa-t-il. Il faudrait encaisser comme un homme.

— Oui, dit Stone, qui ruminait la dernière remarque de Flower, c'est très difficile, en effet. Mais ça ne veut pas dire que nous n'allons pas trouver une solution. Il s'absorba dans ses pensées pendant quelques secondes, puis son visage s'éclaira progressivement. Bien sûr, fit-il, il y a toujours le mur.

— Le mur ? demanda Flower. Que veux-tu dire ?

— Le mur, répéta Stone. Il faut quelqu'un pour le construire.

— Ah…, dit Flower, saisissant enfin. Le mur ! Quelle idée géniale, Willie. Bon Dieu, je crois que cette fois tu t'es vraiment surpassé.

— Un travail honnête pour un salaire honnête, expliqua Stone.

— Exactement, renchérit Flower. Et peu à peu la dette sera effacée.

Mais Pozzi ne l'entendait pas ainsi. A l'instant où il comprit ce qu'ils proposaient, il resta littéralement bouche bée de stupéfaction.

— Non mais vous rigolez, protesta-t-il. Si vous croyez que je vais faire ça, vous êtes dingues. Pas question. Il n'en est absolument pas question. Puis, en se levant de son siège, il se tourna vers Nashe et lui dit : Allez, viens, Jim, on part. Ces deux mecs sont des salauds.

— Du calme, fiston, dit Nashe. Il n'y a pas de mal à écouter. Il faut qu'on trouve une solution, après tout.

— Pas de mal, cria Pozzi. Ces types devraient être à l'asile, tu vois pas ça ? Ils sont complètement cinglés.

L'agitation de Pozzi avait sur Nashe un effet curieusement calmant, comme s'il se sentait d'autant plus obligé de voir clair que le gosse manifestait plus de véhémence. Il ne faisait aucun doute que les événements avaient pris un tour étrange, mais Nashe se rendit compte que d'une certaine manière il s'y était attendu, et maintenant que cela se produisait, il n'éprouvait aucune panique. Il se sentait lucide, tout à fait maître de lui.

— Ne t'en fais pas, Jack, dit-il. Ce n'est pas parce qu'ils nous font une proposition que nous devons l'accepter. Simple question d'éducation. S'ils ont quelque chose à nous dire, ayons la courtoisie de les écouter.

— C'est du temps perdu, grommela Pozzi en se rasseyant. On ne négocie pas avec des fous. Si on commence, on s'embrouille la cervelle.

— Je suis content que tu aies amené ton frère, remarqua Flower en poussant un soupir dégoûté. Au moins nous avons un interlocuteur raisonnable.

— Merde, fit Pozzi. C'est pas mon frère. C'est juste un type que j'ai rencontré samedi. Je le connais à peine.

— Que vous soyez parents ou non, poursuivit Flower, tu as de la chance de l'avoir. Parce que le fait est, jeune homme, que tu as de sérieux ennuis en perspective. Vous nous devez dix mille dollars, Nashe et toi, et si vous tentez de partir sans payer, nous appellerons la police. C'est aussi simple que ça.

— J'ai déjà dit que nous vous écoutions, interrompit Nashe. Pas besoin de menaces.

— Ce ne sont pas des menaces, dit Flower. Je vous expose les faits. Ou bien vous coopérez et nous combinons un arrangement à l'amiable, ou bien nous prenons des mesures plus sévères. Vous n'avez pas d'autre choix. Willie a proposé une solution, une solution d'une ingéniosité parfaite, à mon avis, et à moins que vous n'ayez mieux à proposer, je crois que nous devrions étudier la question.

— Les conditions, dit Stone. Salaire horaire, logement, nourriture. Tous les détails pratiques. Il vaut sans doute mieux régler tout ça avant de commencer.

— Vous pouvez habiter sur place, dans le pré, dit Flower. Il y a déjà une caravane – un *mobile home*, comme on dit. Elle n'a plus été utilisée depuis quelque temps, mais elle est en parfait état. Calvin y a habité, il y a quelques années, pendant que nous lui construisions sa maison. Il n'y aura donc pas de problème pour vous loger. Vous n'aurez qu'à vous installer.

— Il y a une cuisine, ajouta Stone. Une cuisine entièrement équipée. Un frigo, une cuisinière, un évier, tout le confort moderne. Un puits pour l'eau, l'électricité est branchée, chauffage par le sol. Vous pouvez y préparer vos repas et manger ce que vous voudrez. Calvin vous approvisionnera, il apportera tout ce que vous lui demanderez. Donnez-lui une bonne liste tous les jours, il ira en ville chercher ce dont vous aurez besoin.

— Nous vous procurerons des vêtements de travail, bien entendu, dit Flower, et si vous désirez autre chose, vous n'aurez qu'à demander.

Livres, journaux, revues. Une radio. Des couvertures et des serviettes supplémentaires. Des jeux. Tout ce que vous voudrez. Nous ne souhaitons pas votre inconfort, après tout. En dernière analyse, ça pourrait même être amusant. Le travail ne sera pas trop épuisant, et vous vivrez en plein air par ce temps superbe. Ce seront des vacances laborieuses, pour ainsi dire, un court répit thérapeutique par rapport à votre vie normale. Et chaque jour vous verrez s'élever une nouvelle section du mur. Je crois que ce sera une satisfaction immense : voir les fruits tangibles de votre labeur, pouvoir contempler les progrès accomplis. La dette se remboursera peu à peu, et quand le moment sera venu pour vous de partir, non seulement vous quitterez cet endroit en hommes libres, mais vous laisserez derrière vous quelque chose d'important.

— Combien de temps pensez-vous que ça prendra ? demanda Nashe.

— Ça dépend, répondit Stone. Vous recevrez tant de l'heure. Aussitôt que le total de vos gains atteindra dix mille dollars, vous serez libres de partir.

— Et si nous finissons le mur avant d'avoir gagné dix mille dollars ?

— Dans ce cas, dit Flower, nous considérerons la dette comme intégralement remboursée.

— Et si nous ne le finissons pas, qu'avez-vous l'intention de nous payer ?

— Quelque chose de proportionné à la tâche. Un salaire normal pour un travail de ce genre.

— C'est-à-dire ?

— Cinq ou six dollars l'heure.

— C'est trop peu. Nous n'envisagerons même pas d'accepter moins de douze.

— Il ne s'agit pas de chirurgie du cerveau, monsieur Nashe. C'est du travail non qualifié. Empiler des pierres les unes sur les autres. Ça ne nécessite pas de longues études.

— De toute façon, nous ne le ferons pas pour six dollars l'heure. Si vous n'avez rien de mieux à proposer, vous pouvez aussi bien appeler la police.

— Huit, alors. C'est ma dernière offre.

— Ça ne suffit pas.

— Têtu, hein ? Et si je montais à dix ? Qu'en diriez-vous ?

— Calculons ce que ça donne, on verra après.

— Bien. Ça ne prendra pas plus d'une seconde. Dix dollars chacun font vingt dollars l'heure pour vous deux. Si vous faites des journées moyennes de dix heures – juste pour faciliter les calculs – vous gagnerez donc deux cents dollars par jour. Dix mille par deux cents font cinquante. Ce qui veut dire qu'il vous faudra environ cinquante jours. Nous sommes fin août, cela vous mènera quelque part vers la mi-octobre. Pas tellement long. Vous aurez fini quand les feuilles commenceront à roussir.

Petit à petit, Nashe s'apercevait que l'idée faisait son chemin en lui, qu'il commençait à accepter le mur comme la seule issue à la situation catastrophique dans laquelle il se trouvait. L'épuisement y était peut-être pour quelque chose – le manque de sommeil, l'incapacité de réfléchir encore – mais il ne le pensait pas vraiment. Où irait-il, de toute manière ? Il n'avait plus un sou, il n'avait plus de voiture, sa vie était en miettes. A défaut d'autre chose, ces cinquante jours pourraient lui donner l'occasion de faire le point, de prendre pour la première fois depuis un an le temps de considérer son avenir. Il se sentait presque soulagé de voir la décision prise pour lui, de comprendre qu'il avait enfin arrêté de courir. Le mur serait moins un châtiment qu'une cure, un retour simple vers la Terre.

Le gosse était hors de lui, cependant, et ne cessa, tout au long de cette conversation, de manifester par des grognements et des exclamations sa consternation devant l'acquiescement de Nashe et ces marchandages insensés au sujet de l'argent. Avant que Nashe ait pu conclure avec Flower par une poignée de main, Pozzi lui empoigna le bras en déclarant qu'il voulait lui parler en privé. Puis, sans même attendre sa réponse, il tira Nashe de son fauteuil et le traîna dans le couloir en claquant la porte derrière lui avec son pied.

— Allez, viens, dit-il, toujours agrippé à son bras. Allons-nous-en. Il est temps de foutre le camp.

Mais Nashe se libéra de la main de Pozzi et tint bon.

— Nous ne pouvons pas partir, dit-il. Nous leur devons de l'argent, et je ne suis pas d'humeur à me faire jeter en prison.

— C'est du bluff. Y a pas question qu'ils ramènent la flicaille là-dedans.

— Tu te trompes, Jack. Des gens aussi riches qu'eux peuvent se permettre tout ce qu'ils veulent. A l'instant où ces deux-là les appelleraient, les flics se précipiteraient. On serait ramassés avant d'avoir fait un kilomètre.

— T'as l'air d'avoir la frousse, Jim. Mauvais signe. Ça te rend laid.

— Je n'ai pas peur. Je tâche d'être intelligent.

— Cinglé, tu veux dire. Continue comme ça, mon vieux, tu seras vite aussi cinglé qu'eux.

— Ça fait moins de deux mois, Jack, ce n'est pas si terrible. Ils nous nourrissent, ils nous fournissent un logement, et tu t'en seras à peine aperçu qu'on sera partis. Pourquoi s'en faire ? Ça pourrait même être amusant.

— Amusant ? Charrier des pierres, tu trouves ça amusant ? Le bagne, oui, voilà à quoi ça me fait penser.

— Ça ne nous tuera pas. Pas en cinquante jours. D'ailleurs l'exercice nous fera sans doute du bien. Comme de soulever des poids. Les gens paient cher et vilain pour faire ça dans des clubs. Nous avons déjà payé notre droit d'inscription, alors autant en profiter.

— Comment sais-tu que ça ne durera que cinquante jours ?

— Parce qu'on s'est mis d'accord là-dessus.

— Et s'ils ne respectent pas cet accord ?

— Ecoute, Jack, ne t'en fais pas comme ça. Si des problèmes se posent, on les résoudra.

— C'est une erreur de faire confiance à ces salauds, je t'assure.

— Tu as peut-être raison. Tu devrais peut-être t'en aller maintenant. C'est moi qui nous ai fichus dans ce pétrin, la dette est ma responsabilité.

— C'est moi qui ai perdu.

— Tu as perdu l'argent, mais c'est moi qui ai joué la voiture.

— Tu veux dire que tu resterais ici pour faire ça tout seul ?

— C'est ce que je te dis.

— T'es vraiment dingue, alors ?

— Qu'est-ce que ça peut te faire, ce que je suis ? Tu es libre, Jack. Tu peux t'en aller maintenant, je ne t'en voudrai pas. Je te le promets. Sans rancune.

Bouleversé par le choix qu'il venait de lui offrir, Pozzi regarda longuement Nashe, cherchant à lire dans ses yeux s'il était réellement sincère. Puis, très lentement, un sourire se forma sur son visage, comme s'il venait de saisir la chute d'une blague obscure.

— Merde, mon vieux, dit-il. Tu crois vraiment que je te laisserais tout seul ? Si tu fais tout ce boulot toi-même, tu risques de tomber raide d'une crise cardiaque.

Nashe ne s'y attendait pas. Il avait supposé que Pozzi s'empresserait d'accepter sa proposition et, pendant ces quelques instants de certitude, il avait déjà commencé à imaginer à quoi ressemblerait sa vie solitaire dans le pré, à tenter de se résigner à cette solitude, à en prendre si bien son parti qu'il s'en réjouissait presque. Mais à présent que le gosse restait, il était content. Lorsqu'ils rentrèrent dans le salon pour annoncer leur décision, il fut stupéfait de réaliser à quel point il était content.

Ils passèrent une heure à tout consigner par écrit et rédigèrent un document qui établissait les termes de leur accord sous la forme la plus claire possible, avec des clauses relatives au montant de la dette, aux conditions de remboursement, au salaire horaire, etc. Stone le tapa à la machine en double exemplaire, puis tous quatre signèrent au bas de chaque copie. Après quoi Flower annonça qu'il allait chercher Murks afin de prendre les mesures nécessaires en ce qui concernait la roulotte, le chantier et l'approvisionnement. Cela demanderait plusieurs heures, dit-il, et en attendant il les invitait, s'ils avaient faim, à prendre le petit déjeuner dans la cuisine. Nashe posa une question sur la forme du mur, mais Flower lui répondit de ne pas s'en préoccuper. Lui et Stone avaient déjà terminé les plans et Murks savait exactement ce qui devait être fait. Du moment qu'ils suivaient les instructions de Calvin, ils ne pouvaient pas se tromper. Sur cette note confiante, le gros homme sortit de la pièce, et Stone conduisit Nashe et Pozzi à la cuisine, où il pria Louise de leur donner quelque chose à manger. Puis il bredouilla un bref au revoir embarrassé et disparut à son tour.

De toute évidence, Louise était mécontente d'avoir à préparer leur repas, et tout en s'affairant à battre les œufs et à frire le lard, elle manifestait sa colère en refusant de leur adresser la parole – marmonnant pour elle-même des chapelets d'injures et se comportant comme si cette tâche avait constitué une insulte à sa dignité. Nashe comprit à quel point leur situation s'était modifiée. Pozzi et lui avaient été dépouillés de leur statut, ils ne seraient plus désormais traités en invités. Ils se trouvaient réduits au rang de main-d'œuvre temporaire, de vagabonds venus mendier des restes à la porte de la cuisine. Il était impossible de ne pas remarquer la différence, et comme il s'asseyait en attendant d'être servi, il se demanda comment Louise avait été si vite informée de leur déchéance. La veille, elle leur avait témoigné une politesse, un respect parfaits ; maintenant, seize heures à peine plus tard, elle ne dissimulait guère son mépris. Pourtant ni Flower ni Stone ne lui avaient dit un mot. On eût dit qu'un communiqué secret diffusé à travers la maison l'avait avertie que Pozzi et lui ne comptaient plus, qu'ils avaient été relégués dans la catégorie des moins que rien.

Mais le repas fut excellent, et ils mangèrent tous deux de bon appétit, dévorant des portions supplémentaires de pain grillé accompagnées de nombreuses tasses de café. Lorsqu'ils eurent l'estomac plein, ils tombèrent dans un état de somnolence et pendant une demi-heure ils luttèrent pour garder les yeux ouverts en continuant à fumer les cigarettes de Pozzi. Leur nuit blanche les avait enfin rattrapés et ils ne paraissaient ni l'un ni l'autre en état de parler. Finalement, Pozzi s'endormit sur sa chaise, après quoi Nashe demeura longuement le regard fixé dans le vide, sans rien voir, tandis que son corps s'abandonnait avec volupté à un profond épuisement.

Quelques minutes après dix heures, Murks fit irruption dans la cuisine à grand fracas de bottes de travail et de trousseaux de clefs. Le bruit ranima aussitôt Nashe, qui fut debout avant même que Murks n'arrivât près de la table. Pozzi dormait, inconscient de l'agitation qui l'entourait.

— Qu'est-ce qu'il a ? demanda Murks en le désignant du pouce.

— Sa nuit a été dure, dit Nashe.

— Ouais, ben, à ce qu'on m'a dit, ça n'a pas trop bien marché pour toi non plus.

— Je n'ai pas besoin d'autant de sommeil que lui.

Murks médita cette réponse un moment, puis il dit :

— Jack et Jim, hein ? Et lequel tu es, toi ?

— Jim.

— Je suppose que ton copain est Jack, alors.

— Bien raisonné. Après ça, le reste est facile. Moi c'est Jim Nashe, et lui Jack Pozzi. Vous ne devriez pas avoir trop de peine à vous en souvenir.

— Ouais. Je me souviens. Pozzi. C'est quoi, ça, un genre d'Espagnol ou quoi ?

— Plus ou moins. Il descend en droite ligne de Christophe Colomb.

— Sans blague ?

— Est-ce que j'inventerais une chose pareille ?

Murks se tut de nouveau, comme pour tenter d'absorber cette curieuse information. Puis, regardant Nashe de ses yeux bleu pâle, il changea brusquement de sujet.

— J'ai sorti tes affaires de la voiture et je les ai mises dans la jeep, déclara-t-il. Tes bagages et toutes ces cassettes. J'ai pensé que tu aimerais les avoir. Ils m'ont dit que tu resterais quelque temps.

— Et la voiture ?

— Je l'ai amenée chez moi. Si tu veux, tu peux signer les papiers d'enregistrement demain. Y a pas urgence.

— Vous voulez dire qu'ils vous ont donné la voiture, à vous ?

— A qui d'autre ? Ils n'en avaient pas besoin, et Louise vient de s'en acheter une nouvelle le mois dernier. M'a l'air d'une bonne voiture. Agréable à conduire.

Les paroles de Murks firent à Nashe l'effet d'un direct à l'estomac, et pendant quelques instants il dut même lutter pour se retenir de pleurer. Le souvenir de la Saab ne lui était pas venu à l'esprit, et maintenant, tout à coup, un sentiment de perte absolue l'envahissait, comme si on venait de lui apprendre la mort de son meilleur ami.

— Bien sûr, dit-il, s'efforçant de son mieux de maîtriser sa réaction. Vous n'avez qu'à m'apporter les papiers demain.

— Bon. On sera assez occupés aujourd'hui, de toute façon. On a plein de choses à faire. Faut d'abord que je vous installe tous les deux, et puis je vous montrerai les plans et on fera le tour du terrain. Vous imaginez pas les quantités de pierres qu'il y a. Une vraie montagne, voilà ce que c'est, je vous jure, une véritable montagne. J'ai jamais vu autant de pierres de toute ma vie.

6

Il n'y avait pas de route entre la maison et le pré
et Murks prit à travers bois avec la jeep. Il semblait
en avoir une grosse habitude et fonçait à une
allure débridée – décrivant autour des arbres des
virages abrupts, en épingle à cheveux, rebondis-
sant follement sur des pierres ou des racines appa-
rentes, criant à Nashe et à Pozzi de se pencher
pour éviter des branches basses. La jeep faisait un
raffut terrible, oiseaux et écureuils s'égaillaient à
leur approche en une fuite éperdue sous le couvert obscur. Après un quart d'heure environ de ce
train d'enfer, le ciel s'éclaircit soudain et ils atteignirent une lisière herbue parsemée de buissons
bas et de jeunes arbres. Le pré s'étendait devant
eux. La première chose que vit Nashe fut la roulotte – une structure vert pâle posée sur plusieurs
rangées de parpaings – et ensuite, à l'autre bout
du champ, il découvrit ce qui restait du château
de lord Muldoon. Contrairement à ce que leur
avait dit Murks, les pierres ne formaient pas une
montagne mais plutôt une série de montagnes
– une douzaine de tas répartis au hasard sur le
sol, pointant à des angles et des hauteurs variés,
un vertigineux chaos de pierres de taille éparpillées comme les blocs d'un jeu de construction.
Le pré lui-même était beaucoup plus vaste que
Nashe ne l'avait imaginé. Entouré de bois de tous
côtés, il semblait occuper une surface à peu près
équivalente à trois ou quatre terrains de rugby :
un territoire immense couvert d'une herbe drue

et rase, aussi plat et aussi silencieux que le fond d'un lac. Nashe se retourna pour tenter d'apercevoir la maison, mais elle n'était plus visible. Il avait pensé que Flower et Stone se tiendraient à une fenêtre et les observeraient à l'aide d'un télescope ou d'une paire de jumelles, mais heureusement la forêt faisait écran. La simple certitude de leur demeurer caché lui parut appréciable et, pendant ces premières minutes après être descendu de la jeep, il sentit naître en lui l'impression d'avoir déjà regagné un peu de sa liberté. Oui, le pré semblait un lieu abandonné ; mais il n'était pas dépourvu d'une certaine beauté désolée, d'un air lointain et calme qui pouvait presque être considéré comme apaisant. A défaut d'autre chose, Nashe tâcha de trouver là de quoi se donner du cœur.

La roulotte se révéla convenable. Il faisait chaud et poussiéreux à l'intérieur, mais ses dimensions étaient suffisantes pour que deux personnes pussent y habiter dans un confort raisonnable ; elle comprenait une cuisine, une salle de bains, un salon et deux petites chambres. L'électricité fonctionnait, la chasse du cabinet aussi, et l'eau coula dans l'évier quand Murks tourna le robinet. Elle était peu meublée, et ce qui s'y trouvait avait un aspect terne et impersonnel, mais rien de pis que ce qu'on trouve dans n'importe quel motel bon marché. Il y avait des serviettes dans la salle dc bains, la cuisine était garnie d'ustensiles et de vaisselle, il y avait des draps sur les lits. Nashe se sentait soulagé, mais Pozzi ne disait pas grand-chose et déambulait comme s'il avait l'esprit ailleurs. Il n'a pas encore digéré ce poker, se dit Nashe. Il résolut de laisser le gosse en paix, bien qu'il trouvât difficile de ne pas se demander combien de temps il lui faudrait pour se remettre.

Après avoir ouvert les fenêtres et mis en marche le ventilateur pour aérer la roulotte, ils s'installèrent dans la cuisine afin d'examiner les dessins.

— Faut pas s'imaginer quelque chose de très recherché, dit Murks, mais c'est sans doute pas plus mal. Ce truc sera un monstre, c'est pas la peine d'essayer de faire joli.

Il retira soigneusement le plan d'un rouleau de carton et l'étala sur la table, les quatre coins maintenus par des tasses à café.

— Ce que vous avez là, poursuivit-il, c'est le mur élémentaire. Six cents mètres de long sur six mètres de haut – dix rangées de mille pierres chacune. Pas de courbes ni de tournants, ni arches ni colonnes, aucune espèce de fantaisie. Juste un simple mur, sans fioritures.

— Six cents mètres de long, dit Nashe. Ça fait plus d'un demi-kilomètre.

— C'est ce que j'essaie de vous expliquer. Ce bébé est un géant.

— On le finira jamais, dit Pozzi. Impensable qu'on puisse construire c'te connerie à deux en cinquante jours.

— Si j'ai bien compris, répliqua Murks, vous n'êtes pas obligés de finir. Vous faites votre temps, terminez ce que vous pouvez, c'est tout.

— Tu l'as dit, pépère, fit Pozzi. C'est tout.

— On verra bien où vous arriverez, conclut Murks. On dit que la foi soulève des montagnes. Eh bien, les muscles aussi, peut-être.

Le mur figurait sur le plan en diagonale entre les coins nord-est et sud-ouest de la prairie. Comme Nashe s'en convainquit en étudiant les schémas, c'était la seule façon possible d'inscrire un mur de six cents mètres à l'intérieur des limites du champ rectangulaire (qui mesurait approximativement trois cent cinquante mètres de large sur cinq cent cinquante de long). Mais le simple fait que la diagonale répondît à une nécessité mathématique n'en faisait pas un mauvais choix. Dans la mesure où il s'en souciait, Nashe admettait qu'une oblique valait mieux qu'une droite. Le mur aurait un plus grand impact visuel de cette manière – qui partageait le pré en triangles plutôt qu'en carrés – et, dans la mesure où il s'en souciait, il était content qu'il n'y eût pas d'autre solution.

— Six mètres de haut, dit-il. Nous aurons besoin d'un échafaudage, n'est-ce pas ?

— Quand le moment sera venu, répondit Murks.

— Et qui va devoir le construire ? Pas nous, j'espère.

— Te fais pas de bile pour des trucs qui n'arriveront peut-être jamais, fit Murks. On n'a pas besoin de penser à l'échafaudage avant que vous commenciez le troisième rang. Ça fait deux mille pierres. Si vous y arrivez en cinquante jours, je pourrai très vite vous fabriquer quelque chose. Devrait pas me prendre plus de quelques heures.

— Et puis il y a le ciment, poursuivit Nashe. Vous allez nous fournir une machine, ou on doit le mélanger nous-mêmes ?

— Je vous achèterai des sacs à la quincaillerie, en ville. Y a des tas de brouettes dans la cabane à outils, vous n'aurez qu'à en prendre une pour le mélanger dedans. Il vous en faudra pas beaucoup – juste une petite pointe par-ci, par-là, aux bons endroits. C'est solide, des pierres comme ça. Une fois en place, y a rien qui pourra les faire bouger.

Murks enroula le plan et le glissa dans le tube. Nashe et Pozzi le suivirent alors à l'extérieur et tous trois grimpèrent dans la jeep. En roulant vers l'autre extrémité du pré, Murks expliqua que l'herbe était courte parce qu'il l'avait tondue quelques jours avant, et de fait elle sentait bon, mêlant à l'air un soupçon de douceur qui rappelait à Nashe de lointains souvenirs. Ça le mit de bonne humeur, et lorsque la jeep s'arrêta il ne se préoccupait plus des détails de l'entreprise. Il faisait une trop belle journée pour cela, la chaleur du soleil lui baignait le visage, et il paraissait ridicule de s'inquiéter de quoi que ce fût. Prends les choses comme elles viennent, se disait-il. Réjouis-toi simplement d'être en vie.

Certes, ils avaient vu les pierres de loin, mais maintenant qu'ils se trouvaient sur place, c'était une autre affaire, et Nashe ne pouvait s'empêcher d'avoir envie de les toucher, de promener la main sur leurs surfaces afin de découvrir quel était leur contact. Pozzi semblait réagir de la même façon, et ils passèrent tous deux quelques minutes à errer entre les amoncellements de granit en caressant timidement les blocs gris et lisses. Ils avaient un aspect impressionnant, une immobilité presque effrayante. Les pierres étaient si massives, si froides contre la peau qu'on avait peine à croire qu'elles avaient un jour fait partie d'un château. Elles avaient l'air trop vieilles pour ça – comme si on les avait extraites des profondeurs de la terre, comme si elles étaient les reliques d'un temps où l'homme n'existait pas même en rêve.

Nashe en repéra une, à l'écart d'une des piles, et se pencha pour la ramasser, curieux de savoir combien elle pesait. Une première traction provoqua un nœud de tension dans le bas de son dos, et il ne parvint à soulever la pierre du sol qu'au prix d'un effort qui lui arracha un grognement ; il avait l'impression que les muscles de ses jambes allaient se tétaniser. Il fit trois ou quatre pas puis la reposa.

— Seigneur ! fit-il. Pas très encourageant, hein ?

— Elles doivent peser entre vingt-cinq et trente-cinq kilos, dit Murks. Juste de quoi vous faire sentir chacune d'elles.

— J'ai senti celle-ci, dit Nashe. Ça ne fait aucun doute.

— Alors quel est le topo, grand-père ? demanda Pozzi à Murks. On déménage ces cailloux avec la jeep, ou tu nous procures autre chose ? J'ai beau regarder de tous les côtés, je ne vois pas de camion dans les parages.

Murks sourit en hochant lentement la tête.

— Vous pensez tout de même pas qu'ils sont stupides.

— Qu'est-ce que ça veut dire, ça ? fit Nashe.

— Si on vous donne un camion, vous vous en servirez pour filer. Ça tombe sous le sens, non ? Serait idiot de vous fournir l'occasion de vous tirer.

— Je ne savais pas que nous étions en prison, dit Nashe. Je croyais qu'on avait été embauchés pour accomplir un travail.

— C'est vrai, dit Murks. Mais ils veulent pas que vous décampiez avant d'avoir rempli votre part du contrat.

— Alors on les transporte comment ? demanda Pozzi. C'est pas des morceaux de sucre, tu sais, on peut pas en bourrer nos poches.

— Pas la peine de t'énerver, dit Murks. Il y a un chariot dans la cabane qui conviendra tout à fait.

— Ça prendra un temps fou comme ça, remarqua Nashe.

— Et alors ? Dès que vous aurez fait vos heures, vous serez libres de rentrer chez vous. Qu'est-ce que ça peut vous faire, le temps que ça prend ?

— Ben merde alors, s'écria Pozzi en faisant claquer ses doigts et sur le ton d'un rustaud demeuré. Merci pour l'explication, Calvin. Je veux dire, enfin, de quoi on se plaindrait ? On a not' chariot maintenant, et si on considère combien ça va nous aider dans notre travail – et c'est le travail du bon Dieu, ça, frère Calvin – je trouve qu'on peut être bien contents. Je voyais pas les choses du bon côté. Ben voyons, moi et Jim, on doit être les deux plus grands veinards que la terre ait jamais portés.

Après cela, ils retournèrent à la roulotte et déchargèrent de la jeep les affaires de Nashe, ses valises, ses sacs de livres et de cassettes, qu'ils déposèrent par terre dans le salon. Puis ils se rassirent à la table de la cuisine afin de dresser une liste de courses. C'était Murks qui écrivait, et il formait ses lettres avec tant de lenteur et de difficulté qu'il leur fallut près d'une heure pour tout énumérer : les divers aliments, boissons et condiments, les vêtements de travail, les bottes et les gants, des vêtements de rechange pour Pozzi, des lunettes de soleil, du savon, des sacs poubelle, des tapettes à mouches. L'essentiel étant assuré,

Nashe ajouta à la liste une radiocassette portative, et Pozzi demanda un certain nombre de petites choses : un jeu de cartes, un journal, un exemplaire du magazine *Penthouse*. Murks leur annonça qu'il serait de retour en milieu d'après-midi puis, en réprimant un bâillement, il se leva et s'apprêta à partir. Juste avant qu'il ne sorte, Nashe se souvint néanmoins qu'il voulait lui poser une question.

— Est-ce que je pourrais téléphoner ? demanda-t-il.

— Y a pas de téléphone ici, tu vois bien, répondit Murks.

— Vous pourriez peut-être me ramener à la maison, alors.

— Pourquoi tu veux téléphoner ?

— Je n'ai pas l'impression que ça vous regarde.

— Non, sans doute pas. Mais je ne peux pas te ramener à la maison, comme ça, sans savoir pourquoi.

— Il faut que j'appelle ma sœur. Elle s'attend à me voir arriver dans quelques jours, et je n'ai pas envie qu'elle s'inquiète.

Murks réfléchit un moment puis secoua la tête.

— Désolé. J'ai pas la permission de te ramener là-bas. Ils m'ont donné des instructions spéciales.

— Et un télégramme ? Si j'écris le message, vous pourriez le téléphoner vous-même.

— Non, je peux pas faire ça. Les patrons n'aimeraient pas. Mais tu peux envoyer une carte postale, si tu veux. Je te la mettrai volontiers à la poste.

— Une lettre, alors. Achetez-moi du papier et des enveloppes en ville. Si je l'envoie demain, je pense qu'elle la recevra encore à temps.

— D'accord. Du papier et des enveloppes. Tu les as.

Quand Murks fut parti dans la jeep, Pozzi se tourna vers Nashe.

— Tu crois qu'il la postera ? demanda-t-il.

— Je n'en ai aucune idée. Si je devais parier, je dirais qu'il y a de bonnes chances. Mais c'est loin d'être sûr.

— Dans un sens comme dans l'autre, tu ne le sauras jamais. Il prétendra qu'il l'a envoyée, mais ça ne veut pas dire que tu pourras le croire.

— Je demanderai à ma sœur de me répondre. Si elle ne le fait pas, nous saurons que l'ami Murks mentait.

Pozzi alluma une cigarette puis poussa le paquet de Marlboro à travers la table en direction de Nashe, qui hésita un instant avant d'accepter. En fumant cette cigarette, il prit conscience de la profondeur de sa fatigue, il se sentait vidé de toute énergie. Après trois ou quatre bouffées, il l'éteignit et annonça :

— Je crois que je vais dormir un peu. On n'a de toute façon rien à faire pour le moment, je pourrais aussi bien essayer mon nouveau lit. Quelle chambre préfères-tu, Jack ? Je prendrai l'autre.

— Ça m'est égal, répondit Pozzi. Tu peux choisir.

Nashe se leva, et le mouvement qu'il fit dérangea les deux figurines de bois au fond de sa poche. Elles exercèrent contre sa cuisse une pression inconfortable, et pour la première fois depuis qu'il les avait volées, il se souvint de leur existence.

— Regarde, dit-il en exhibant Flower et Stone et en les posant sur la table. Nos deux petits amis.

Pozzi fronça les sourcils, puis un sourire éclaira lentement son visage tandis qu'il examinait les deux minuscules bonshommes, aussi vrais que nature.

— Mince alors, d'où ça vient ?

— D'où crois-tu ?

Pozzi leva les yeux vers Nashe avec une expression étrange, incrédule.

— Tu les as pas volés, quand même ?

— Bien sûr que si. Comment crois-tu qu'ils seraient arrivés au fond de ma poche ?

— T'es cinglé, tu te rends pas compte ? T'es encore plus cinglé que je ne pensais.

— Ça ne me paraissait pas bien de partir sans emporter un souvenir, expliqua Nashe, en souriant comme s'il venait de recevoir un compliment.

Manifestement impressionné par l'audace de Nashe, Pozzi sourit à son tour.

— Ils seront pas trop contents quand ils vont s'en apercevoir, dit-il.

— Tant pis pour eux.

— Ouais, fit Pozzi en ramassant sur la table les deux petits bonshommes et en les examinant de plus près. Tant pis pour eux.

Nashe baissa les stores dans sa chambre, s'étendit sur le lit et s'endormit sous le ressac des bruits de la prairie. Des oiseaux chantaient au loin, le vent soufflait entre les arbres, une cigale stridula dans l'herbe sous sa fenêtre. Sa dernière pensée avant de perdre conscience fut pour Juliette et son anniversaire. Le douze octobre, c'est dans quarante-six jours, songea-t-il. S'il devait passer dans ce lit les cinquante prochaines nuits, il n'arriverait pas à temps. En dépit des promesses qu'il lui avait faites, il serait encore en Pennsylvanie le jour de sa fête.

Le lendemain matin, Nashe et Pozzi découvrirent que construire un mur n'était pas aussi simple qu'ils se l'étaient figuré. Avant de pouvoir entreprendre la construction proprement dite, il fallait passer par toutes sortes de préparatifs. Il fallait tracer des lignes, creuser une tranchée, créer une surface plane.

— On ne peut pas se contenter de laisser tomber les pierres en espérant que ça marche, avait déclaré Murks. Il faut faire les choses dans les règles.

La première opération consista à dérouler deux longueurs de ficelle parallèles et à les tendre entre les coins de la prairie de manière à délimiter l'espace que devait occuper le mur. Une fois ces contours établis, Nashe et Pozzi attachèrent la ficelle à de petits piquets de bois puis plantèrent ceux-ci dans le sol à des intervalles d'un mètre cinquante. C'était un processus laborieux, qui les obligeait à prendre et à reprendre sans cesse des mesures, mais Nashe et Pozzi ne se sentaient pas particulièrement pressés, puisqu'ils savaient qu'à chaque heure consacrée à la ficelle correspondrait une heure de moins passée à porter des pierres. Si l'on considère qu'il y avait huit cents piquets à planter, les trois jours que leur prit l'achèvement de cette tâche ne paraissent pas excessifs. Dans des circonstances différentes, ils l'auraient peut-être un peu traînée en longueur, mais Murks n'était jamais loin, et aucune astuce n'échappait à ses yeux bleu pâle.

Le lendemain il leur donna des pelles et leur fit creuser une tranchée peu profonde entre les deux lignes de ficelle. L'avenir du mur dépendait de la régularité du fond de cette tranchée et ils procédèrent donc avec soin, ne progressant que par toutes petites sections. Le pré n'étant pas parfaitement plat, il leur fallait éliminer les diverses bosses et les monticules qu'ils rencontraient en chemin, déraciner à la pelle l'herbe et les autres plantes et puis, à l'aide de pioches et de barres à mine, extraire les pierres qui se trouvaient cachées sous la surface. Certaines de celles-ci leur opposaient une résistance farouche. Elles refusaient de se dégager de la terre, et Nashe et Pozzi passèrent le plus clair de six journées à se battre avec elles, à lutter pour arracher au sol obstiné chacun de ces obstacles. Les plus gros rochers laissaient bien entendu derrière eux des trous qu'il fallait ensuite combler.

Le travail avançait lentement mais ils ne le trouvaient ni l'un ni l'autre particulièrement difficile. En fait, lorsqu'ils en arrivèrent aux finitions, ils commençaient presque à s'amuser. Ils consacrèrent une après-midi entière à égaliser le fond de la tranchée puis à le tasser avec des houes. Durant ces quelques heures, le labeur ne leur parut pas plus ardu que du jardinage.

Il ne leur avait pas fallu longtemps pour s'habituer à leur nouvelle existence. Après trois ou quatre jours dans le pré, la routine leur semblait déjà familière, et dès la fin de la première semaine ils n'avaient plus besoin d'y penser. Chaque matin, le réveil de Nashe sonnait à six heures. Ensuite, après s'être succédé dans la salle de bains, ils allaient dans la cuisine préparer leur petit déjeuner (Pozzi s'occupant du jus d'orange, du pain grillé et du café, et Nashe des œufs brouillés et des saucisses). A sept heures précises, Murks venait frapper un petit coup sur la porte de la roulotte, et ils entamaient alors leur journée. Après avoir travaillé cinq heures, ils revenaient déjeuner dans la roulotte (une heure de congé sans solde) puis s'y remettaient pour cinq heures encore dans l'après-midi. Ils terminaient à six heures, et tous deux appréciaient toujours cet instant, prélude aux réconforts d'une douche chaude et d'une bière dans le salon paisible. Nashe se retirait alors à la cuisine afin de préparer le dîner (des plats simples en général, les bons vieux classiques américains : des steaks et des côtelettes, du poulet en cocotte, des montagnes de pommes de terre et de légumes, des puddings et des glaces pour le dessert) et lorsqu'ils s'étaient rempli l'estomac, Pozzi prenait sa part du ménage en se chargeant de tout ranger. Après quoi Nashe, étendu sur le canapé du salon, écoutait de la musique ou lisait tandis que Pozzi s'installait à la table de la cuisine et faisait des patiences. Parfois ils bavardaient, parfois ils ne disaient rien. Parfois ils sortaient, et jouaient à une sorte de basket-ball que Pozzi avait inventée : il fallait lancer des cailloux dans une poubelle placée à une distance de quelques mètres. Et une ou deux fois, quand la soirée était particulièrement belle, ils s'assirent sur les marches de la roulotte et regardèrent le soleil se coucher derrière les arbres.

Nashe se sentait beaucoup plus calme qu'il ne l'avait escompté. A partir du moment où il avait accepté la disparition de sa voiture, il n'avait plus guère éprouvé l'envie de se retrouver sur les routes et il constatait, non sans un certain ahurissement, la facilité avec laquelle il s'était ajusté à sa nouvelle existence. Il comprenait mal comment il avait pu tout abandonner, si vite. Mais il s'apercevait que travailler en plein air lui plaisait, et au bout de quelque temps, il eut l'impression que le silence de la prairie exerçait sur lui un effet apaisant, comme si l'herbe et les arbres avaient modifié son métabolisme. Cela ne signifiait pas, néanmoins, qu'il se sentît bien. L'atmosphère restait chargée de suspicion et de méfiance, et Nashe trouvait irritante l'affirmation implicite que le gosse et lui ne respecteraient pas leurs obligations. Ils avaient donné leur parole, avaient même apposé leurs signatures au bas d'un contrat, et pourtant tout semblait organisé en fonction de l'idée qu'ils tenteraient de s'échapper. Non seulement on ne leur permettait pas de travailler à l'aide de machines, mais encore Murks arrivait maintenant chaque matin à pied, ce qui prouvait que même la jeep passait pour une tentation trop dangereuse, comme si sa présence eût risqué de rendre irrésistible l'envie de la voler. Ces précautions étaient certes déplaisantes, mais le plus sinistre était encore la clôture grillagée qu'ils avaient découverte dans la soirée de leur première pleine journée de travail. Après dîner, ils avaient décidé d'explorer une partie de la zone boisée qui entourait le pré. Partant par le côté le plus éloigné, ils avaient pénétré sous le couvert en suivant un chemin de terre qui paraissait frayé depuis peu. Des arbres abattus gisaient de part et d'autre, et ils devinèrent en voyant les traces de pneus inscrites dans l'humus tendre que c'était par là qu'étaient passés les camions venus livrer leur cargaison de pierres. Nashe et Pozzi continuèrent à marcher mais, avant d'avoir atteint la grand-route qui marquait la limite nord de la propriété, ils furent arrêtés par la clôture. Haute de deux mètres cinquante à trois mètres, elle était surmontée par un menaçant entrelacs de fils barbelés. Une section paraissait plus neuve que le reste, ce qui pouvait indiquer qu'on en avait enlevé une partie pour permettre aux camions d'entrer, mais à part cela toute trace de circulation avait été éliminée. Ils poursuivirent leur marche le long de la clôture, en se demandant s'ils découvriraient une ouverture, et quand la nuit tomba, une heure et demie plus tard, ils étaient revenus à leur point de départ. A un moment donné, ils avaient reconnu le portail de pierre qu'ils avaient franchi le jour de leur arrivée, et il n'y avait eu aucune autre interruption. La clôture était partout, elle entourait l'étendue entière du domaine de Flower et Stone.

Ils firent de leur mieux pour en rire, se dirent que les gens riches vivaient toujours derrière des clôtures, mais ne purent gommer le souvenir de ce qu'ils avaient vu. La clôture avait été érigée pour empêcher l'accès de ce qui venait du dehors, mais une fois en place, ne pouvait-elle aussi bien empêcher de sortir ce qui se trouvait à l'intérieur ? Toutes sortes de possibilités menaçantes gisaient enfouies sous cette question. Nashe s'efforçait de ne pas laisser filer son imagination, mais il ne réussit pas à calmer sa peur avant le huitième jour, quand il reçut une lettre de Donna. Pozzi se sentit rassuré à l'idée que quelqu'un sût où ils étaient, mais le plus important aux yeux de Nashe était que Murks eût tenu parole. La lettre était une démonstration de bonne foi, une preuve tangible que personne n'avait l'intention de les tromper.

Tout au long de ces premières journées dans le pré, Pozzi se conduisit de façon exemplaire. Il semblait avoir décidé de se montrer solidaire de Nashe, et quoi qu'on lui demandât, il ne rechignait pas. Il s'acquittait de son travail avec une bonne volonté flegmatique, contribuait aux corvées ménagères et faisait même semblant d'apprécier la musique classique que Nashe écoutait chaque soir après le dîner. Nashe ne s'était pas attendu de sa part à tant de complaisance et lui était reconnaissant des efforts qu'il faisait. Mais la vérité, c'était qu'il récoltait simplement ce qu'il avait mérité. Il était allé jusqu'au bout pour Pozzi, la nuit du match de poker, au-delà de toute limite raisonnable, et s'il y avait laissé tout ce qu'il possédait, il y avait aussi gagné un ami. Cet ami paraissait prêt maintenant à faire pour lui n'importe quoi, même si cela signifiait passer cinquante jours dans un pré au bout du monde, à se casser les reins comme un prisonnier condamné aux travaux forcés.

Néanmoins, loyauté ne signifiait pas conviction. Du point de vue de Pozzi, toute cette situation était absurde, et le fait qu'il eût choisi de soutenir son ami n'impliquait pas qu'il lui donnât raison. Le gosse n'avait cédé que pour complaire à Nashe, et dès lors que celui-ci s'en fut rendu compte, il s'efforça de garder pour lui ses réflexions. Les jours passèrent, et bien qu'il n'y eût guère d'instants où ils ne se trouvaient pas ensemble, il continua à ne pas parler de ce qui le préoccupait vraiment – ni de ses efforts pour redonner un sens à sa vie, ni de sa vision du mur en tant que chance de se racheter à ses propres yeux, ni du fait qu'il accueillait les épreuves de leur existence dans le pré comme un moyen de compenser son insouciance et son apitoiement sur lui-même – car une fois lancé, il savait qu'il ne pourrait plus s'empêcher de prononcer des mots qu'il regretterait, et il ne souhaitait pas rendre Pozzi encore plus nerveux qu'il ne l'était déjà. L'essentiel était de le maintenir de bonne humeur, de l'aider à parvenir au bout des cinquante jours de la manière la moins pénible. Il valait mieux n'aborder les choses que de façon très superficielle – la dette, le contrat, les heures accomplies – et sauver les apparences grâce à des réflexions comiques et des haussements d'épaules ironiques. Cette attitude rendait parfois Nashe bien solitaire, mais il ne voyait pas comment s'en tirer autrement. Si jamais il ouvrait son cœur au gosse, cela provoquerait comme une tornade. Comme l'ouverture d'une boîte pleine de vers, comme la recherche des pires ennuis.

Si les manières de Pozzi envers Nashe restaient excellentes, avec Murks c'était une autre histoire, et il ne se passait pas un jour sans qu'il le taquinât, l'insultât et l'agressât en paroles. Au début, Nashe y voyait un bon signe, il se disait que si le gosse parvenait à retrouver l'insolence chahuteuse qui lui était naturelle, cela signifiait peut-être qu'il ne réagissait pas trop mal à la situation. Il proférait ses injures sur un ton si sarcastique, avec un tel assortiment de sourires et de hochements de tête sympathisants que Murks paraissait à peine se rendre compte qu'il se moquait de lui. Nashe, qui n'éprouvait pour Murks aucune affection particulière, ne désapprouvait pas Pozzi de décompresser un peu aux dépens du contremaître. Avec le temps, il se mit néanmoins à penser que le gosse en faisait trop – qu'il ne paraissait pas mû seulement par une indiscipline foncière, mais par une réaction de panique, de peurs refoulées et d'inquiétude. Son attitude évoquait celle d'un animal acculé, prêt à attaquer tout ce qui l'approche. Et bien entendu, il s'agissait toujours de Murks. Pourtant, si insupportable que devînt Pozzi, si provocant qu'il se montrât, le vieux Calvin ne bronchait pas. Le bonhomme avait quelque chose de si profondément imperturbable, une si fondamentale absence de spontanéité ou d'humour que Nashe ne parvenait pas à déceler s'il se moquait d'eux sous cape ou s'il n'était que stupide. Il se contentait d'accomplir son boulot, d'aller son chemin du même pas consciencieux et lent, sans jamais un mot sur lui-même, jamais une question à Nashe ou à Pozzi, jamais le moindre indice de colère, de curiosité ou de plaisir. Il arrivait avec ponctualité à sept heures tous les matins, chargé des achats et des provisions qui lui avaient été demandés la veille, et puis, pendant onze heures, il n'en avait plus que pour le chantier. Il était difficile de deviner ce qu'il pensait du mur, mais il supervisait les opérations avec une attention méticuleuse aux détails, guidant Nashe et Pozzi d'une étape de la construction à la suivante comme s'il savait de quoi il parlait. Il gardait néanmoins ses distances, et jamais il ne leur donnait un coup de main ni ne participait physiquement au travail. Il était chargé de surveiller l'édification du mur et se conformait à ce rôle en affichant de manière stricte et absolue sa supériorité sur les hommes placés sous ses ordres. Murks avait l'air suffisant d'un personnage satisfait de sa position hiérarchique et, comme c'est le cas pour la plupart des sous-officiers et des petits chefs en ce monde, sa loyauté était fermement acquise aux gens qui lui donnaient ses instructions. Il ne déjeunait jamais avec Nashe et Pozzi, par exemple, et quand la journée s'achevait, il ne s'attardait jamais à bavarder. Ils cessaient le travail à six heures précises, et c'était toujours terminé. "A demain, les gars", disait-il, puis il s'en allait de son pas traînant et disparaissait dans les bois en l'affaire de quelques secondes.

Il leur fallut neuf jours pour venir à bout des préliminaires. Puis ils commencèrent le mur lui-même, et soudain leur univers bascula de nouveau. Comme Nashe et Pozzi s'en aperçurent, soulever un bloc de trente kilos était une chose, mais une fois qu'on avait soulevé ce bloc, c'en était une tout autre de soulever un deuxième bloc de trente kilos, et une tout autre encore de s'attaquer à un troisième après avoir soulevé le deuxième. Quelle que fût leur énergie au moment où ils empoignaient le premier, la plus grande partie en était épuisée quand ils abordaient le deuxième, et une fois qu'ils avaient porté le deuxième, il leur en restait moins encore à consacrer au troisième. C'était ainsi. Chaque fois qu'ils travaillaient au mur, Nashe et Pozzi butaient contre le même infernal casse-tête : les pierres étaient toutes identiques, et pourtant chacune pesait plus lourd que la précédente.

Ils passaient les matinées à traîner les pierres une par une d'un bout à l'autre du pré dans un petit chariot rouge, à les déposer au bord de la tranchée et à retourner en chercher d'autres. L'après-midi, ils travaillaient, à la truelle et au ciment, à positionner soigneusement chaque bloc. De ces deux activités, il est difficile de dire quelle était la pire : soulever et déposer sans cesse le matin, pousser et tirer à partir du déjeuner. La première exigeait peut-être de plus grands efforts, mais l'obligation de déménager les pierres sur de telles distances comportait une compensation cachée. Murks leur ayant recommandé de commencer par le bout le plus éloigné de la tranchée, ils devaient repartir les mains vides, chaque fois qu'ils avaient transporté un bloc, pour chercher le suivant – et ce bref entracte leur permettait de reprendre haleine. La seconde partie du travail, moins épuisante, offrait aussi moins de répit. Les courtes interruptions nécessaires pour appliquer le ciment ne pouvaient se comparer aux marches à travers le pré, et à tout prendre il était probablement plus pénible de déplacer une pierre sur quelques centimètres que de la hisser du sol pour la mettre sur le chariot. Si l'on prenait en considération toutes les autres variables – le fait qu'ils se sentaient en général plus en forme le matin, le fait que la chaleur devenait d'habitude plus forte l'après-midi, le fait que leur écœurement grandissait inévitablement au fil des heures – cela revenait sans doute au même. Six d'un côté, une demi-douzaine de l'autre.

Ils trimbalaient les pierres dans un *Fast Flyer*, un chariot pour enfants du genre de celui que Nashe avait offert à Juliette à l'occasion de son troisième anniversaire. Au premier abord, Pozzi et lui avaient cru qu'il s'agissait d'une plaisanterie, et tous deux avaient ri quand Murks l'avait exhibé. "Vous n'êtes pas sérieux ?" s'était exclamé Nashe. Mais Murks semblait très sérieux, et à l'usage il s'avéra que ce jouet était plus qu'adéquat : son corps métallique pouvait supporter les charges, et ses pneus de caoutchouc étaient assez robustes pour résister à tous les creux et bosses du terrain. Il y avait néanmoins un certain ridicule à se trouver réduit à utiliser une chose pareille, et Nashe était irrité de l'effet bizarre, infantilisant, que cela exerçait sur lui. Le chariot n'était pas à sa place entre les mains d'un adulte. C'était un objet fait pour la chambre d'enfant, pour l'univers futile et imaginaire des tout-petits, et chaque fois qu'il le traînait au travers du pré il se sentait honteux, accablé par le sentiment de sa propre impuissance.

Le travail progressait lentement, par degrés à peine perceptibles. En une bonne matinée, ils arrivaient à transporter vingt-cinq ou trente pierres jusqu'à la tranchée, mais jamais davantage. Si Pozzi avait été un peu plus costaud, ils auraient pu avancer deux fois plus vite, mais le gosse n'était pas de taille à soulever les pierres tout seul. Il était trop petit, trop fragile, trop peu habitué à l'effort physique. S'il parvenait à arracher une pierre au sol, il était ensuite incapable de la porter sur la moindre distance. Dès qu'il tentait de marcher, le poids le déséquilibrait et il avait à peine fait deux ou trois pas que le bloc lui échappait des mains. Nashe, avec ses vingt centimètres et ses trente kilos de plus que lui, n'éprouvait pas ces difficultés. Il eût été injuste, pourtant, qu'il fît tout le travail, et ils en vinrent à porter les pierres en tandem. Même ainsi, il eût encore été possible de charger deux blocs sur le chariot (ce qui aurait amélioré leur cadence d'un tiers environ), mais Pozzi n'avait pas la force de tirer plus de cinquante kilos. Il se débrouillait sans trop de peine avec trente ou trente-cinq, et puisqu'ils s'étaient mis d'accord de partager la besogne en deux – ce qui signifiait qu'ils se relayaient pour traîner le chariot – ils s'en tinrent aux chargements d'une seule pierre. En fait, ce n'était peut-être pas plus mal. De toute façon, c'était un labeur éreintant, ils n'avaient aucun intérêt à se laisser écraser.

Peu à peu, Nashe s'adapta. Les premières journées furent les plus pénibles, rares étaient les instants où il ne se sentait pas anéanti par un épuisement presque intolérable. Il avait les muscles douloureux, le cerveau brumeux, le corps sans cesse assoiffé de sommeil. Il s'était ramolli durant tous ces mois passés assis dans sa voiture, et le travail relativement facile des neuf premiers jours n'avait pas contribué à le préparer au choc d'une réelle épreuve. Mais Nashe était encore jeune, encore assez vigoureux pour se remettre de sa longue période d'inactivité, et avec le temps il s'aperçut qu'il commençait à sentir la fatigue un peu plus tard chaque jour, que si une matinée de labeur avait suffi, au début, à l'entraîner aux limites de son endurance, il était à présent capable de tenir pendant une grande partie de l'après-midi avant que cela n'arrivât. Finalement, il découvrit qu'il ne lui était plus nécessaire de s'écrouler dans son lit aussitôt après dîner. Il se remit à lire, et vers le milieu de la deuxième semaine, il se rendit compte que le pire était passé.

Pozzi, pour sa part, ne s'en sortait pas aussi bien. Si le gosse avait paru assez content les premiers jours, pendant qu'ils creusaient la tranchée, il devint de plus en plus malheureux lorsqu'ils abordèrent la phase suivante. Sans doute, les pierres lui coûtaient plus d'efforts qu'à Nashe, mais son irritabilité et sa morosité semblaient moins liées à la souffrance physique qu'à un sentiment d'outrage moral. Ce travail lui était odieux, et plus cela durait, plus il lui paraissait évident qu'il était la victime d'une terrible injustice, que ses droits avaient été bafoués d'une façon monstrueuse, indescriptible. Incapable d'accepter l'idée qu'il avait perdu, il revenait sans cesse sur la partie de poker avec Flower et Stone. Après dix jours passés à construire le mur, il était convaincu d'avoir été l'objet d'une tricherie, que Flower et Stone avaient volé leur argent en se servant de cartes truquées ou d'une autre astuce illégale. Nashe faisait de son mieux pour éviter le sujet, mais en vérité il n'était pas tout à fait persuadé que Pozzi se trompait. Lui aussi s'était posé la question, mais faute de la moindre preuve à l'appui de cette accusation, il trouvait inutile d'encourager le gosse. Même s'il avait raison, ils n'y pouvaient strictement rien.

Pozzi continuait à espérer une occasion de tirer ça au clair avec Flower et Stone, mais les milliardaires ne se montraient pas. Leur absence paraissait inexplicable, et plus le temps passait, plus elle intriguait Nashe. Il avait supposé qu'ils viendraient tous les jours voir ce qui se passait dans le pré. C'était leur idée, après tout, et il eût semblé tout naturel qu'ils souhaitent savoir comment se déroulaient les travaux. Les semaines se succédaient pourtant sans qu'ils donnent signe de vie. Si Nashe lui demandait où ils étaient, Murks haussait les épaules, baissait le nez, et répondait qu'ils étaient occupés. Ça n'avait aucun sens. Nashe tenta d'en discuter avec Pozzi mais celui-ci, lancé désormais sur une autre orbite, tenait en réserve une réponse toute prête :

— Ça prouve qu'ils sont coupables, affirmait-il. Ces salauds savent que je les ai devinés, et ils ont trop peur pour ramener leurs pommes.

Un soir, Pozzi but cinq ou six bières après le dîner et se saoula complètement. Il était d'une humeur massacrante et se mit au bout d'un moment à arpenter la roulotte en titubant et en proférant toutes sortes d'insanités à propos du sort inique qui était le sien.

— Je vais leur faire leur affaire, à ces deux connards, déclara-t-il. Ce gros plein de soupe sera bien obligé d'avouer.

Sans prendre le temps d'expliquer ses intentions, il empoigna une torche électrique sur le comptoir de la cuisine, ouvrit la porte extérieure et plongea dans l'obscurité. Nashe se releva précipitamment pour courir après lui en lui criant de revenir.

— Mêle-toi de tes oignons, pompier, lança Pozzi en gesticulant avec la torche, éclairant l'herbe par saccades désordonnées. Puisque ces salopards ne viennent pas nous parler, y a plus qu'à aller les chercher.

A moins de lui envoyer un coup de poing en pleine figure, Nashe comprit qu'il lui serait impossible de l'arrêter. Le gosse était bourré, hors d'atteinte des mots, et tenter de le raisonner ne servirait à rien. Nashe n'avait aucune envie de frapper Pozzi. L'idée de malmener ce gamin ivre et désespéré ne représentait pas à ses yeux une solution, et il résolut donc de ne rien faire – d'entrer dans le jeu de Pozzi tout en veillant à ce qu'il ne s'attirât pas d'ennuis.

Ils avancèrent ensemble à travers bois en se guidant grâce au faisceau de la lampe. Il était près de onze heures et le ciel couvert ne laissait deviner ni la lune ni d'éventuelles étoiles. Nashe s'attendait à apercevoir une des lumières de la maison, mais tout restait sombre de ce côté, et après quelque temps il commença à se demander s'ils allaient la retrouver. Cela paraissait long, Pozzi ne cessait de trébucher sur des cailloux ou de s'enfoncer dans des buissons épineux, et toute l'expédition semblait de plus en plus absurde. Et puis ils arrivèrent : ils marchaient sur la pelouse, ils approchaient de la maison. Il devait être trop tôt pour que Flower et Stone fussent déjà couchés, et cependant aucune fenêtre n'était éclairée. Pozzi fit le tour jusqu'à la porte d'entrée et sonna, déclenchant à nouveau les premières mesures de la *Cinquième Symphonie* de Beethoven. Pas du tout aussi amusé que la première fois, le gosse murmura quelque chose d'inintelligible et attendit que quelqu'un ouvrît la porte. Mais rien ne se passa, et après quinze ou vingt secondes il sonna une deuxième fois.

— On dirait qu'ils sont sortis, ce soir, dit Nashe.

— Non, ils sont là, répliqua Pozzi. Ils sont juste trop froussards pour répondre.

Pourtant aucune lumière ne s'était allumée après la deuxième sonnerie, et la porte restait fermée.

— A mon avis, il est temps de renoncer, dit Nashe. Si tu veux, on reviendra demain.

— Et la bonne ? fit Pozzi. Tu penses bien qu'elle doit être là. On pourrait lui laisser un message.

— Elle a peut-être le sommeil lourd. Ou alors ils lui ont donné sa soirée. Ça m'a l'air complètement mort, là-dedans.

Pozzi envoya dans la porte un coup de pied rageur, puis se mit soudain à proférer des invectives d'une voix stridente. Au lieu de sonner une troisième fois, il recula dans l'allée tout en criant à tue-tête, en direction des fenêtres de l'étage, sa colère devant la maison vide.

— Hé, Flower, tempêtait-il. Oui, toi, le gros, c'est à toi que je parle ! T'es une ordure, bonhomme, tu t'en rends compte ? Toi et ton petit copain, vous êtes deux ordures, et vous allez payer pour ce que vous m'avez fait !

Cela dura pendant au moins trois ou quatre minutes, un débordement belliqueux de menaces furieuses et vaines, et tout en croissant en intensité, cela devenait de plus en plus pathétique, plus désolant par sa stridence désespérée. Nashe se sentait le cœur plein de pitié pour le gosse, mais il ne pouvait pas grand-chose tant que la colère de Pozzi ne s'était pas consumée. Debout dans les ténèbres, il regardait danser les insectes attirés par le rayon de la torche. Dans le lointain, un hibou hulula une fois, deux fois, puis se tut.

— Viens, Jack, dit Nashe. Rentrons à la roulotte, allons dormir.

Mais Pozzi n'en avait pas terminé. Avant de partir, il se pencha, ramassa une poignée de gravier dans l'allée et la lança vers la maison. C'était un geste stupide, la colère mesquine d'un enfant de douze ans. Le gravier rebondit comme de la chevrotine sur la surface dure et puis, presque en écho, Nashe entendit le léger soprano d'un bruit de verre brisé.

— On s'en va, maintenant, dit-il. Je crois que ça suffit comme ça.

Pozzi se retourna et se mit à marcher vers le bois.

— Crapules, grommela-t-il pour lui-même. Le monde entier est aux mains de crapules.

A la suite de cette soirée, Nashe comprit qu'il devrait veiller de plus près sur le gosse. Les ressources profondes de Pozzi s'épuisaient, et ils n'avaient pas encore accompli la moitié de leur temps. Sans en faire une affaire, il se mit à assumer plus que sa part du travail, à soulever et à transporter des pierres pendant que Pozzi se reposait, pensant qu'un peu de sueur supplémentaire de sa part pourrait contribuer à maintenir la situation sous contrôle. Il ne voulait plus d'éclats ni de saoulographie, il ne voulait pas devoir sans cesse se demander si le gosse n'allait pas craquer. Il pouvait supporter ce surcroît de travail, et l'un dans l'autre cela paraissait plus simple que d'essayer de faire la morale à Pozzi sur les vertus de la patience. Il n'y en avait plus que pour trente jours, se disait-il, et s'il ne pouvait se débrouiller pour tenir le coup jusque-là, quelle sorte d'homme était-il ?

Il renonça à lire après le dîner afin de passer ces heures avec Pozzi. La soirée était l'heure dangereuse, et cela n'arrangeait rien de laisser le gosse broyer du noir tout seul dans la cuisine, où il se montait la tête à ressasser jusqu'au délire des pensées meurtrières. Tout en s'efforçant de s'y prendre avec subtilité, Nashe se mit désormais à la disposition de Pozzi. Si le gosse avait envie de jouer aux cartes, il jouait aux cartes avec lui ; si le gosse avait envie de boire, il ouvrait une bouteille et lui tenait tête, verre pour verre. Du moment qu'ils parlaient ensemble, la façon dont ils passaient le temps importait peu. De temps à autre, Nashe racontait des histoires de son année sur les routes, ou bien il évoquait certains des grands incendies qu'il avait combattus à Boston, s'attardant pour le bénéfice de Pozzi sur les détails les plus affreux, avec l'idée que le fait d'entendre ce que d'autres avaient subi pourrait peut-être distraire le jeune homme de ses propres soucis. Pendant un petit moment, la stratégie de Nashe parut efficace. Le gosse devint nettement plus calme, et ses propos haineux concernant Flower et Stone cessèrent soudain, mais il ne fallut pas longtemps pour que de nouvelles obsessions remplacent les anciennes. Nashe arrivait à en contenir la plupart sans trop de difficulté – les filles, par exemple, et la préoccupation croissante de tirer un coup – mais il en était de moins aisées à écarter. Il ne s'agissait plus pour Pozzi de menacer quiconque, mais une fois de temps en temps, en plein milieu de la conversation, il faisait des sorties tellement schizo, tellement démentes que Nashe s'effrayait de les entendre.

— Ça marchait juste comme j'avais prévu, lui déclara Pozzi un soir. Tu t'en souviens, Jim, n'est-ce pas ? Sur le velours, ça marchait, aussi bien qu'on peut le rêver. Je venais de tripler notre mise, et j'étais là, prêt à porter le coup fatal. Ces connards étaient finis. Ce n'était plus qu'une question de temps avant qu'ils flottent le ventre en l'air, je le sentais dans mes os. Ça c'est la sensation que j'attends toujours. C'est comme si on tournait un interrupteur au fond de moi, tout mon corps se met à bourdonner. Chaque fois que je ressens ça, je sais que c'est gagné, j'ai plus qu'à me laisser aller sur ma lancée jusqu'à la fin. Tu me suis, Jim ? Jusqu'à cette nuit-là, je ne m'y suis jamais trompé, pas une seule fois.

— Il y a une première à tout, remarqua Nashe, qui ne voyait pas très bien où le gosse voulait en venir.

— Peut-être. Mais j'ai du mal à croire ce qui nous est arrivé. Du moment que tu es en veine, putain, y a rien qui peut t'arrêter. On dirait que d'un coup le monde entier tombe en place. T'es comme à côté de ton corps, et pendant toute la nuit tu restes là à te regarder accomplir des miracles. Ça n'a plus grand-chose à voir avec toi, en réalité. Ça échappe à ton contrôle, et tant que tu n'y réfléchis pas trop, tu peux pas faire d'erreur.

— Ça a eu l'air bien parti pendant un moment, Jack, je l'admets. Et puis la chance a tourné. C'est le risque, on n'y peut rien. Un peu comme un batteur qui a fait un sans-faute. Et puis, tout à la fin de la neuvième manche, il rate son dernier coup, alors que toutes les bases sont occupées. Son équipe perd, et on peut sans doute considérer qu'il en est responsable. Mais ça ne veut pas dire qu'il a été mauvais ce soir-là.

— Non, tu ne m'écoutes pas. Moi je te dis qu'il est pas question que je rate mon coup à ce moment-là. Merde, la balle me paraît grosse comme une pastèque. Tout ce que je fais, je m'installe sur le plateau du batteur et, quand elle arrive, je te la cale droit dans le vide entre deux joueurs, et ce coup-là remporte la partie.

— D'accord, tu envoies un vrai boulet dans un vide. Mais un de ces deux joueurs fonce comme l'éclair et juste au moment où la balle va lui échapper, il saute et l'attrape dans la paume de son gant. C'est un coup impossible, un des grands coups de tous les temps. Mais le batteur est *out*, pas vrai ? Et il est hors de question de lui reprocher de ne pas avoir fait de son mieux. C'est ça que j'essaie de t'expliquer, Jack. Tu as fait de ton mieux, et nous avons perdu. On a vu pire dans l'histoire du monde. On ne va plus se désoler pour ça.

— Ouais, mais t'as toujours pas compris de quoi je parle. T'entends pas ce que je te dis.

— Ça me paraît assez simple. Pendant presque toute la nuit, on aurait dit qu'on allait gagner. Et puis quelque chose s'est détraqué, et on a perdu.

— Exactement. Quelque chose s'est détraqué. Et qu'est-ce que tu crois que c'était ?

— Je n'en sais rien, fiston. Dis-le-moi.

— C'était toi. Tu as rompu le rythme, et après ça tout était foutu.

— Si je me souviens bien, c'est toi qui jouais aux cartes. Je ne faisais rien d'autre que rester assis à te regarder.

— Mais tu participais. Heure après heure, tu es resté là, juste derrière moi, avec ton haleine dans mon cou. Au début j'étais un peu distrait de te sentir si près, et puis je me suis habitué, et après un moment j'ai compris qu'il y avait une raison à ta présence. Tu m'insufflais la vie, mon pote, chaque fois que je sentais ton souffle, la chance se déversait dans mes os. C'était tellement parfait. Tout était bien équilibré, les rouages fonctionnaient, c'était beau, vieux, vraiment beau. Et puis il a fallu que tu t'en ailles.

— Un besoin naturel. Tu ne voulais tout de même pas que je pisse dans mon froc ?

— Bien sûr, c'est très bien, va à la salle de bains, ça ne me dérange pas du tout. Mais combien de temps ça prend ? Trois minutes ? Cinq minutes ? Ouais, sûr, vas-y, va pisser. Mais bordel de Dieu, Jim, tu es resté parti pendant une heure entière !

— J'étais crevé. J'ai dû m'allonger pour faire un somme.

— Ouais, mais t'as pas fait de somme, hein ? T'es monté, tu t'es mis à rôder autour de cette connerie de Cité du Monde. Nom de Dieu, pourquoi est-ce que t'avais besoin de faire un truc aussi dingue ? Et moi, je suis là en bas, en train d'attendre que tu redescendes, et petit à petit je commence à perdre ma concentration. Où est-ce qu'il reste, je me dis tout le temps, qu'est-ce qui a pu lui arriver, bordel ? Alors ça marche moins bien, je gagne plus autant de manches qu'avant. Et alors, juste au moment où ça tourne vraiment mal, tu as cette idée saugrenue de voler un morceau de la maquette. Cette faute-là, je peux pas y croire. Aucune classe, Jim, un coup d'amateur. C'est pareil que commettre un péché, un truc comme ça, pareil que violer une loi fondamentale. On avait tout en harmonie. On était arrivés au point où tout devenait musique pour nous, et puis il faut que tu montes là-haut et que tu bousilles les instruments. T'as trafiqué l'univers, mon ami, et quand on a fait ça, on doit en payer le prix. Je regrette seulement d'avoir à le payer avec toi.

— Tu commences à parler comme Flower, Jack. Ce type gagne le gros lot et il s'imagine tout à coup que c'est Dieu qui l'a choisi.

— Je ne parle pas de Dieu. Dieu n'a rien à voir là-dedans.

— Ce n'est qu'un autre mot pour la même chose. Tu veux croire à un dessein caché. Tu essaies de te persuader qu'il existe une raison à ce qui se passe dans le monde. Je m'en fous comment tu appelles ça – Dieu ou la chance ou l'harmonie –, ça revient à la même connerie. C'est une façon d'éluder les faits, de refuser de voir la réalité.

— Tu te crois malin, Nashe, mais tu connais rien à rien.

— C'est vrai, je ne connais rien. Et toi non plus, Jack. Nous ne sommes que deux ignorants, toi et moi, une paire de caves qui se sont fait avoir. Maintenant on essaie d'équilibrer les comptes. Si on ne déconne pas, on sera hors d'ici dans vingt-sept jours. Je ne prétends pas que c'est drôle, mais on aura peut-être appris quelque chose d'ici la fin.

— T'aurais pas dû faire ça, Jim. C'est ça que j'essaie de te dire. Quand t'as volé ces petits bonshommes, tout s'est déglingué.

Avec un soupir exaspéré, Nashe se leva de sa chaise et tira de sa poche la miniature de Flower et Stone. Puis il passa du côté où Pozzi était assis et il lui tint les figurines devant les yeux.

— Regarde bien, dit-il, et dis-moi ce que tu vois.

— Bon Dieu, s'exclama Pozzi, à quoi tu joues ?

— Regarde, répéta Nashe sèchement. Allez, Jack, dis-moi ce que j'ai en main.

Pozzi leva vers Nashe un regard blessé, puis lui obéit à contrecœur.

— Flower et Stone, dit-il.

— Flower et Stone ? J'aurais pensé que Flower et Stone étaient plus grands que ça. Enfin, regarde-les, Jack, ces deux types ne mesurent pas plus de quelques centimètres.

— D'accord, c'est pas vraiment Flower et Stone. C'est ce qu'on appelle une réplique.

— Un petit morceau de bois, non ? Un bête petit morceau de bois. C'est pas vrai, Jack ?

— Si tu le dis.

— Et pourtant tu t'imagines que ce petit bout de bois est plus fort que nous, n'est-ce pas ? Tu crois qu'il est tellement fort, en fait, qu'il nous a fait perdre tout notre argent.

— C'est pas ça que j'ai dit. Je pense simplement que tu n'aurais pas dû le piquer. A un autre moment, peut-être, mais pas pendant qu'on jouait au poker.

— Le voici pourtant. Et chaque fois que tu le regardes, tu as un peu peur, non ? Comme s'ils te jetaient un mauvais sort.

— Un peu.

— Que veux-tu que j'en fasse ? Tu veux que je les rapporte ? Ça te rassurerait ?

— Il est trop tard. Le mal est fait.

— Il y a un remède à tout, fiston. Un bon petit catholique comme toi devrait le savoir. Avec le remède approprié, on peut guérir n'importe quelle maladie.

— Là je suis paumé. Je ne comprends rien à ce que tu racontes.

— Tu vas voir. Dans quelques minutes, tes ennuis seront envolés.

Sans un mot de plus, Nashe alla chercher dans la cuisine un moule à gâteau, une boîte d'allumettes et un journal. De retour dans le salon, il posa le moule à gâteau sur le sol, juste devant les pieds de Pozzi, à quelques centimètres. Puis il s'accroupit et plaça les figurines de Flower et Stone au centre du moule. Il déchira une page du journal, déchira cette page en plusieurs bandes, et froissa chaque bande de manière à en faire une petite boule. Ensuite, très délicatement, il entoura de ces boules la statuette de bois au milieu du moule. Il s'arrêta alors pour regarder Pozzi dans les yeux, et comme le gosse ne disait rien, il frotta une allumette. Il approcha la flamme des boulettes de papier, l'une après l'autre, et quand elles furent toutes enflammées, le feu avait gagné les petits personnages de bois, avec une grande bouffée de chaleur crépitante à l'instant où la peinture brûla et fondit. Le bois en dessous était tendre et poreux, il ne résista pas à cet assaut. Flower et Stone noircirent, diminuèrent tandis que le feu rongeait leurs corps, et une minute plus tard les deux petits hommes avaient disparu.

Nashe désigna les cendres au fond du moule en disant :

— Tu vois. Ce n'est rien du tout. Du moment que tu connais la formule magique, il n'y a pas d'obstacle infranchissable.

Le gosse releva enfin les yeux et se tourna vers Nashe.

— Tu as perdu la tête, dit-il. J'espère que tu t'en rends compte.

— Si c'est vrai, nous sommes deux, mon ami. Au moins tu n'auras plus à souffrir seul. C'est déjà quelque chose, non ? Je suis avec toi jusqu'au bout, Jack. A chaque pas, jusqu'au bout du chemin.

Vers le milieu de la quatrième semaine, le temps se mit à changer. La chaleur humide céda la place à la fraîcheur des premiers jours d'automne, et ils portaient désormais des pull-overs presque tous les matins pour se rendre au travail. Les insectes avaient disparu, ces bataillons de moucherons et de moustiques qui les avaient tellement tourmentés, et avec les feuilles qui commençaient à changer de couleur dans les bois, dans un flamboiement de jaunes, d'orangés et de rouges, il eût été difficile de ne pas se sentir un peu mieux. La pluie pouvait être parfois désagréable, il est vrai, mais même la pluie semblait préférable aux rigueurs de la canicule, et ils ne la considéraient pas comme un obstacle à leur activité. Ils s'étaient équipés de ponchos imperméables et de casquettes de base-ball, qui constituaient une protection raisonnablement efficace en cas d'averse. L'essentiel était de persévérer, de faire leurs dix heures chaque jour et d'accomplir leur tâche comme prévu. Depuis le début, ils ne s'étaient accordé aucun congé, et ils n'étaient pas disposés à se laisser intimider par un peu de pluie. Là-dessus, assez curieusement, Pozzi se montrait le plus déterminé des deux. Sans doute parce qu'il était plus impatient que Nashe d'en finir, et il s'en allait au travail sans protester, même sous les pires orages et les cieux les plus tristes. Dans un sens, plus il faisait mauvais, plus il était content – car Murks devait se trouver dehors avec eux, et rien ne faisait plus plaisir à Pozzi que la vue du contremaître, maussade dans son ciré jaune, debout des heures durant sous un parapluie noir tandis que les bottes chaussant ses jambes torses s'enfonçaient de plus en plus profondément dans la boue. Il adorait voir ainsi souffrir le vieux bonhomme. Il y trouvait une sorte de consolation, une petite compensation pour toutes les peines que lui-même avait subies.

Mais la pluie leur causa des problèmes. Un jour de la dernière semaine de septembre, elle tomba avec une telle violence que presque un tiers de la tranchée fut endommagé. Ils avaient alors mis en place environ sept cents pierres et comptaient terminer la première rangée dans les dix ou douze jours. Pendant la nuit, un orage terrible se leva et le pré fut martelé par une pluie féroce, balayée par le vent. Quand ils sortirent le lendemain matin pour se mettre à l'ouvrage, ils découvrirent que toute la partie exposée de la tranchée s'était remplie de plusieurs centimètres d'eau. Non seulement il serait impossible de poser d'autres pierres avant que le sol ne fût sec, mais le résultat de tous leurs efforts méticuleux pour niveler le fond de la tranchée se trouvait anéanti. Les fondations du mur s'étaient transformées en un fouillis suintant de ruisselets et de boue. Pendant trois jours, ils transportèrent des pierres le matin aussi bien que l'après-midi, afin de perdre le moins de temps possible, puis, quand l'eau se fut enfin évaporée, ils abandonnèrent les pierres pour quelques jours et se mirent à retaper le fond de la tranchée. C'est alors que la situation finit par exploser entre Pozzi et Murks. Calvin s'intéressait de nouveau à leur travail, et au lieu de se tenir à l'écart et de les surveiller à distance prudente (comme il en avait pris l'habitude), il passait maintenant ses journées à leur tourner autour, s'agitant et intervenant sans cesse, avec de petits commentaires et des suggestions pour s'assurer que les réparations étaient faites correctement. Pozzi le supporta pendant une matinée mais l'après-midi, comme ce harcèlement continuait, Nashe se rendit compte qu'il en était de plus en plus exaspéré. Trois ou quatre heures encore s'écoulèrent, et enfin le gosse perdit patience.

— Très bien, grande gueule, dit-il, écœuré, en jetant sa pelle et en lançant à Murks un regard furibond, puisque t'es un tel expert, pourquoi tu fais pas ça toi-même ?

Apparemment pris à l'improviste, Murks garda le silence un moment.

— Parce que c'est pas mon boulot, finit-il par répondre à voix très basse. C'est vous deux qui devez faire ça, les gars. Moi je suis juste ici pour vérifier que vous ne cochonnez pas le travail.

— Ouais ? rétorqua le gosse. Et qu'est-ce qui te permet de prendre des grands airs comme ça, patate ? Comment ça se fait que tu restes planté là avec tes mains dans tes poches pendant que

nous on se casse les couilles sur ce tas de merde ?
Hein ? Allez, accouche, donne-moi une seule
bonne raison.

— C'est simple, fit Murks, incapable de contrôler le sourire qui se formait sur ses lèvres. Parce
que vous jouez aux cartes et pas moi.

Ce fut à cause du sourire, Nashe le sentit. Une
expression fugitive de mépris profond et authentique avait passé sur le visage de Murks, et un instant plus tard Pozzi se jetait sur lui les poings
serrés. Un coup au moins porta franchement, car
lorsque Nashe réussit à faire reculer le gosse,
quelques gouttes de sang se formaient au coin de
la bouche de Calvin. Encore bouillonnant d'un
surplus de rage, Pozzi se débattit sauvagement
dans les bras de Nashe pendant près d'une minute,
mais Nashe tint bon de toutes ses forces et le
gosse finit par se calmer. Cependant Murks s'était
retiré de quelques pas et tamponnait la plaie avec
son mouchoir.— Ça fait rien, dit-il enfin. Ce petit
freluquet ne tient pas le coup, c'est tout. Y a des
gars qui en ont, et d'autres pas. Seulement il vaut
mieux que ça n'arrive plus. Une autre fois je serai
moins gentil.

Il regarda la montre à son poignet et ajouta :

— Je crois qu'on va cesser tôt, aujourd'hui. Il
est presque cinq heures, et ça sert à rien de s'y
remettre tant que les esprits sont surchauffés.

Après quoi, avec son petit signe de la main
habituel, il s'en fut à travers le pré et disparut dans
les bois. Nashe ne put s'empêcher d'admirer son
sang-froid. La plupart des gens auraient riposté à
une telle attaque, mais Murks n'avait même pas
levé les mains pour se défendre. Cela n'allait peut-
être pas sans une certaine arrogance – comme s'il
avait voulu signifier à Pozzi qu'il ne pouvait l'atteindre, quoi qu'il fît – mais il n'en restait pas
moins que l'incident avait été désamorcé avec une
rapidité étonnante. Si l'on pensait à ce qui aurait
pu se passer, il paraissait miraculeux que ça se fût
terminé sans plus de mal. Même Pozzi en semblait

conscient, et tandis qu'il évitait scrupuleusement d'évoquer le sujet ce soir-là, Nashe le devinait embarrassé, content d'avoir été arrêté avant qu'il fût trop tard.

Il n'y avait pas de raison d'envisager des répercussions. Pourtant, le lendemain matin à sept heures, Murks arriva à la roulotte armé d'un revolver. C'était un calibre trente-huit de la police, maintenu dans un étui de cuir accroché à un ceinturon qu'il portait autour de la taille. Nashe remarqua que six balles manquaient dans les alvéoles du ceinturon – preuve à peu près certaine que l'arme était chargée. Comme s'il ne suffisait pas que les choses en fussent arrivées là, il se sentit encore plus désagréablement impressionné par l'attitude de Calvin, qui se comportait comme si de rien n'était. Il ne fit aucune allusion au revolver, et ce silence parut à Nashe plus troublant que l'arme elle-même. Cela supposait que Murks se sentait le droit de la porter – qu'il s'en était senti le droit depuis le début. Il n'avait donc jamais été question de liberté. Les contrats, les poignées de main, la bonne volonté – rien de tout cela n'avait eu le moindre sens. Depuis le début, Nashe et Pozzi avaient travaillé sous la menace, et ce n'était que parce qu'ils avaient choisi de coopérer avec Murks que celui-ci les avait laissés en paix. Grogner et rouspéter leur semblait permis, mais dès que leur mécontentement s'était manifesté en dehors du domaine des mots, Murks s'était trouvé prêt à prendre contre eux des mesures d'intimidation sévères. Etant donné la façon dont tout paraissait prévu, il ne faisait aucun doute qu'il se conformait aux ordres de Flower et Stone.

Il paraissait néanmoins peu vraisemblable que Murks eût l'intention de se servir de son arme. Elle jouait un rôle symbolique, et sa seule présence en face d'eux semblait suffisamment claire. Aussi longtemps qu'ils ne le provoqueraient pas, Calvin se bornerait à se pavaner avec son revolver sur la hanche, comme l'incarnation niaise d'un shérif de province. Tout bien réfléchi, Nashe se disait que Pozzi représentait le seul vrai danger. Le comportement du gosse était devenu tellement lunatique qu'on ne pouvait jamais savoir s'il allait ou non faire une bêtise. En réalité, il n'en fit jamais, et Nashe fut forcé de reconnaître au bout de quelque temps qu'il l'avait sous-estimé. Depuis le début, Pozzi s'était attendu au pire, et en apercevant le revolver, ce matin-là, il s'était senti moins étonné que confirmé dans ses soupçons les plus graves. C'était Nashe qui avait été surpris, Nashe qui s'était leurré, qui avait mal lu les faits, alors que Pozzi, lui, avait toujours su à quoi ils étaient confrontés. Il l'avait su depuis la première journée dans le pré, et les implications de cette certitude l'avaient rendu à moitié mort de peur. A présent que tout se découvrait enfin, il avait l'air presque soulagé. Après tout, le revolver ne changeait rien à la situation, à ses yeux. Il prouvait simplement qu'il avait eu raison.

— Eh bien, pépère, dit-il à Murks tandis qu'ils marchaient tous trois dans le pré, on dirait que t'as fini par abattre tes cartes.

— Mes cartes ? fit Murks, qui ne saisissait pas. Je t'ai dit hier que je ne joue pas aux cartes.

— Ce n'est qu'une figure de style, répondit Pozzi avec un sourire aimable. Je veux parler de ce drôle de sucre d'orge que t'as là. Ce machin qui se balance à ta taille.

— Oh, ça, dit Murks en tapotant le revolver dans sa gaine. Ouais, ben, je me suis dit qu'il valait mieux ne plus prendre de risques. T'es un sacré dingue, petit gars. On sait jamais ce que tu pourrais faire.

— Ça réduit les possibilités, en quelque sorte, hein ? poursuivit Pozzi. Je veux dire, un truc comme ça peut sérieusement inhiber la capacité d'un mec à s'exprimer. Amputer ses droits au Premier Amendement, si tu sais de quoi il s'agit.

— Pas besoin de jouer au petit malin, fils, dit Murks. Je sais ce que c'est que le Premier Amendement.

— Bien sûr que tu le sais. C'est pour ça que je t'aime tant, Calvin. T'es un futé, un vrai petit prodige. On ne te la fait pas, à toi.

— Je l'ai dit hier, je suis toujours disposé à donner leur chance aux gens. Mais pas plus d'une fois. Après ça, il faut prendre les mesures appropriées.

— Mettre cartes sur table, hein ?

— Si tu veux le dire comme ça.

— Il vaut mieux que les choses soient claires, c'est tout. En fait, je suis plutôt content que tu aies mis ta ceinture de cérémonie aujourd'hui. Ça permet à mon ami Jim de mieux apprécier la situation.

— C'est l'idée, dit Murks en tapotant de nouveau son arme. A sa façon, ça précise la mire, hein ?

Ce matin-là, ils achevèrent la réparation de la tranchée, après quoi le travail reprit son cours normal. A part le revolver (que Murks continuait d'arborer tous les jours) les circonstances extérieures de leur vie ne semblaient guère se modifier. A la rigueur, Nashe aurait même eu l'impression qu'elles commençaient à s'améliorer. La pluie s'était arrêtée, par exemple, et après l'atmosphère humide et moite qui les avait oppressés pendant plus d'une semaine, ils entrèrent dans une superbe période de temps d'automne : un air vif et lumineux, le sol ferme sous le pied, le crissement des feuilles tourbillonnant autour d'eux dans le vent. Pozzi aussi semblait aller mieux, et sa compagnie n'impliquait plus pour Nashe la même tension. D'une certaine manière, le revolver avait marqué un tournant, et le gosse avait réussi depuis lors à recouvrer une grande partie de son ressort et de sa bonne humeur. Il ne tenait plus de propos désordonnés ; il restait maître de sa colère ; le monde recommençait à l'amuser. C'étaient là de réels progrès, mais il y avait aussi celui du calendrier, qui comptait sans doute plus que tout. Octobre était là, maintenant, et on pouvait soudain apercevoir la fin. Le seul fait de savoir cela suffisait à réveiller en eux un peu d'espoir, une lueur d'optimisme qu'ils ne possédaient pas auparavant. Il ne restait plus que seize jours, et même le revolver ne pouvait pas leur ôter ça. Du moment qu'ils continuaient à travailler, le travail leur rendrait la liberté.

Ils posèrent la millième pierre le huit octobre, achevant donc la première rangée avec plus d'une semaine d'avance. Malgré tout, Nashe ne pouvait se défendre du sentiment d'un accomplissement. Ils laissaient une trace, en quelque sorte, ils avaient créé une chose qui subsisterait après leur départ et, où qu'ils se trouvent, une partie de ce mur leur appartiendrait toujours. Même Pozzi avait l'air heureux, et quand le dernier bloc fut enfin cimenté à sa place, il recula d'un pas ou deux et dit à Nashe :

— Eh bien, mon camarade, vise un peu ce que nous avons fait !

Puis, à la surprise de Nashe, il sauta sur les pierres et se mit à caracoler d'un bout à l'autre du mur, les bras écartés, à la manière d'un funambule. Nashe était content de le voir réagir ainsi, et tandis qu'il regardait la petite silhouette s'éloigner sur la pointe des pieds en dansant sa pantomime (comme s'il était en danger, comme s'il risquait de tomber d'une grande hauteur), quelque chose lui serra soudain la gorge et il se sentit au bord des larmes. Un instant plus tard, Murks s'approcha et remarqua :

— Ce petit bougre m'a l'air plutôt fier de lui, non ?

— Il en a bien le droit, répliqua Nashe. Il a travaillé dur.

— Ah, ça n'a pas été facile, il faut reconnaître. Mais on dirait qu'on y arrive. On dirait que ce mur finira par exister.

— Petit à petit, une pierre à la fois.

— C'est comme ça qu'il faut faire. Une pierre à la fois.

— Je pense que vous allez devoir vous mettre à chercher de nouveaux ouvriers. Si je calcule bien, on devrait partir le seize, Jack et moi.

— Je sais. C'est dommage, pourtant. Juste quand vous commencez à attraper le coup, et tout ça.

— C'était convenu, Calvin.

— Ouais, je suppose. Mais si rien de mieux ne se présente, vous pourriez envisager de revenir. J'imagine que ça te paraît cinglé en ce moment, mais penses-y tout de même un peu.

— Revenir ? fit Nashe, sans savoir s'il allait rire ou pleurer.

— C'est pas tellement moche, comme boulot, poursuivait Murks. Au moins vous avez tout là, devant vous. Vous posez une pierre, et il se passe quelque chose. Vous en posez une autre, et il se passe encore quelque chose. Y a pas grand mystère. On voit monter le mur, et après un bout de temps on commence à se sentir bien. C'est pas comme tondre l'herbe ou couper du bois. Ça aussi c'est du travail, mais ça ne mène jamais bien loin. Quand on bâtit un mur comme celui-ci, on a toujours de quoi être fier.

— Il y a sans doute du vrai, fit Nashe, un peu ahuri par cette échappée de Murks dans la philosophie. Mais j'ai d'autres idées sur ce que j'ai envie de faire.

— Comme tu voudras. Rappelle-toi simplement qu'il reste neuf rangs. Vous pourriez gagner pas mal d'argent si vous vous y mettiez.

— Je m'en souviendrai. Mais à votre place, Calvin, je compterais pas là-dessus.

7

Il y avait un problème, cependant. Il existait depuis le début, tel un petit point noir au fond de leurs consciences, et quand il ne resta plus qu'une semaine avant le seize octobre ce problème prit soudain une telle importance qu'en comparaison tout le reste semblait insignifiant. La dette serait remboursée le seize, mais ils se retrouveraient alors à zéro. Ils seraient libres sans doute, mais ils seraient aussi sans le sou, et jusqu'où irait leur liberté s'ils n'avaient pas d'argent ? Ils n'auraient même pas de quoi se payer un billet d'autocar. A peine sortis de là, ils deviendraient des clochards, deux vagabonds fauchés tâtonnant dans l'obscurité.

Pendant quelques minutes, ils crurent pouvoir s'en tirer grâce à la carte de crédit de Nashe, mais quand il la sortit de son portefeuille pour la montrer à Pozzi, celui-ci s'aperçut qu'elle avait expiré fin septembre. Ils parlèrent d'écrire à quelqu'un pour demander un prêt, mais les seules personnes à qui ils pensaient étaient la mère de Pozzi et la sœur de Nashe, et ils ne purent s'y résoudre ni l'un ni l'autre. Ça ne valait pas la peine, disaient-ils, c'était trop embarrassant et sans doute trop tard, de toute façon. Le temps qu'ils envoient leurs lettres et qu'ils reçoivent une réponse, le seize serait déjà passé.

Alors Nashe raconta à Pozzi la conversation qu'il avait eue avec Murks l'après-midi. C'était une perspective affreuse (à un moment donné, il eut même l'impression que le gosse allait fondre en larmes), mais ils se firent progressivement à l'idée qu'il leur faudrait rester encore un peu. Ils n'avaient pas le choix. S'ils ne se constituaient pas un petit pécule, leurs ennuis reprendraient de plus belle après leur départ, et aucun des deux ne se sentait le courage de les affronter. Ils se sentaient trop épuisés, trop secoués pour accepter encore ce risque. Un ou deux jours de plus devraient suffire, se disaient-ils, cent ou deux cents dollars chacun comme point de départ. Tout bien considéré, ce ne serait peut-être pas si terrible. Au moins travailleraient-ils pour eux-mêmes, ça ferait toute la différence. C'est ce qu'ils se disaient – mais que pouvaient-ils alors se dire d'autre ? Ils avaient bu près d'un litre de bourbon, à ce moment-là, et s'appesantir sur la réalité n'aurait fait que les déprimer davantage.

Ils en parlèrent à Calvin dès le lendemain matin, afin de s'assurer que sa proposition était sérieuse. Il n'avait rien contre, leur dit-il. En fait, il en avait déjà touché un mot à Flower et Stone, la veille au soir, et ils n'avaient pas soulevé d'objection. Si Nashe et Pozzi désiraient continuer le travail après s'être acquittés de leur dette, ils étaient libres de le faire. Ils pouvaient compter sur les mêmes dix dollars l'heure qu'ils avaient gagnés depuis le début, et cette offre resterait valable jusqu'à l'achèvement du mur.

— Nous ne pensons qu'à deux ou trois jours supplémentaires, fit Nashe.

— Sûr, je comprends, dit Murks. Vous avez envie d'économiser un petit magot avant de partir. J'étais certain que vous finiriez tôt ou tard par être de mon avis.

— Ça n'a rien à voir, dit Nashe. Nous restons parce que nous ne pouvons pas faire autrement, pas parce que nous en avons envie.

— Toute façon, conclut Murks, ça revient au même, pas vrai ? Vous avez besoin d'argent, et ce boulot-ci est le moyen d'en gagner.

Avant que Nashe ait pu répondre, Pozzi intervint en déclarant :

— Nous ne resterons que si tout est mis par écrit. En termes clairs et précis.

— Ce qu'on appelle un avenant au contrat, dit Murks. C'est ça que tu veux ?

— Ouais, c'est ça, fit Pozzi. Un avenant. Sans ça, on se tire d'ici le seize.

— Ça me paraît juste, déclara Murks d'un air de plus en plus satisfait de lui-même. Mais faut pas vous inquiéter. On s'en est déjà occupé. Faisant alors sauter les pressions de son duvet bleu, le contremaître enfonça la main droite dans la poche intérieure, et exhiba deux feuilles de papier pliées. Lisez ça et dites-moi ce que vous en pensez, fit-il.

C'était l'original et un double d'une nouvelle clause : un court paragraphe simplement formulé, établissant les conditions d'un "engagement subséquent à l'acquittement de la dette". Chaque exemplaire portait déjà les signatures de Flower et Stone et, dans la mesure où Nashe et Pozzi pouvaient s'en assurer, tout était en ordre. C'est ce qu'il y avait de tellement étrange. Ils ne s'étaient décidés que la veille au soir, et pourtant les résultats de leur décision les attendaient déjà, réduits aux formules précises d'un contrat. Comment était-ce possible ? On aurait dit que Flower et Stone avaient pu lire dans leurs pensées, qu'ils avaient su ce qu'ils allaient faire avant même qu'ils en fussent convenus. Pendant un bref instant de paranoïa, Nashe se demanda si la roulotte n'était pas truffée de micros. Cette idée lui donna la chair de poule, mais il ne semblait pas y avoir d'autre explication. Et si des appareils d'écoute étaient cachés dans les murs ? Flower et Stone auraient pu facilement entendre leurs conversations – ils pouvaient avoir suivi chaque mot que le gosse et lui avaient échangé depuis six semaines. C'était peut-être ainsi qu'ils occupaient leurs soirées, se dit Nashe. Allumons la radio et écoutons *La Farce de Jim et Jack*. Du plaisir pour toute la famille, une heure d'éclats de rire garantis.

— Vous paraissez terriblement sûr de vous, dites donc, Calvin, observa-t-il.

— Simple bon sens, répliqua Murks. Je veux dire que c'était qu'une question de temps avant que vous m'en parliez. Y avait pas d'autre solution. Alors je me suis dit que j'allais vous préparer ça, demander aux patrons de rédiger les papiers. Ça n'a pas pris plus d'une minute.

Ils apposèrent donc leurs signatures sur les deux exemplaires de l'avenant, et l'affaire fut réglée. Une autre journée s'écoula. Quand ils se mirent à table, ce soir-là, Pozzi déclara qu'à son avis ils devaient organiser une fête le soir du seize. Même s'ils ne partaient pas ce jour-là, il trouvait que ce ne serait pas bien de le laisser passer sans célébration spéciale. Il fallait faire les quatre cents coups, disait-il, accueillir l'ère nouvelle avec une sacrée bombe. Nashe pensait qu'il voulait parler d'un gâteau et d'une bouteille de champagne, mais le gosse voyait plus grand que cela.

— Non, dit-il, mon idée c'est de faire vraiment bien les choses. Des huîtres, du caviar, tout le tremblement. Et on fait venir des filles, aussi. On peut pas faire la fête sans filles.

Nashe ne put s'empêcher de sourire devant l'enthousiasme du gosse.

— Et quelles filles, Jack ? demanda-t-il. La seule que j'ai vue par ici, c'est Louise, et je ne sais pas mais je n'ai pas vraiment l'impression que c'est ton type. Même si on l'invitait, je ne pense pas qu'elle accepterait.

— Non, non, je parle de vraies filles. Des poules. Tu sais, des mignonnes. Des filles qu'on peut baiser.

— Et où trouverons-nous ces mignonnes ? Au milieu des bois ?

— On les fait venir. Atlantic City n'est pas loin, tu sais. Ce patelin est bourré de chair fraîche. Y a de la chatte à vendre à tous les coins de rue.

— Epatant. Et qu'est-ce qui te fait croire que Flower et Stone seront d'accord ?

— Ils ont dit qu'on pouvait avoir tout ce qu'on voulait, non ?

— La nourriture, c'est une chose, Jack. Un bouquin, un magazine, même une ou deux bouteilles de bourbon. Mais là, tu ne penses pas que tu vas un peu fort ?

— Tout, ça veut dire tout. De toute façon, y a pas de mal à demander.

— Bien sûr, demande tout ce que tu veux. Seulement ne t'étonne pas si Calvin te rit au nez.

— Je lui en parle demain dès qu'il arrive.

— C'est ça. Mais ne lui demande qu'une fille, veux-tu ? Tu as devant toi un vieux grand-père qui n'est pas certain de se sentir à la hauteur de ce genre de célébration.

— Eh bien, t'as devant toi un petit garçon qui est fin prêt, je t'assure. Ça fait si longtemps que ma queue est sur le point d'exploser.

Contrairement aux prédictions de Nashe, Murks ne rit pas au nez de Pozzi le lendemain. Mais l'expression confuse et embarrassée qui envahit son visage valait bien un rire, peut-être mieux encore. La veille, il avait prévu leur demande, mais cette fois il était pris de court et comprenait à peine ce dont le gosse voulait parler. Après deux ou trois reprises, il finit par saisir, mais sa gêne n'en parut que plus forte.

— Tu veux dire une prostituée ? interrogea-t-il. C'est ça que tu essaies de me dire ? Tu veux qu'on t'amène une prostituée ?

Murks n'avait pas autorité pour réagir à une demande aussi peu orthodoxe, mais il promit d'en parler aux patrons le soir même. Contre toute attente, lorsqu'il revint le lendemain avec la réponse, il annonça à Pozzi que ça allait s'arranger, qu'il y aurait une fille pour lui le seize.

— C'étaient les termes du contrat, expliqua-t-il. Tout ce que vous voulez, vous pouvez l'avoir. Je peux pas dire qu'ils avaient l'air trop contents, mais un accord est un accord, qu'ils ont dit, et tu l'auras. Si tu veux mon avis, c'était plutôt chouette de leur part. C'est des chic types, ces deux-là, et une fois qu'ils ont donné leur parole, ils se mettraient en quatre pour la respecter.

Nashe n'aimait pas ça du tout. Flower et Stone n'étaient pas hommes à gaspiller leur argent en fêtes pour autrui, et le fait qu'ils aient accédé à la demande de Pozzi le mit immédiatement sur ses gardes. Dans leur propre intérêt, le gosse et lui auraient sans doute été plus sages de continuer à travailler pendant le temps convenu et puis de filer de là le plus vite et le plus discrètement possible. Le second rang s'était révélé moins difficile que le premier, et le travail avançait régulièrement, plus régulièrement que jamais sans doute. Le mur était moins bas, ils n'étaient plus obligés de se tordre le dos, de se pencher et de s'accroupir sans cesse pour pousser les pierres en place. Un geste simple et économe suffisait maintenant, et dès qu'ils eurent maîtrisé les finesses de ce nouveau rythme, ils réussirent à augmenter leur rendement jusqu'à quarante blocs par jour. Comme il eût été aisé de continuer ainsi jusqu'au bout ! Mais le gosse s'était mis en tête de faire la fête, et à présent qu'une fille allait venir, Nashe comprenait qu'il lui était impossible de s'y opposer. Quoi qu'il dît, il aurait l'air de vouloir gâcher le plaisir de Pozzi, et c'était la dernière chose dont il avait envie. Le gosse méritait sa petite fiesta, et même si celle-ci devait leur valoir plus d'ennuis qu'autre chose, Nashe se sentait dans l'obligation morale de jouer le jeu.

Pendant deux soirées, il assuma le rôle de l'organisateur. Assis dans le salon, un crayon à la main, il prenait des notes en aidant Pozzi à élaborer les détails de la célébration. Il y avait d'innombrables décisions à prendre et Nashe était bien décidé à donner satisfaction au gosse sur tous les points. Fallait-il commencer le repas avec des cocktails de crevettes ou de la soupe à l'oignon ?

En plat principal, fallait-il du steak ou du homard, ou les deux ? Combien de bouteilles de champagne fallait-il commander ? La fille devait-elle dîner avec eux, ou devaient-ils manger seuls et la faire venir au dessert ? Etait-il nécessaire de prévoir des décorations et, dans ce cas, de quelles couleurs devaient être les ballons ? La liste terminée, ils la confièrent à Murks le matin du quinze, et le soir même le contremaître fit spécialement le trajet jusqu'au pré pour leur livrer les paquets. Pour une fois, il était venu en jeep, et Nashe se demanda si ce n'était pas un signe encourageant, témoignant de leur liberté prochaine. Et cependant, cela ne voulait peut-être rien dire. Il y avait beaucoup de paquets, après tout, Murks pouvait n'avoir pris la jeep que parce que la charge était trop volumineuse pour qu'il la porte dans ses bras. Car s'ils étaient sur le point de redevenir des hommes libres, quel besoin avait Murks d'arborer encore son arme ?

Ils posèrent quarante-sept blocs le dernier jour, dépassant de cinq leur record précédent. Cet exploit leur demanda un effort énorme, mais tous deux désiraient terminer en beauté, et ils travaillèrent comme s'ils avaient voulu prouver quelque chose, sans jamais ralentir leur allure, manipulant les pierres avec une assurance qui touchait au mépris, comme si la seule chose qui importait à présent eût été de démontrer qu'ils n'étaient pas vaincus, qu'ils sortaient triomphants de toute cette sale histoire. Murks leur cria d'arrêter à six heures précises et ils déposèrent leurs outils, l'air froid de l'automne brûlant encore dans leurs poumons. La nuit tombait plus tôt, maintenant et, en regardant le ciel, Nashe vit que le crépuscule était déjà sur eux.

Pendant quelques minutes, il se sentit trop sonné pour savoir que penser. Pozzi s'approcha, lui envoya des bourrades dans le dos en bavardant avec excitation, mais le cerveau de Nashe demeurait curieusement vide, comme s'il était incapable d'appréhender l'ampleur de ce qu'il avait accompli.

Me revoilà à zéro, se dit-il enfin. Et soudain il sut qu'une période entière de sa vie venait de se terminer. Il ne s'agissait pas seulement du mur et du pré, mais de tout ce qui l'avait amené là, de toute la folle saga des deux dernières années. Thérèse, l'argent, la voiture, et le reste. Il se retrouvait à zéro, et tout cela avait maintenant disparu. Car même le plus minuscule zéro était un grand trou de néant, un cercle assez vaste pour contenir le monde.

La fille devait être amenée d'Atlantic City en limousine. Murks leur avait dit de l'attendre vers huit heures, mais il était plus près de neuf heures quand elle franchit enfin la porte de la roulotte. Nashe et Pozzi avaient déjà fait un sort à une bouteille de champagne, et Nashe s'agitait dans la cuisine, où il surveillait l'eau destinée aux homards tandis qu'elle arrivait à ébullition pour la troisième ou quatrième fois de la soirée. Les trois homards, dans la baignoire, ne vivaient plus qu'à peine, mais Pozzi avait choisi d'inviter la fille au repas ("Ça fera meilleure impression") et il n'y avait donc rien d'autre à faire qu'attendre son arrivée. Ils n'avaient ni l'un ni l'autre l'habitude de boire du champagne et les bulles leur étaient tout de suite montées à la tête, les rendant tous deux un peu pompettes au moment où la fête commençait.

La fille disait s'appeler Tiffany, et elle ne pouvait avoir plus de dix-huit ou dix-neuf ans. C'était une blonde pâle et maigrichonne, aux épaules tombantes et à la poitrine creuse, et elle se tordait les chevilles sur ses talons aiguilles comme si elle avait essayé de marcher avec des patins à glace. Nashe remarqua un petit hématome en train de jaunir sur sa cuisse gauche, son maquillage excessif, la triste mini-jupe qui exposait ses jambes minces et informes. Son visage était presque joli, mais en dépit de sa moue enfantine, elle avait un air usé, une expression boudeuse qui transparaissait sous ses sourires et l'apparente gaieté de ses manières. Sa jeunesse n'y faisait rien. Elle avait le regard dur, cynique, les yeux de quelqu'un qui en a déjà trop vu.

Le gosse fit sauter le bouchon d'une deuxième bouteille, et ils s'assirent tous trois pour prendre l'apéritif – Pozzi et la fille sur le divan, Nashe sur une chaise, à quelque distance.

— Alors, comment ça se passe, les mecs ? demanda-t-elle tout en buvant à petits coups délicats. Ça sera une partie à trois, ou je vous prends l'un après l'autre ?

— Je ne suis que le cuistot, répondit Nashe, un peu désarçonné par cette franchise. A la fin du dîner, ma soirée est finie.

— Ce bon vieux Jeeves est un magicien aux fourneaux, dit Pozzi, mais il a peur des dames. C'est comme ça. Elles le rendent nerveux.

— Ouais, sûr, dit la fille en examinant Nashe d'un œil froid et expert. Qu'est-ce qui t'arrive, mon grand, t'es pas d'humeur, ce soir ?

— Ce n'est pas ça, dit Nashe. C'est juste que j'ai pas mal de lecture en retard. J'essaie d'apprendre une nouvelle recette, et certains des ingrédients sont assez compliqués.

— Eh bien, tu peux toujours changer d'avis, déclara-t-elle. Le gros type a casqué un paquet pour cette soirée, et je suis venue avec l'idée de vous baiser tous les deux. Moi je m'en fous. Pour une somme pareille, je coucherais avec un chien, s'il le fallait.

— Je comprends, dit Nashe. Mais je suis sûr que tu auras fort à faire avec Jack, de toute façon. Une fois qu'il est lancé, c'est un vrai sauvage.

— C'est vrai, ça, mignonne, dit Pozzi, qui empoigna la cuisse de la fille et l'attira contre lui pour l'embrasser. Mon appétit est insatiable.

Le repas s'annonçait lugubre et triste, mais la bonne humeur de Pozzi le métamorphosa – le rendit léger et mémorable, une joyeuse mêlée de carapaces de homard, d'ivresse et de rires. Le gosse était une tornade, ni Nashe ni la fille n'auraient pu résister à sa gaieté, à la folle énergie qui émanait de lui et inondait la pièce. Il semblait savoir exactement que dire à la fille à chaque instant, comment la flatter, la taquiner, la faire rire, et Nashe surpris la vit céder lentement devant ces assauts de charme, vit son expression s'adoucir et ses yeux briller de plus en plus. Nashe n'avait jamais eu ce talent avec les femmes, et il assistait à la performance de Pozzi avec un sentiment croissant d'étonnement et d'envie. Tout était dans la manière, comprit-il, le don de traiter n'importe qui de la même façon, de se montrer aussi gentil et aussi attentif avec une prostituée triste et moche qu'avec la femme de ses rêves. Nashe avait toujours été trop exigeant pour cela, trop réservé et sérieux, et il admirait le gosse de faire ainsi rire la fille aux éclats, d'aimer tellement la vie qu'il était capable en ce moment de révéler tout ce qui en elle était encore vivant.

Le plus beau numéro d'improvisation eut lieu à la moitié du repas, quand Pozzi se mit tout à coup à parler de leur travail. Nashe et lui étaient architectes, expliqua-t-il, et ils étaient arrivés en Pennsylvanie quelques semaines auparavant pour superviser la construction d'un château dont ils avaient dessiné les plans. Ils étaient spécialisés dans l'art de la "réverbération historique", et comme très peu de gens pouvaient s'offrir leurs services, ils finissaient toujours par travailler pour des millionnaires excentriques.

— Je ne sais pas ce que le gros bonhomme de la maison vous a raconté à notre sujet, dit-il, mais vous pouvez l'oublier aussi sec. Ce type-là est un grand farceur, et il préférerait pisser dans son froc en public plutôt que de donner une réponse honnête à quoi que ce soit. Une équipe de trente-six maçons et charpentiers venaient tous les jours sur le pré, mais Jim et lui vivaient sur le chantier parce que c'était leur habitude. L'atmosphère était capitale, et le résultat était toujours meilleur s'ils menaient l'existence qu'on les avait chargés de recréer. Ce boulot-ci était une "réverbération médiévale", ils devaient donc momentanément vivre comme des moines. Le prochain les emmènerait au Texas, où un baron du pétrole leur avait demandé de construire dans son jardin une réplique du palais de Buckingham. Cela pouvait paraître facile, mais si on réalisait que chaque pierre devait être numérotée à l'avance, on commençait à comprendre combien c'était compliqué. Si les pierres n'étaient pas assemblées dans l'ordre correct, tout risquait de s'écrouler. Qu'on se représente la construction du pont de Brooklyn à San Jose, en Californie. Eh bien, c'est ce qu'ils avaient fait pour un client, l'année précédente. Qu'on imagine la création d'une tour Eiffel grandeur nature destinée à surmonter un ranch dans les faubourgs du New Jersey. Cela figurait aussi dans leurs états de service. Certes, ils avaient par moments envie de plier bagage et de s'installer dans une résidence à West Palm Beach, mais en définitive ce travail était trop intéressant pour qu'ils arrêtent, et vu le nombre de millionnaires américains qui rêvaient de vivre dans des châteaux européens, ils n'avaient pas le cœur de les décevoir tous.

Toutes ces élucubrations étaient accompagnées par le craquement des carapaces et le tintement des verres à champagne. Quand Nashe se leva pour débarrasser la table, il trébucha contre un pied de sa chaise et laissa tomber deux ou trois plats sur le sol. Ils se brisèrent à grand bruit, et comme l'un d'eux se trouvait contenir ce qui restait de beurre fondu, ce fut une pagaille monstre sur le linoléum. Tiffany fit mine de venir en aide à Nashe, mais la marche n'avait jamais été son point fort et maintenant que les bulles de champagne circulaient dans son sang, elle n'arriva à faire que deux ou trois pas avant de s'écrouler sur les genoux de Pozzi, vaincue par une crise de fou rire. Ou peut-être était-ce Pozzi qui l'avait saisie avant qu'elle pût s'éloigner de lui (à ce stade, Nashe n'était plus capable de reconnaître de telles nuances), mais de toute façon, au moment où il se releva avec les éclats de vaisselle brisée entre les mains, les deux jeunes gens se trouvaient ensemble sur la chaise, embrassés en une étreinte passionnée. Pozzi se mit à caresser un des seins de la fille, et un instant après Tiffany tendit la main vers le renflement de son pantalon, mais avant que les choses n'aillent plus loin, Nashe (qui ne savait que faire d'autre) se racla la gorge et annonça que le dessert était servi.

Ils avaient commandé un de ces gâteaux au chocolat que l'on trouve au rayon des surgelés dans les supermarchés, mais Nashe l'apporta avec autant de pompe et de cérémonie qu'un grand chambellan s'apprêtant à poser la couronne sur la tête d'une reine. Mû par la solennité de l'occasion, il se mit tout à coup à chanter un hymne dont le souvenir remontait à son enfance. C'était *Jerusalem*, sur des paroles de William Blake, et bien qu'il y eût plus de vingt ans qu'il ne l'avait chanté, les couplets lui revenaient tous aux lèvres, se déroulant comme s'il venait de passer deux mois à répéter en vue de cet instant. Il entendait les mots à mesure qu'il les chantait, *the burning gold, the mental fight, the dark satanic mills**, et comprit combien ils étaient beaux et douloureux, et il chanta comme pour exprimer sa propre peine, toute la tristesse et la joie qui s'étaient accumulées en lui depuis le premier jour dans le pré. La mélodie était difficile, mais à part quelques fausses notes dans les premières mesures, sa voix ne le trahit pas. Il chantait comme il avait toujours rêvé de chanter, et il savait qu'il ne s'agissait pas d'une illusion à la façon dont Pozzi et la fille le regardaient, d'après l'expression ahurie de leurs visages quand ils eurent réalisé que ces sons venaient de sa bouche. Ils écoutèrent en silence jusqu'à la fin et puis, quand Nashe s'assit avec un sourire

---

* L'or brûlant – le combat mental – les sombres moulins sataniques. *(N.d.T.)*

embarrassé à leur intention, ils se mirent tous deux à applaudir et n'arrêtèrent pas avant qu'il eût accepté de se relever pour saluer.

Ils burent la dernière bouteille de champagne en mangeant le gâteau et en se racontant des souvenirs d'enfance, puis Nashe se rendit compte qu'il était temps pour lui de se retirer. Il ne voulait plus se trouver dans le chemin du gosse, et maintenant qu'il n'y avait plus rien à manger, sa présence n'avait plus d'excuse. Cette fois, la fille ne lui demanda plus de changer d'avis, mais elle l'embrassa chaleureusement en disant qu'elle espérait qu'ils se reverraient. Il pensa que c'était gentil de sa part et répondit que lui aussi, puis il adressa un clin d'œil au gosse et se traîna au lit.

Ce n'était pas très facile, néanmoins, de rester là couché dans le noir à les écouter rire et remuer. Il essaya de ne pas imaginer ce qui était en train de se passer, mais la seule façon d'y arriver était de penser à Fiona, et ça c'était pis encore. Heureusement, il était trop ivre pour garder longtemps les yeux ouverts. Avant d'avoir vraiment commencé à s'apitoyer sur lui-même, il était déjà mort au monde.

Ils avaient décidé de se donner congé le lendemain. Cela paraissait la moindre des choses après sept semaines de labeur continu et avec les gueules de bois qui ne pouvaient manquer de résulter de leur soirée de bamboche, et ils étaient convenus de ce répit avec Murks depuis plusieurs jours. Nashe se réveilla peu après dix heures, la tête prête à éclater, les tempes douloureuses, et se dirigea vers la douche. En chemin, il jeta un coup d'œil dans la chambre de Pozzi et vit que le gosse dormait encore, seul dans son lit, les bras étalés de part et d'autre. Nashe resta debout sous l'eau pendant six ou sept bonnes minutes, puis pénétra dans le salon avec une serviette autour de la taille. Un soutien-gorge de dentelle noire gisait en boule sur un coussin du canapé, mais la fille elle-même était partie. La pièce avait l'air d'avoir servi de campement pour la nuit à une armée en maraude, un chaos de bouteilles vides, de cendriers renversés, de serpentins et de ballons dégonflés encombrait le plancher. Passant avec précaution entre les débris, Nashe alla dans la cuisine se préparer un pot de café.

Il en but trois tasses, assis devant la table en fumant les cigarettes d'un paquet oublié par la fille. Quand il se sentit suffisamment réveillé pour se remettre en mouvement, il se leva et commença à nettoyer la roulotte, en s'efforçant de faire le moins de bruit possible, afin de ne pas réveiller le gosse. Il s'occupa d'abord du salon, où il s'attaqua de façon systématique aux différentes catégories de déchets (cendres, ballons, verres brisés), puis passa dans la cuisine, où il racla les assiettes, jeta les carapaces de homard et lava vaisselle et couverts. Il lui fallut deux heures pour ranger la petite maison, et Pozzi dormit tout au long sans bouger une seule fois de sa chambre. Lorsque tout fut en ordre, Nashe se confectionna un sandwich au jambon et au fromage ainsi qu'un nouveau pot de café, puis il retourna dans sa chambre sur la pointe des pieds pour récupérer un des livres qu'il n'avait pas encore lus – *Notre Ami commun*, de Charles Dickens. Il mangea le sandwich, but encore une tasse de café, puis il emporta au-dehors une chaise de la cuisine qu'il plaça devant la porte de la roulotte, de façon à pouvoir poser les pieds sur les marches. Il faisait particulièrement chaud et ensoleillé pour une journée de la mi-octobre et Nashe, installé avec son livre sur les genoux et entamant un des cigares commandés pour la fête, se sentit soudain si tranquille, si profondément en paix avec lui-même qu'il décida de ne pas ouvrir le livre avant d'avoir fumé le cigare jusqu'au bout.

Il était là depuis près de vingt minutes quand il entendit craquer les feuilles mortes, dans le bois.

Quittant sa chaise, il se tourna en direction du bruit et aperçut Murks qui marchait vers lui, émergeant du couvert avec son revolver à la ceinture de son anorak bleu. Nashe s'était si bien habitué à l'arme qu'il ne la remarqua même pas, mais il fut surpris de voir Murks et, puisqu'il n'était pas question de travailler ce jour-là, il se demanda ce que pouvait signifier cette visite inattendue. Pendant deux ou trois minutes, ils bavardèrent de tout et de rien, évoquant vaguement la soirée et la douceur du temps. Murks lui raconta que le chauffeur était reparti avec la fille à cinq heures et demie, et à voir la façon dont le gosse dormait là-dedans, commenta-t-il, sa nuit semblait avoir été bien remplie. Nashe répondit que oui, qu'il n'avait pas été déçu, que tout s'était très bien passé.

Il y eut un long silence, après cela, et pendant quinze à vingt secondes Murks fixa le sol, fouillant la terre du bout de sa chaussure.

— Je crois que j'ai des mauvaises nouvelles pour vous, dit-il enfin, toujours sans oser regarder Nashe dans les yeux.

— Je m'en doute, fit Nashe. Sinon, vous ne seriez pas venu jusqu'ici aujourd'hui.

— Ecoute, je suis désolé, poursuivit Murks en sortant de sa poche une enveloppe fermée et en la tendant à Nashe. J'ai pas très bien compris quand ils m'ont dit ça, mais je suppose qu'ils sont dans leur droit. Tout dépend du point de vue où on se place, hein ?

En voyant l'enveloppe, Nashe imagina automatiquement que c'était une lettre de Donna. Personne d'autre n'aurait l'idée de lui écrire, songeait-il, et à l'instant où cette pensée naissait dans sa conscience, il fut envahi par une vague soudaine de nausée et de honte. Il avait oublié l'anniversaire de Juliette. Le douze octobre était venu et reparti depuis cinq jours, et il ne l'avait même pas remarqué.

Puis il regarda l'enveloppe et vit qu'elle ne portait aucun timbre. Elle ne pouvait pas provenir de

Donna s'il n'y avait pas de timbre, comprit-il, et quand enfin il la déchira, il trouva dedans une seule feuille de papier tapée à la machine – des mots et des chiffres rangés en colonnes parfaites, avec un intitulé en capitales : NASHE ET POZZI, DÉPENSES.

— Qu'est-ce que c'est que ce truc-là ? demanda-t-il.

— Les comptes des patrons, expliqua Murks. Le crédit et le débit, le bilan entre l'argent dépensé et l'argent gagné.

En examinant la feuille de plus près, Nashe constata que c'était exactement ça. C'était un état comptable, le travail méticuleux d'un professionnel, et cela prouvait à tout le moins que Flower n'avait rien oublié de son métier depuis sept ans qu'il était devenu riche. Les *plus* étaient inscrits dans la colonne de gauche, bien au complet, conformes aux calculs de Nashe et de Pozzi, sans écarts ni tricheries. Mais il y avait aussi, à droite, une colonne de *moins*, une liste de sommes qui correspondaient à un inventaire de tout ce qui leur était arrivé depuis cinquante jours :

Nourriture	$ 1628,41
Bière, alcools	217,36
Livres, journaux, revues	72,15
Tabac	87,48
Radio	59,86
Vitre brisée	66,50
Distractions (16/10)	900,00
– hôtesse $ 400	
– voiture $ 500	
Divers	41,14
	$ 3072,90

— Qu'est-ce que ça veut dire, demanda Nashe, c'est une blague ?

— Je ne crois pas, répondit Murks.

— Mais il était convenu que tout ça serait inclus.

— Je croyais aussi. Mais on devait se tromper.

— Comment, se tromper ? On a topé là-dessus. Vous le savez aussi bien que moi.

— Peut-être. Mais si tu regardes le contrat, tu verras qu'il n'y est pas question de nourriture. Le logement, oui. Les vêtements de travail, oui. Mais il n'y a pas un mot là-dedans sur la nourriture.

— C'est un procédé sordide, répugnant, Calvin. J'espère que vous vous en rendez compte.

— C'est pas à moi de dire. Les patrons ont toujours été corrects avec moi, j'ai jamais eu de raison de me plaindre. A leur idée, quand tu as un boulot, tu gagnes de l'argent pour le travail que tu fais, mais comment tu dépenses cet argent, ça c'est ton affaire. C'est comme ça avec moi. Ils me donnent mon salaire et la maison où j'habite, mais c'est moi qui paie ma nourriture. C'est un bon arrangement, en ce qui me concerne. Les neuf dixièmes des gens qui travaillent n'ont pas la moitié de cette chance. Ils doivent tout se payer. Pas seulement la nourriture, le logement aussi. Ça se passe comme ça dans le monde entier.

— Mais ceci est un cas spécial.

— Peut-être pas si spécial que ça, après tout. Si tu y réfléchis, tu peux être content qu'ils ne vous aient pas compté le loyer et les charges.

Nashe s'aperçut que le cigare qu'il fumait s'était éteint. Il l'étudia un instant sans vraiment le voir puis le jeta par terre et l'écrasa du pied.

— Je pense qu'il est temps que j'aille voir vos patrons dans leur maison et parler avec eux.

— Pas possible en ce moment, dit Murks. Ils sont partis.

— Partis ? Qu'est-ce que vous racontez ?

— C'est ça, ils sont partis. Ils se sont embarqués pour Paris, en France, il y a environ trois heures, et ils ne reviendront pas avant Noël.

— J'ai peine à croire qu'ils puissent être partis comme ça – sans même se soucier de venir voir le mur. C'est incompréhensible.

— Oh, pour ça, ils l'ont vu. Je les ai amenés ici ce matin, quand vous dormiez encore, le gosse et

toi. Ils ont trouvé que ça se présentait très bien.
Du bon boulot, qu'ils ont dit, continuez. Ils auraient
pas pu être plus contents.

— Merde, fit Nashe. Merde pour eux et leur
saleté de mur.

— Pas la peine de te fâcher, camarade. Ça ne
fait que deux ou trois semaines de plus. Si vous
renoncez aux fêtes et à ce genre de choses, vous
serez hors d'ici avant de vous en apercevoir.

— Dans trois semaines, on sera en novembre.

— C'est ça. T'es un dur, Nashe, tu y arriveras.

— Bien sûr que j'y arriverai. Mais Jack ? Quand
il verra ce papier, ça va le tuer.

Dix minutes après que Nashe fut remonté dans la
roulotte, Pozzi s'éveilla. En voyant ses cheveux
ébouriffés et ses yeux bouffis, Nashe n'eut pas le
cœur de lui assener tout de suite la nouvelle, et
il laissa la conversation se traîner pendant une
demi-heure en réflexions inconséquentes et sans
but, écoutant Pozzi lui décrire au coup par coup
tout ce que la fille et lui s'étaient fait l'un à l'autre
après que Nashe fut parti se coucher. Il avait l'impression qu'il ne fallait pas interrompre ce récit ni
gâcher le plaisir que le gosse prenait à raconter sa
nuit, mais après avoir attendu un temps raisonnable, Nashe changea de sujet et tira de sa poche
l'enveloppe que Murks lui avait remise.

— Voilà la situation, Jack, dit-il, laissant à peine
à celui-ci le temps de regarder le papier. Ils nous
ont doublés, et on est dans le pétrin. Nous pensions
qu'on était quittes, mais selon eux, on leur doit
encore trois mille dollars. Nourriture, magazines,
même cette foutue vitre brisée – ils nous ont tout
compté. Sans parler de miss Feu au cul et de son
chauffeur, ce qui va de soi, j'imagine. Nous avions
cru évident que le contrat comprenait tout ça,
mais en fait il n'en dit rien. Bon. Donc on s'est tromp-
és. La question, c'est : qu'est-ce qu'on va faire ?
En ce qui me concerne, tu es hors jeu maintenant.

Tu en as fait assez, et à partir de ce moment tout ça c'est mon problème. Je vais te sortir d'ici. On va creuser un trou sous la clôture et dès qu'il fera noir, tu te glisseras dessous et tu fileras.

— Et toi ? demanda Pozzi.

— Moi, je reste, et je finis le boulot.

— Pas question. Tu te faufiles dans ce trou avec moi.

— Pas cette fois-ci, Jack. Je ne peux pas.

— Merde alors, et pourquoi pas ? T'as peur des trous ou quoi ? Ça va faire deux mois que tu vis dans un trou – t'as peut-être pas remarqué ?

— Je me suis promis de tenir jusqu'à la fin. Je ne te demande pas de me comprendre, mais je n'ai tout simplement pas l'intention de fuir. C'est une chose que j'ai déjà trop faite, et je ne veux plus vivre comme ça. Si je file en douce avant d'avoir remboursé la dette, je ne vaudrai pas tripette à mes yeux.

— Custer et son dernier combat.

— Voilà. Le bon vieux "Tais-toi et marche".

— C'est pas la bonne cause, Jim. Tu vas juste perdre ton temps, te faire chier pour rien. Si tu trouves ces trois mille dollars si importants, pourquoi tu leur envoies pas un chèque ? Ils s'en fichent d'où viennent leurs sous, et ils les auront bien plus vite si tu pars avec moi ce soir. Merde, je partagerai même avec toi, fifty-fifty. Je connais un mec à Philadelphie qui peut nous mettre sur un coup demain soir. Tout ce qu'on a à faire, c'est un peu d'auto-stop, et dans moins de quarante-huit heures on aura le fric. C'est simple. On le leur envoie en recommandé, et le tour est joué.

— Flower et Stone ne sont pas là. Ils sont partis pour Paris ce matin.

— Seigneur, quelle tête de mule ! On s'en balance, où ils sont !

— Désolé, fiston. Rien à faire. Tu peux parler à t'en étouffer, je ne pars pas.

— Ça va te prendre deux fois plus longtemps tout seul, imbécile. Tu y as pensé ? Dix dollars l'heure, pas vingt. Tu vas glander autour de ces pierres jusqu'à Noël.

— Je sais. N'oublie pas de m'envoyer une carte postale, Jack, c'est tout ce que je te demande. J'ai tendance à devenir un peu sentimental à cette époque de l'année.

Ils continuèrent pendant trois quarts d'heure encore à se renvoyer des arguments, jusqu'au moment où Pozzi frappa du poing la table de la cuisine et sortit. Il était si furieux contre Nashe qu'il refusa de lui parler pendant trois heures et resta caché derrière la porte fermée de sa chambre sans consentir à se montrer. A quatre heures, Nashe s'approcha de la porte et annonça qu'il allait dehors, pour commencer à creuser le trou. Pozzi ne répondit pas, mais peu après avoir mis sa veste et être sorti de la roulotte, Nashe entendit la porte claquer à nouveau, et un instant plus tard le gosse traversait la prairie en courant pour le rattraper. Nashe l'attendit, et ils marchèrent ensemble vers la cabane à outils, en silence, ni l'un ni l'autre n'osant relancer la discussion.

— Je réfléchissais, dit Pozzi lorsqu'ils s'arrêtèrent devant la porte verrouillée de la cabane. A quoi ça sert, toute cette histoire ? Au lieu de m'enfuir, ce serait pas plus simple d'aller trouver Calvin pour lui dire que je pars ? Du moment que tu es encore là pour honorer le contrat, qu'est-ce que ça peut lui faire ?

— Je vais te le dire, répondit Nashe en ramassant une petite pierre sur le sol et en la calant contre la porte pour briser la serrure. Je n'ai pas confiance en lui. Calvin n'est pas aussi stupide qu'il en a l'air, et il sait que ton nom figure sur ce contrat. En l'absence de Flower et Stone, il dira qu'il n'est pas autorisé à y changer quoi que ce soit, que nous ne pouvons rien faire avant qu'ils reviennent. Tu l'entends d'ici, non ? Je ne suis qu'un employé, les gars, j'exécute les ordres des patrons. Mais il est au courant de ce qui se passe, il l'a été depuis le début. Sinon, Flower et Stone

ne seraient pas partis en le laissant seul responsable. Il fait semblant de prendre notre parti, mais
il leur appartient, il se fout de nous comme d'une
guigne. Dès l'instant où on lui dirait que tu veux
partir, il comprendrait que tu vas essayer de
t'échapper. Il n'y a qu'un pas à franchir, hein ? Et
je ne veux pas éveiller ses soupçons. Qui sait
quel tour il pourrait encore nous jouer ?

Ils forcèrent donc la porte de la cabane, prirent
deux pelles et les emportèrent par le chemin de
terre qui s'enfonçait à travers bois. Il y avait plus
loin à marcher jusqu'à la clôture que dans leur souvenir, et lorsqu'ils se mirent à creuser, la lumière
avait déjà commencé à baisser. Le sol était dur et
le bas du grillage enfoncé profondément, et tous
deux poussaient des grognements chaque fois
qu'ils frappaient la terre de leur pelle. Ils voyaient
la route juste devant eux, mais il ne passa qu'une
seule voiture pendant la demi-heure qu'ils restèrent là, un vieux break dans lequel se trouvaient un homme, une femme et un petit garçon.
L'enfant leur fit signe de la main d'un air étonné
au moment où la voiture arrivait à leur niveau,
mais ni Nashe ni Pozzi ne répondirent. Ils continuèrent à creuser en silence, et quand ils eurent
enfin dégagé un trou assez grand pour permettre
au corps de Pozzi de s'y glisser, ils avaient les
bras douloureux de fatigue. Abandonnant alors
leurs pelles, ils retournèrent à la roulotte, tra-
versant le pré tandis que le ciel s'empourprait
autour d'eux, dans la lueur diffuse d'un crépuscule d'automne.

Ils prirent leur dernier repas ensemble comme
des étrangers. Ils ne savaient plus que se dire, et
leurs tentatives de conversation étaient mala-
droites, parfois même embarrassantes. Le départ
de Pozzi était trop proche pour qu'il leur fût possible de penser à autre chose, et pourtant ni l'un
ni l'autre ne désirait en parler, et ils restaient donc
de longues minutes enfermés dans le silence, chacun imaginant de son côté ce qu'il allait devenir

sans l'autre. Ils ne pouvaient même pas se remémorer le passé, se rappeler les bons moments vécus ensemble, car il n'y avait pas eu de bons moments, et le futur semblait trop incertain pour laisser deviner autre chose qu'une ombre, une présence inarticulée et sans forme qu'aucun des deux ne souhaitait examiner de trop près. Ce ne fut que lorsqu'ils se levèrent de table et commencèrent à ranger la vaisselle que leur tension se manifesta de nouveau en paroles. La nuit était tombée, et le moment arrivait soudain des préparatifs de dernière minute et des adieux. Ils échangèrent adresses et numéros de téléphone en se promettant de rester en contact, mais Nashe savait qu'il n'en serait rien, qu'ils ne se reverraient plus jamais. Ils emballèrent quelques provisions – nourriture, cigarettes, cartes routières de Pennsylvanie et du New Jersey – et puis Nashe donna à Pozzi un billet de vingt dollars qu'il avait retrouvé au fond de sa valise un peu plus tôt dans l'après-midi.

— Ce n'est pas grand-chose, dit-il, mais c'est sans doute mieux que rien.

La nuit était fraîche, et ils s'emmitouflèrent dans des sweatshirts et des anoraks avant de sortir de la roulotte. Ils traversèrent le pré avec des lampes de poche, en marchant le long du mur inachevé afin de s'y retrouver dans l'obscurité. En arrivant au bout, quand ils passèrent à côté des immenses tas de pierres dressés à la lisière du bois, ils firent jouer un moment sur la surface des blocs le faisceau de leurs lampes. Avec ces formes étranges et ces ombres fuyantes, cela produisait un effet fantomatique, et Nashe pensa malgré lui que les pierres étaient vivantes, que la nuit les avait métamorphosées en une colonie d'animaux endormis. Il voulut en plaisanter, mais ne trouva rien à dire assez vite, et un instant plus tard ils pénétraient dans le sous-bois par le chemin de terre. Quand ils arrivèrent à la clôture, il vit les deux pelles qu'ils avaient abandonnées sur le sol et réalisa qu'il ne fallait pas que Murks les trouve toutes les deux. Une pelle voulait dire que Pozzi s'était débrouillé seul, mais deux pelles indiqueraient que Nashe avait pris part à sa fuite. Dès que Pozzi serait parti, il fallait qu'il ramasse l'une des pelles pour la rapporter dans la cabane.

Pozzi frotta une allumette et approcha la flamme de sa cigarette. Nashe remarqua que sa main tremblait.

— Eh bien, monsieur le pompier, dit-il, on dirait que nos chemins se séparent.

— Tout ira bien, Jack, dit Nashe. Rappelle-toi de te brosser les dents après chaque repas, et il ne pourra rien t'arriver.

Ils se saisirent par les coudes, serrèrent fort pendant quelques secondes, puis Pozzi demanda à Nashe de tenir sa cigarette pendant qu'il rampait dans le trou. Un instant plus tard, il était debout de l'autre côté de la clôture et Nashe lui rendit la cigarette.

— Viens avec moi, dit Pozzi. Fais pas l'imbécile, Jim. Viens avec moi maintenant.

Il parlait avec tant de conviction que Nashe faillit céder, mais il attendit trop longtemps avant de répondre et dans cet intervalle la tentation s'évanouit.

— Je te rattraperai dans quelques mois, dit-il. Tu ferais mieux d'y aller.

Pozzi s'éloigna de la clôture, tira une bouffée de sa cigarette puis la jeta loin de lui, une brève averse d'étincelles illuminant la route.

— Demain j'appelle ta sœur pour lui dire que tu vas bien, dit-il.

— Tire-toi, dit Nashe en frappant le grillage d'un geste abrupt et impatient. File le plus vite que tu peux.

— Je suis déjà loin, fit Pozzi. Le temps de compter jusqu'à cent, tu ne sauras même plus qui je suis.

Puis, sans dire au revoir, il tourna sur ses talons et se mit à courir sur la route.

Dans son lit, cette nuit-là, Nashe mit au point l'histoire qu'il avait l'intention de raconter à Murks le matin, la répétant à plusieurs reprises jusqu'à ce qu'elle commence à avoir l'air vraie. Comment Pozzi et lui étaient allés se coucher vers dix heures, comment il n'avait pas entendu le moindre bruit pendant huit heures ("je dors toujours comme une souche"), et comment il était sorti de sa chambre à six heures pour préparer le petit déjeuner, avait frappé à la porte du gosse pour le réveiller, et s'était aperçu de sa disparition. Non, Jack n'avait pas parlé de s'enfuir, et il n'avait pas laissé de message ni le moindre indice quant à l'endroit où il pouvait se trouver. Qui pouvait savoir ce qui lui était arrivé ? Peut-être s'était-il levé tôt, avait-il décidé de faire un tour. Bien sûr, je vais vous aider à le chercher. Il est probablement en train de se balader quelque part dans les bois, il espère sans doute apercevoir des oies sauvages.

Mais Nashe n'eut jamais l'occasion de raconter aucun de ces mensonges. Quand son réveil sonna six heures le lendemain matin, il alla dans la cuisine mettre de l'eau à bouillir pour le café puis, curieux de savoir quelle température il faisait dehors, ouvrit la porte de la roulotte et sortit la tête afin de prendre l'air. C'est alors qu'il vit Pozzi – bien qu'il lui fallût plusieurs secondes avant de réaliser ce qu'il voyait. Il ne distingua d'abord qu'un tas informe, un paquet de hardes sanglantes étalé sur le sol, et même lorsqu'il s'aperçut qu'il y avait un homme dedans, il y vit moins Pozzi qu'une hallucination, quelque chose qui ne pouvait pas se trouver là. Il remarqua que les vêtements étaient étonnamment similaires à ceux que Pozzi avait portés la veille, que l'homme était habillé du même anorak et du même sweatshirt à capuche, du même blue-jean et des mêmes bottes couleur moutarde, mais même alors il ne réussissait pas à tirer la conclusion de ces constatations, à se dire : *C'est Pozzi que je vois là*. Car les

membres de l'homme étaient bizarrement emmê-
lés et inertes, et à la façon dont sa tête était tournée
sur le côté (tordue à un angle presque impossible, comme si la tête allait se séparer du corps),
Nashe eut la conviction qu'il était mort.

Il descendit les marches au bout d'un instant,
et alors il comprit enfin ce qu'il avait sous les
yeux. En marchant dans l'herbe vers le corps du
gosse, Nashe sentit se former dans sa gorge une
série de petits haut-le-cœur. Tombant à genoux, il
saisit entre ses mains le visage tuméfié de Pozzi et
s'aperçut qu'une faible pulsation restait encore
perceptible dans les veines de son cou.

— Mon Dieu, dit-il, se rendant à peine compte
qu'il parlait à voix haute, qu'est-ce qu'ils t'ont fait,
Jack ? Les deux yeux du gosse étaient fermés,
boursouflés, d'affreuses coupures lui entaillaient
le front, les tempes et la bouche, et plusieurs de
ses dents manquaient : c'était un visage pulvérisé,
un visage définitivement méconnaissable. Nashe
s'entendit donner voix à ses haut-le-cœur et puis,
gémissant presque, il ramassa Pozzi dans ses bras
et le transporta dans la roulotte.

Il était impossible de se rendre compte de la
gravité des blessures. Le gosse était inconscient,
peut-être même dans le coma, et d'être resté là-
dehors, dans le froid de l'automne, pendant Dieu
seul savait combien de temps, n'avait pu qu'em-
pirer les choses. A la fin, ça lui avait sans doute
fait autant de mal que les coups qu'il avait reçus.
Nashe le déposa sur le sofa puis se précipita dans
les deux chambres et arracha les couvertures des
lits. Il avait vu plusieurs personnes mourir du
choc après avoir été sauvées d'un incendie, et
Pozzi montrait tous les symptômes d'un cas grave :
la terrible pâleur, les lèvres bleues, les mains gla-
ciales et cadavériques. Nashe fit tout ce qu'il pouvait pour le réchauffer : il lui frictionna le corps
sous les couvertures, fit remuer ses jambes afin
d'activer la circulation, mais même lorsque sa température se mit à remonter, le gosse ne manifesta

aucun signe permettant d'espérer qu'il était sur le point de se réveiller.

Ensuite tout se passa très vite. Murks arriva à sept heures et gravit les marches de la roulotte pour frapper à la porte, selon son habitude, et quand Nashe lui cria d'entrer, sa première réaction en voyant le gosse fut de rire.

— Qu'est-ce qu'il a encore ? demanda-t-il avec un geste du pouce en direction du canapé. Il s'en est de nouveau jeté un, hier soir ? Mais lorsqu'il fut dans la chambre, et suffisamment près pour voir le visage de Pozzi, son amusement se changea en consternation.

— Dieu tout-puissant, fit-il, ce gamin est mal en point.

— Tu parles qu'il est mal en point, dit Nashe. Si on ne l'emmène pas dans un hôpital d'ici une heure, il ne s'en sortira pas.

Murks repartit en courant chercher la jeep, et en l'attendant Nashe traîna dehors le matelas du lit de Pozzi et l'appuya contre le mur de la roulotte, prêt à être utilisé dans leur ambulance de fortune. Le trajet serait pénible de toute façon, mais le matelas empêcherait peut-être le gosse d'être trop ballotté. Quand Murks revint enfin, il y avait un homme à côté de lui sur le siège avant de la jeep.

— C'est Floyd, annonça Murks. Il va aider à porter le gosse. Floyd était le gendre de Murks, il paraissait avoir entre vingt-cinq et trente ans – un gaillard bien charpenté, qui devait mesurer au moins un mètre quatre-vingt-treize ou quinze, avec des joues lisses et rouges, coiffé d'un bonnet de chasse en laine. Il ne semblait pas particulièrement intelligent, et quand Murks le présenta à Nashe il tendit une main maladroite d'un air pénétré et joyeux qui ne convenait vraiment pas à la situation. Nashe en fut si écœuré qu'il refusa de serrer cette main, se contentant de fixer Floyd jusqu'à ce que celui-ci laissât retomber le bras.

Nashe plaça le matelas à l'arrière de la jeep, puis ils entrèrent tous trois dans la roulotte, soulevèrent

Pozzi du canapé et le transportèrent à l'extérieur, toujours enveloppé des couvertures. Nashe le borda, essayant de l'installer le plus confortablement possible, mais chaque fois qu'il regardait le visage du gosse, il se rendait compte que c'était sans espoir. Pozzi n'avait plus la moindre chance. Lorsqu'ils arriveraient à l'hôpital, il serait déjà mort.

Mais le pire devait encore venir. Murks assena une claque sur l'épaule de Nashe en disant :

— On reviendra aussi vite qu'on pourra, et quand Nashe réalisa tout à coup qu'ils n'avaient pas l'intention de l'emmener, quelque chose en lui craqua et il se tourna vers Murks en proie à une rage soudaine.

— Désolé, fit Murks, je peux pas te permettre ça. Y a eu assez de désordre par ici pour aujourd'hui, et je ne veux pas laisser aller les choses. Tu n'as pas besoin de t'en faire, Nashe. On se débrouillera très bien, Floyd et moi.

Au lieu de reculer, Nashe, hors de lui, plongea sur Murks et l'empoigna par sa veste en le traitant de menteur et de foutu salaud. Mais avant qu'il ait pu envoyer son poing dans la figure de Calvin, Floyd était sur lui, le ceinturait par-derrière entre ses bras et le soulevait du sol. Murks recula de deux ou trois pas, sortit son revolver de sa gaine et le pointa sur Nashe. Ce ne fut pas encore suffisant pour arrêter celui-ci, qui continuait à hurler et à se débattre dans les bras de Floyd.

— Tue-moi, espèce de salaud ! cria-t-il à Murks. Allez, vas-y, tue-moi !

— Il sait plus ce qu'il dit, fit Murks avec calme, en regardant son gendre. Le pauvre gars a perdu la tête.

Sans avertissement, Floyd jeta violemment Nashe sur le sol, et avant que Nashe ait pu se relever pour retourner à l'attaque, un pied lui écrasa l'estomac. Il en eut la respiration coupée, et tandis qu'il gisait là en train de suffoquer, les deux hommes coururent vers la jeep et grimpèrent dedans. Nashe entendit le moteur démarrer, et lorsqu'il réussit enfin à se mettre debout, ils s'éloignaient déjà, pour disparaître avec Pozzi dans les bois.

Alors il n'hésita plus. Il rentra dans la roulotte, mit sa veste, en bourra les poches de toute la nourriture qu'elles pouvaient contenir, et ressortit aussitôt. Sa seule pensée était de se tirer de là. Il n'aurait jamais une meilleure occasion de s'échapper, et il n'allait pas la négliger. Il se glisserait dans le trou creusé la veille avec Pozzi, et tout serait fini.

Il traversa le pré d'un pas rapide, sans même un regard pour le mur, et quand il arriva au bois, de l'autre côté, il se mit soudain à courir, dévalant le chemin de terre comme si sa vie en dépendait. Il atteignit la clôture au bout de quelques minutes et s'appuya des deux bras au grillage, hors d'haleine, en contemplant la route devant lui. Pendant quelques instants, il ne se rendit même pas compte que le trou avait disparu. Mais dès qu'il eut repris son souffle, il regarda par terre et s'aperçut que le sol sous ses pieds était plat. Le trou avait été rebouché, et avec les feuilles et les branches éparpillées alentour, il était impossible de se douter qu'il y avait eu un trou à cet endroit.

Nashe s'agrippa de ses dix doigts à la clôture et serra de toutes ses forces. Il resta cramponné ainsi pendant près d'une minute puis, rouvrant les mains, il les porta à son visage et se mit à sangloter.

8

Après cela, plusieurs nuits de suite, il fit un rêve récurrent. Il s'éveillait dans l'obscurité de sa chambre et, lorsqu'il se rendait compte qu'il ne dormait plus, il s'habillait, sortait de la roulotte et commençait à marcher dans le pré. Quand il arrivait à l'autre bout, devant la cabane à outils, il en forçait la porte, empoignait une pelle et s'enfonçait dans les bois en courant par le chemin de terre menant à la clôture. Le rêve semblait toujours si vivant, si exact, moins distorsion du réel que simulacre, illusion si riche en détails de la vie éveillée que Nashe ne soupçonnait jamais qu'il était en train de rêver. Il entendait le léger craquement de la terre sous ses pas, il sentait la fraîcheur de l'air nocturne contre sa peau et l'âcre parfum de putréfaction automnale qui flottait sous les arbres. Mais chaque fois que, la pelle à la main, il atteignait la clôture, le rêve s'arrêtait brusquement et il s'éveillait, pour s'apercevoir qu'il se trouvait encore dans son lit.

La question, c'était : pourquoi, à ce moment-là, ne se levait-il pas, pourquoi n'agissait-il pas comme il venait de le faire en rêve ? Rien ne l'empêchait d'essayer de s'échapper, et pourtant il continuait à hésiter, il allait même jusqu'à refuser d'admettre la possibilité de fuir. Il attribua d'abord cette répugnance à la peur. Il était convaincu de la responsabilité de Murks dans ce qui était arrivé à Pozzi (avec un coup de main de Floyd, sans aucun doute), et il trouvait tout à fait vraisemblable l'idée qu'un sort analogue l'attendait s'il tentait de filer avant la fin du contrat. Il était vrai que Murks avait paru bouleversé par l'aspect de Pozzi, ce matin-là dans la roulotte, mais qui pouvait affirmer qu'il ne jouait pas la comédie ? Nashe avait vu Pozzi courir sur la route, comment aurait-il pu se retrouver dans le pré si Murks ne l'y avait amené ? Si le gosse avait été battu par quelqu'un d'autre, son assaillant se serait enfui en l'abandonnant sur la route. Et alors Pozzi, même s'il n'avait pas encore perdu connaissance, n'aurait pas eu la force de repasser par le trou, et moins encore de retraverser seul tout le pré. Non, Murks l'avait amené là dans le but d'avertir Nashe, de lui montrer ce qui arrivait à qui prétendait partir. Il affirmait avoir conduit Pozzi à l'hôpital des Sœurs de la Charité, à Doylestown, mais pourquoi n'aurait-il pas menti en cela aussi ? Ils auraient pu avec autant de facilité se débarrasser du gosse quelque part dans les bois et l'y enterrer. Quelle différence cela aurait-il fait qu'il fût encore vivant ? Couvrez de terre le visage d'un homme, il mourra étouffé avant que vous ayez compté jusqu'à cent. Murks était très fort pour boucher des trous, après tout. Quand il en avait terminé avec un trou, on ne voyait même plus s'il avait ou non existé.

Petit à petit, Nashe comprit néanmoins que la peur n'y était pour rien. Chaque fois qu'il s'imaginait en train de fuir la clairière, il voyait Murks le viser dans le dos avec son revolver et presser lentement la détente – mais l'évocation de la balle en train de lui déchirer la chair et de lui fracasser le cœur suscitait en lui moins de crainte que de colère. Même s'il méritait la mort, il ne voulait pas donner à Murks la satisfaction de le tuer. Ce serait trop facile, une fin trop prévisible. Il avait déjà provoqué la mort de Pozzi en l'obligeant à s'échapper, mais en acceptant de mourir, lui aussi (et par instants cette perspective lui paraissait presque irrésistible), il ne réparerait pas le mal qu'il avait fait. C'est pourquoi il continuait à travailler au mur – non parce qu'il avait peur, ni parce qu'il se sentait encore obligé de rembourser la dette, mais parce qu'il voulait se venger. Il terminerait son temps ici, et une fois libre de s'en aller, il s'adresserait aux flics et ferait arrêter Murks. C'était bien le moins qu'il pût faire pour le gosse, pensait-il. Il lui fallait se maintenir en vie le temps de s'assurer que ce salaud subirait le sort qu'il méritait.

Il écrivit à Donna une lettre où il lui expliquait qu'il resterait sur ce chantier plus longtemps que prévu. Il avait cru qu'ils en auraient terminé ces jours-ci, mais le travail semblait devoir se prolonger encore six à huit semaines. Persuadé que Murks ouvrirait sa lettre pour la lire avant de l'envoyer, il se garda de la moindre allusion à ce qui était arrivé à Pozzi. Il s'efforça de conserver un ton léger et joyeux, et ajouta une page à l'intention de Juliette, avec le dessin d'un château et quelques devinettes dont il se disait qu'elle s'amuserait, et quand Donna lui répondit une semaine après, elle écrivait qu'elle était contente qu'il parût en si bonne forme. Peu importait de quel genre de travail il s'agissait, ajoutait-elle. Du moment qu'il l'accomplissait avec plaisir, il y trouvait une récompense suffisante. Mais elle espérait qu'il songerait à se fixer quand ce serait terminé. Il leur manquait à tous terriblement, et Juliette était impatiente de le revoir.

A la lecture de cette lettre, il fut accablé de tristesse, et pendant plusieurs jours il ressentit une douleur aiguë chaque fois qu'il songeait à la façon dont il avait trompé sa sœur. Plus coupé du monde que jamais, il avait parfois l'impression que quelque chose s'écroulait en lui, comme si le sol sous ses pieds avait cédé peu à peu, s'effondrant sous la pression de sa solitude. Il continuait à travailler, mais c'était une activité solitaire, et il évitait Murks autant que possible, n'acceptant de lui parler que si c'était absolument nécessaire. Bien que Murks affichât toujours la même placidité, Nashe ne se laissait pas endormir et opposait à l'apparente bonne volonté du contremaître un mépris à peine dissimulé. Au moins une fois par jour, il se représentait en détail une scène au cours de laquelle, se tournant soudain vers Murks dans un sursaut de violence, il lui sautait dessus, le maîtrisait, le clouait au sol, puis dégageait le revolver de sa gaine et le lui pointait droit entre les deux yeux. L'unique échappatoire à de tels tumultes était le travail, l'effort machinal de soulever et de transporter les pierres, et il s'y jeta avec une passion sévère et obstinée, accomplissant chaque jour à lui seul plus que Pozzi et lui n'avaient jamais réussi à en faire ensemble. Il acheva la deuxième rangée en moins d'une semaine, avec des chargements de trois ou quatre blocs à la fois sur le chariot, et à chacun de ses trajets à travers la clairière, il se retrouvait inexplicablement en train de penser à l'univers miniature de Stone dans la grande maison, comme si le fait de toucher une pierre réelle avait ravivé le souvenir de l'homme qui en portait le nom*. Tôt ou tard, se disait Nashe, la maquette comporterait une nouvelle section représentant l'endroit où il se trouvait, à l'échelle du mur, de la clairière et de la roulotte, et lorsque ceci serait terminé, deux figurines minuscules seraient posées au milieu du pré : une pour Pozzi et une pour lui. L'idée d'une petitesse aussi extravagante commençait à exercer sur Nashe une fascination quasi insupportable. Parfois, sans pouvoir s'en empêcher, il allait jusqu'à imaginer qu'il vivait déjà à l'intérieur de la maquette. Flower et Stone le regardaient d'en haut, et il en arrivait à se voir à travers leurs yeux – pas plus gros que le pouce, petite souris grise en train de s'agiter d'un bout à l'autre de sa cage.

Mais le pire, c'était le soir, quand il avait fini de travailler et rentrait seul dans la roulotte. C'est alors que Pozzi lui manquait le plus, et au début il y eut des moments où son chagrin et sa nostalgie prenaient une telle acuité qu'il trouvait à peine la

---

* *Stone* veut dire pierre. *(N.d.T.)*

force de préparer son repas. Une ou deux fois, il ne mangea rien du tout et resta assis dans le salon devant une bouteille de bourbon jusqu'à l'heure d'aller se coucher, écoutant le *Requiem* de Mozart et celui de Verdi avec le son au maximum, pleurant de vraies larmes au cœur de cette tempête de musique, se remémorant le gosse à travers le souffle impétueux des voix humaines comme s'il n'avait été qu'un peu de terre, une fragile motte de terre en train de s'éparpiller, de redevenir la poussière dont elle était née. Il trouvait un certain apaisement dans le fait de s'abandonner à ces débordements de tristesse, de s'enfoncer dans les profondeurs d'une douleur blafarde et impondérable, mais même lorsqu'il eut recouvré la maîtrise de soi et commencé à s'adapter à sa solitude, il ne se remit jamais tout à fait de l'absence de Pozzi et continua à porter le deuil du gosse comme d'une part de lui-même à jamais disparue. Les tâches domestiques lui paraissaient arides et dépourvues de sens, corvées mécaniques consistant à préparer des repas pour se les enfourner dans la bouche, à salir des objets puis à les nettoyer – l'horlogerie des fonctions animales. Se rappelant le plaisir que les livres lui avaient donné sur les routes, il essayait de remplir le vide en lisant, mais il éprouvait maintenant de la difficulté à se concentrer et à peine commençait-il à déchiffrer les mots sur une page que sa tête se mettait à bourdonner d'images du passé : une après-midi de bulles de savon avec Juliette, cinq mois plus tôt, dans le jardin du Minnesota ; la chute de son ami Bobby Turnbull à travers un plancher en flammes, sous ses yeux, à Boston ; les mots exacts qu'il avait prononcés lorsqu'il avait demandé à Thérèse de l'épouser ; le visage de sa mère la première fois qu'il était entré dans sa chambre d'hôpital en Floride après son attaque ; Donna en *cheerleader*, au lycée, en train de sauter sur place. Il ne souhaitait pas se rappeler tout cela, mais les histoires dans les livres ne parvenant plus à l'arracher à lui-même, ses souvenirs l'envahissaient, qu'il le voulût ou non. Il supporta ces assauts chaque soir pendant près d'une semaine puis un matin, ne sachant plus que faire, il craqua, demanda à Murks s'il pouvait avoir un piano. Non, ça n'avait pas besoin d'être un vrai piano, dit-il, il lui fallait simplement quelque chose pour s'occuper, une distraction pour se calmer les nerfs.

— Je comprends ça, remarqua Murks cherchant à se montrer compatissant. Ça doit être dur, ici, tout seul. Je veux dire, le gosse était parfois un peu bizarre, mais au moins c'était une compagnie. Mais ça va te coûter des sous. Enfin ça tu t'en doutes.

— Ça m'est égal, dit Nashe. Je ne demande pas un vrai piano. Ça ne devrait pas être tellement cher.

— Première fois que j'entends parler d'un piano qu'est pas un piano. Quel genre d'instrument tu veux dire ?

— Un clavier électronique. Vous savez, un de ces trucs portables qu'on branche dans une prise de courant. Avec des haut-parleurs et de drôles de petites touches en plastique. Vous en avez sans doute déjà vu dans les supermarchés.

— Ça ne me dit rien. Mais pas d'importance, Nashe, tu me dis ce que tu veux et moi je m'arrange pour te le procurer.

Heureusement, il avait gardé ses partitions et ne manquerait donc pas de choses à jouer. Après la vente de son piano, il n'y avait certes plus de raison de les conserver, mais il n'avait pu se résoudre à les jeter et elles avaient donc passé toute cette année à voyager avec lui dans le coffre de sa voiture. Il y en avait une douzaine environ : des morceaux choisis de différents compositeurs (Bach, Couperin, Mozart, Beethoven, Schubert, Bartók, Satie), deux cahiers d'exercices de Czerny et un gros volume de blues et d'airs de jazz transcrits pour le piano. Murks arriva le lendemain soir avec l'instrument, et bien qu'il s'agît d'un produit bizarre et ridicule de la technologie – guère mieux qu'un jouet, en fait – c'est avec joie que Nashe le retira de son emballage et l'installa sur la table de la cuisine. Il passa quelques soirées, entre son dîner et l'heure de son coucher, à réapprendre à jouer, exécutant d'innombrables exercices afin d'assouplir ses articulations rouillées tout en découvrant les possibilités et les limites de ce curieux appareil : l'étrangeté de la touche, les sons amplifiés, le manque de force de la percussion. De ce point de vue, le fonctionnement du clavier rappelait davantage un clavecin qu'un piano, et quand il se mit enfin, le troisième soir, à jouer de vrais morceaux, il s'aperçut que des œuvres anciennes – composées avant l'invention du piano – avaient tendance à sonner mieux que les plus récentes. Ceci l'amena à se concentrer sur des musiques de compositeurs d'avant le XIXᵉ siècle : le *Petit livre d'Anna Magdalena Bach*, le *Clavecin bien tempéré*, les *Barricades mystérieuses*. Il lui était impossible de jouer ce dernier morceau sans penser au mur et il se rendit compte qu'il le reprenait plus souvent qu'aucun des autres. Son exécution durait exactement deux minutes et ne nécessitait à aucun instant de sa progression lente et majestueuse, avec toutes ses pauses, suspensions et répétitions, qu'il frappât plus d'une note à la fois. La musique commençait et s'arrêtait, recommençait et s'arrêtait encore, et pourtant tout du long l'œuvre continuait à avancer, à marcher vers une conclusion qui ne se produisait pas. Etaient-ce là les barricades mystérieuses ? Nashe se rappelait avoir lu quelque part que personne ne savait avec certitude ce que ce titre avait signifié dans l'esprit de Couperin. Certains spécialistes l'interprétaient comme une référence comique aux sous-vêtements des femmes – l'impénétrabilité des corsets – tandis que d'autres y voyaient une allusion aux harmonies non résolues que comporte l'œuvre. Nashe n'avait aucun moyen de trancher. En ce qui le concernait, les barricades évoquaient le mur qu'il construisait dans la clairière, mais quant à savoir ce qu'elles désignaient, c'était une autre affaire.

Il ne considérait plus les heures après le travail comme un temps morne et pesant. La musique apportait l'oubli, la douceur de ne plus devoir penser à lui-même, et lorsqu'il avait fini de jouer pour un soir, Nashe se sentait en général si langoureux et si vide d'émotions qu'il arrivait à s'endormir sans trop de difficulté. Cependant, il se méprisait de laisser s'amollir ses sentiments envers Murks, de se souvenir avec tant de gratitude de la bonne volonté que lui avait manifestée le contremaître. Murks ne s'était pas seulement dérangé pour lui acheter le clavier, il avait carrément sauté sur l'occasion, comme si son unique désir dans la vie avait été de recouvrer la bonne opinion de Nashe. Nashe voulait haïr Murks sans mélange, le transformer par la seule force de sa haine en quelque chose de moins qu'humain, mais comment était-ce possible si l'homme refusait de se comporter comme un monstre ? Depuis peu, Murks se pointait à la roulotte avec de petits cadeaux (des pâtisseries préparées par sa femme, des écharpes de laine, des couvertures supplémentaires) et au travail il ne se montrait jamais qu'indulgent, répétant sans cesse à Nashe de ralentir, de ne pas se donner tant de mal. Plus troublant encore, il paraissait même se faire du souci à propos de Pozzi, et ramenait à Nashe plusieurs fois par semaine un rapport sur l'état de santé du jeune homme, en parlant comme s'il s'était trouvé en contact constant avec l'hôpital. Comment Nashe devait-il interpréter cette sollicitude ? Il flairait une ruse, écran de fumée destiné à dissimuler le vrai danger que Murks représentait pour lui – et pourtant, comment en être certain ? Peu à peu, il se sentait faiblir, céder progressivement à l'insistance tranquille du contremaître. Chaque fois qu'il acceptait un nouveau cadeau, chaque fois qu'il s'arrêtait pour bavarder de la pluie ou du beau temps, chaque fois qu'il souriait d'une remarque de Calvin, il avait l'impression de se renier. Et il continuait néanmoins. Après quelque temps, la seule chose qui l'empêchât de capituler était la présence du revolver. C'était le dernier indice de la nature de leurs relations, et il n'avait qu'à regarder l'arme à la ceinture de Murks pour se souvenir de leur inégalité fondamentale. Et puis un jour, juste pour voir ce qui se passerait, il se tourna vers Murks en disant :

— Pourquoi ce revolver, Calvin ? Vous vous attendez toujours à des histoires ? Et Murks, baissant les yeux vers l'étui d'un air perplexe, répondit :

— Je sais pas. C'est juste que j'ai pris l'habitude de le porter, je suppose. Et quand il arriva dans la clairière le lendemain matin pour commencer le travail, le revolver avait disparu.

Nashe ne savait plus que penser. Murks était-il en train de lui signaler qu'il était libre maintenant, ou ne s'agissait-il que d'un nouveau détour dans une duperie savamment élaborée ? Avant que Nashe eût pu commencer à se faire une opinion, un élément de plus se trouva projeté dans le maelström de son incertitude. Il se présenta sous la forme d'un petit garçon, et pendant plusieurs jours, Nashe eut l'impression d'être debout au bord d'un précipice, de contempler les entrailles d'un enfer privé dont il avait toujours ignoré l'existence : un monde sous-jacent féroce, animé de bêtes vociférantes et de pulsions d'une inimaginable noirceur. Le trente et un octobre, deux jours exactement après que Murks eut cessé de porter son arme, il arriva à la clairière en tenant par la main un gamin de quatre ans qu'il présenta comme son petit-fils, Floyd Junior.

— Floyd Senior a perdu son boulot au Texas cet été, expliqua-t-il, et maintenant lui et ma fille Sally sont revenus ici pour essayer de redémarrer. Ils sont tous les deux partis à la recherche de travail et d'un endroit où habiter, et comme Addie ne se sent pas très en forme ce matin, elle s'est dit que ce serait une bonne idée que je prenne le petit Floyd en remorque. J'espère que ça ne t'ennuie pas. Je le tiendrai à l'œil, il se mettra pas dans ton chemin.

C'était un enfant maigrichon, morveux, avec un visage long et étroit, et il se tenait à côté de son grand-père, emmitouflé dans une parka rouge, les yeux fixés sur Nashe avec un mélange de curiosité et de détachement, comme si on l'avait planté devant un oiseau ou un buisson d'aspect bizarre. Non, ça n'ennuyait pas Nashe, mais de toute façon, comment aurait-il osé protester ? Pendant la plus grande partie de la matinée, le gamin grimpa parmi les pierres empilées dans le coin de la clairière, gambadant comme un petit singe étrange et silencieux, mais chaque fois que Nashe retournait de ce côté afin de recharger le chariot, l'enfant s'interrompait, s'accroupissait sur son perchoir et posait sur Nashe le même regard absorbé et inexpressif. Nashe en était mal à l'aise, et lorsque ce fut arrivé cinq ou six fois il se sentait si décontenancé qu'il se força à relever la tête vers l'enfant et à lui sourire – ne fût-ce que pour rompre le charme. A sa surprise, le gamin lui rendit son sourire en agitant la main, et à cet instant précis, comme s'il retrouvait un souvenir datant d'un autre siècle, Nashe comprit que c'était le même petit garçon qui leur avait fait signe de la main ce soir-là, à Pozzi et à lui, de l'arrière du break. Etait-ce ainsi qu'ils avaient été découverts ? se demanda-t-il. L'enfant avait-il dit à ses parents qu'il avait vu deux hommes en train de creuser un trou sous la clôture ? Le père avait-il alors rapporté à Murks les propos de son fils ? Nashe ne comprit jamais tout à fait comment cela s'était produit, mais dans l'instant qui suivit cette découverte il regarda de nouveau le petit-fils de Murks et se rendit compte qu'il le haïssait plus qu'il n'avait jamais haï personne dans sa vie. Il le haïssait tellement qu'il ressentait l'envie de le tuer.

C'est alors que commença l'horreur. Une petite semence avait été plantée dans la tête de Nashe, et avant même qu'il ne s'en doutât, elle germait déjà en lui, proliférant comme une fleur sauvage d'une espèce mutante, en un bourgeonnement extatique qui menaçait d'envahir le champ entier de sa conscience. Il n'avait qu'à s'emparer de l'enfant, songeait-il, et tout changerait pour lui : il saurait soudain ce qu'il voulait savoir. L'enfant contre la vérité, dirait-il à Murks, et à ce moment-là Murks serait obligé de parler, il serait obligé de lui dire ce qu'il avait fait de Pozzi. Il n'aurait pas le choix. S'il ne parlait pas, son petit-fils mourrait. Nashe s'en assurerait. Il étranglerait le gamin sous ses yeux.

Une fois que Nashe eut permis à cette idée de naître dans sa tête, d'autres la suivirent, chacune plus violente et plus répugnante que la précédente. Il tranchait la gorge de l'enfant avec un rasoir. Il le frappait à mort à coups de botte. Il lui saisissait la tête et l'écrasait contre une pierre, défonçant le petit crâne jusqu'à ce que le cerveau fût réduit en bouillie. A la fin de la matinée, Nashe était en plein délire, en pleine frénésie de convoitise homicide. Si désespérément qu'il s'efforçât d'effacer ces images, il se mettait à les désirer avec avidité dès l'instant où elles disparaissaient. La vraie horreur, c'était cela : non qu'il pût s'imaginer tuant l'enfant, mais qu'après avoir imaginé une telle chose, il désirât l'imaginer encore.

Le pire fut que l'enfant revint à la clairière – non seulement le lendemain, mais aussi le jour suivant. Comme si les premières heures n'avaient pas été assez pénibles, il s'était mis en tête de s'éprendre de Nashe, réagissant à leur échange de sourires comme à un serment réciproque d'amitié éternelle. Avant midi, Floyd Junior, descendu de sa montagne de pierres, trottinait derrière Nashe tandis que son nouveau héros allait et venait dans le pré en traînant le chariot. Murks fit mine de l'en empêcher, mais Nashe, qui rêvait déjà à la manière dont il allait tuer l'enfant, lui fit signe de s'écarter en disant que ça allait.

— Il ne me dérange pas, dit-il. J'aime les gosses.

A ce moment, Nashe commençait à soupçonner qu'il y avait chez cet enfant quelque chose d'anormal – une pesanteur, une niaiserie qui lui donnaient l'air un peu demeuré. Il parlait à peine, et le seul mot qu'il prononçait tout en courant derrière lui dans l'herbe était *Jim ! Jim ! Jim !*, qu'il répétait et répétait encore à la manière d'une incantation imbécile. L'âge mis à part, il semblait n'avoir rien de commun avec Juliette, et quand Nashe comparait la triste pâleur de ce garçonnet avec l'éclat et la vivacité de sa fille, sa chérie aux cheveux bouclés, son bien-aimé petit derviche au rire de cristal et aux genoux potelés, il ne ressentait pour lui que du mépris. D'heure en heure, son désir de l'agresser devenait plus violent et plus incontrôlable, et quand six heures arrivèrent enfin, il parut à Nashe presque miraculeux que l'enfant fût encore en vie. Il rangea ses outils dans la cabane, et à l'instant où il s'apprêtait à fermer la porte, Murks le rejoignit et lui mit la main sur l'épaule.

— Faut reconnaître, Nashe, dit-il, t'as le don. Ce petit bonhomme ne s'est jamais entiché de personne comme de toi aujourd'hui. Si je n'avais pas vu ça de mes propres yeux, je n'y croirais pas.

Le lendemain matin, le gamin arriva dans le pré vêtu de son déguisement d'*Hallowe'en* : une tenue noire et blanche de squelette avec un masque imitant un crâne. C'était un de ces articles grossiers, de mauvaise qualité, qu'on peut acheter dans leur boîte chez Woolworth, et comme il faisait froid ce jour-là, il le portait par-dessus sa parka, ce qui lui donnait un aspect bizarrement gonflé, l'air d'avoir doublé de poids depuis la veille. D'après Murks, son petit-fils avait insisté pour arborer ce costume afin de se montrer à Nashe ainsi vêtu, et dans l'état de démence qui était alors le sien, celui-ci se demanda aussitôt si l'enfant n'essayait pas de lui dire quelque chose. Le costume représentait la mort, après tout, la mort sous sa forme la plus pure, la plus symbolique, et peut-être l'enfant savait-il ce que Nashe projetait, peut-être était-il venu dans la clairière habillé en mort parce qu'il savait qu'il allait mourir. Nashe ne pouvait s'empêcher de voir là un message écrit en code. Le gamin lui disait que tout allait bien, que du moment que c'était lui, Nashe, qui le tuait, tout allait se passer très bien.

Il batailla contre lui-même tout au long de cette journée, inventant toutes sortes de ruses afin de tenir l'enfant-squelette à distance prudente de ses mains meurtrières. Le matin, il lui enjoignit de surveiller un bloc bien particulier, à l'arrière d'un des tas, en lui expliquant qu'il fallait l'avoir à l'œil pour éviter qu'il ne disparût, et dans l'après-midi il l'autorisa à jouer avec le chariot tandis que lui-même s'en allait à l'autre bout du pré s'occuper des travaux de maçonnerie. Mais, inévitablement, il y avait des interruptions, des moments où l'enfant perdait sa concentration et courait vers Nashe ou bien, même à distance, ceux où Nashe devait subir la litanie de son nom, l'incessant *Jim*, *Jim*, *Jim*, retentissant comme une alarme au plus profond de sa peur. A plusieurs reprises, il voulut demander à Murks de ne plus amener le petit garçon, mais la lutte pour conserver la maîtrise de ses sentiments l'épuisait tellement, l'entraînait si près du point d'écroulement mental qu'il n'osait plus se fier aux paroles qu'il pourrait prononcer. Ce soir-là, il but à en perdre conscience, et le lendemain matin, comme s'il ne s'était éveillé que pour retomber en plein cauchemar, il vit en ouvrant la porte de la roulotte que l'enfant était de nouveau là – serrant contre sa poitrine un sac de bonbons d'*Hallowe'en* qu'il tendit solennellement à Nashe, tel un jeune brave offrant au chef de sa tribu les dépouilles de sa première chasse.

— Qu'est-ce que c'est que ça ? demanda Nashe à Murks.

— Jim, fit l'enfant, répondant lui-même à la question. Bonbons pour Jim.

— C'est ça, dit Murks. Il voulait partager ses bonbons avec toi.

Nashe entrouvrit le sac et jeta un coup d'œil à son contenu, un fouillis de sucreries, de pommes et de raisins secs.

— Ça va un peu loin, Calvin, vous ne croyez pas ? Qu'est-ce qu'il veut, ce gosse, m'empoisonner ?

— Il veut rien du tout, dit Murks. Il était juste triste pour toi – manquer les festivités et tout ça. T'es pas obligé de les manger.

— Bien sûr, fit Nashe, qui regardait l'enfant en se demandant comment il pourrait endurer une autre journée avec lui. C'est l'intention qui compte, hein ?

Mais il ne le supportait plus. Dès l'instant où il sortit dans le pré, il sut qu'il avait atteint sa limite, que le gamin serait mort avant une heure s'il ne trouvait pas un moyen de se contrôler. Il posa une pierre sur le chariot, entreprit d'en soulever une autre puis la laissa glisser de ses mains et l'écouta s'écraser sur le sol avec un bruit sourd.

— J'ai quelque chose qui ne va pas aujourd'hui, dit-il à Murks. Je ne me sens pas dans mon assiette.

— C'est peut-être ce microbe de grippe qui traîne par ici, fit Murks.

— Ouais, ça doit être ça. Je dois être en train d'attraper la grippe.

— Tu bosses trop dur, Nashe, c'est ça ton problème. T'es complètement épuisé.

— Si je me recouche pendant une heure ou deux, je me sentirai sans doute mieux cette après-midi.

— Laisse tomber cette après-midi. Prends toute la journée. C'est pas malin d'en faire trop, pas malin du tout. T'as besoin de récupérer tes forces.

— Bon, d'accord. Je vais prendre deux aspirines et me mettre au lit. Ça m'ennuie de perdre un jour, pourtant. Mais je suppose qu'il n'y a rien d'autre à faire.

— T'en fais pas pour l'argent. Je te fais crédit pour ces dix heures, de toute façon. Disons que c'est un bonus pour baby-sitting.

— Ce n'est pas nécessaire.

— Non, sans doute, mais ça ne signifie pas que je ne peux pas le faire. C'est probablement pas plus mal, de toute façon. Il fait trop froid ici dehors pour le petit Floyd. Il attraperait la mort en traînaillant toute la journée dans ce pré.

— Ouais, je pense que vous avez raison.

— Bien sûr que j'ai raison. Le petit attraperait la mort un jour comme celui-ci.

Avec ces mots étrangement omniscients qui lui résonnaient dans la tête, Nashe revint à la roulotte en compagnie de Murks et du gamin, et lorsqu'il ouvrit la porte il se rendit compte qu'il se sentait réellement malade. Son corps était douloureux, ses muscles épuisés étaient devenus d'une faiblesse indescriptible, comme s'il avait soudain brûlé d'une forte fièvre. C'était curieux, la rapidité avec laquelle ça s'était passé : Murks n'avait pas si tôt prononcé le mot *grippe* qu'il s'en était senti atteint. Peut-être avait-il abusé de lui-même, songea-t-il, peut-être ne restait-il plus rien au fond de lui. Peut-être était-il maintenant tellement vide qu'un simple mot suffisait à le rendre malade.

— Oh mon Dieu, s'exclama Murks en se donnant une claque sur le front, au moment de s'en aller. J'ai failli oublier de te dire.

— Me dire ? fit Nashe. Me dire quoi ?

— Pozzi. J'ai appelé l'hôpital hier soir pour demander de ses nouvelles, et l'infirmière m'a dit qu'il était parti.

— Parti ? Comment, parti ?

— Parti comme dans parti au revoir. Il s'est levé de son lit, s'est habillé et est sorti de l'hôpital.

— Pas besoin de me raconter des histoires, Calvin. Jack est mort. Il y a quinze jours qu'il est mort.

— Non m'sieu, il est pas mort. Il a eu l'air mal en point pendant quelque temps, je te l'accorde, mais après il s'en est tiré. Ce gringalet était plus solide que nous ne pensions. Et maintenant il s'est remis tout à fait. En tout cas assez pour se lever et sortir de l'hôpital. Je pensais que tu serais content de le savoir.

— Je serais content de savoir la vérité. Rien d'autre ne m'intéresse.

— Eh bien, c'est la vérité. Jack Pozzi est parti, t'as plus besoin de te faire du souci pour lui.

— Alors laissez-moi appeler l'hôpital.

— Je peux pas faire ça, fiston, tu le sais bien. Pas de téléphone tant que tu n'as pas fini de rembourser. Au train où tu vas, ça ne sera plus long. Alors tu pourras téléphoner tant que tu voudras. En ce qui me concerne, tu pourras téléphoner jusqu'à la fin des temps.

Trois jours s'écoulèrent avant que Nashe pût se remettre au travail. Il passa les deux premiers à dormir, ne faisant surface que lorsque Murks entrait dans la roulotte pour lui apporter de l'aspirine, du thé et de la soupe en boîte, et quand il eut suffisamment repris conscience pour réaliser que ces deux jours étaient perdus pour lui, il comprit que le sommeil n'avait pas répondu seulement à une nécessité physique mais aussi à un impératif moral. Son drame avec le petit garçon l'avait transformé, et sans l'hibernation qui avait suivi, ces quarante-huit heures de disparition temporaire à lui-même, il aurait pu ne jamais se réveiller dans la peau de l'homme qu'il était devenu. Le sommeil avait été un passage d'une vie à une autre, une petite mort au cours de laquelle ses démons intérieurs avaient flambé avant de retourner se fondre dans la fournaise dont ils étaient issus. Non qu'ils eussent disparu, mais ils n'avaient plus de forme, et dans leur ubiquité indéfinie ils s'étaient répandus à travers son corps entier – invisibles mais présents, faisant partie de lui désormais au même titre que son sang et ses chromosomes, feu mêlé aux fluides qui le maintenaient en vie. Il ne se sentait ni meilleur ni pire qu'auparavant, mais il n'avait plus peur. C'était la différence essentielle. Il s'était précipité dans l'incendie pour s'arracher aux flammes, et maintenant qu'il avait fait cela, l'idée d'avoir à recommencer ne l'effrayait plus.

Quand il s'éveilla le troisième jour, il avait faim, et il sortit instinctivement de son lit pour se rendre à la cuisine. Bien qu'il se sentît encore très peu solide sur ses pieds, il savait que sa faim était un bon signe, un signe de guérison. En fourrageant dans l'un des tiroirs à la recherche d'une cuiller propre, il découvrit un bout de papier sur lequel était inscrit un numéro de téléphone, et en examinant cette écriture enfantine, inconnue, il se souvint tout à coup de la fille. Elle lui avait donné son numéro de téléphone à un moment de la soirée du seize, il s'en souvenait, mais il lui fallut plusieurs minutes pour se rappeler son nom. Il énuméra un inventaire d'approximations (Tammy, Kitty, Tippi, Kimberly), resta quelques secondes sans idée puis, juste quand il allait renoncer, le trouva : Tiffany. Elle était la seule personne qui pouvait l'aider, songeait-il. Obtenir cette aide lui coûterait une fortune, mais quelle importance si ses questions recevaient enfin une réponse. Cette fille aimait bien Pozzi, elle avait même paru folle de lui, en fait, et si Nashe lui racontait ce qui était arrivé au gosse après la soirée, il y avait toutes les chances qu'elle acceptât de téléphoner à l'hôpital. Il ne fallait rien de plus – un coup de téléphone. Elle demanderait si Jack Pozzi avait été hospitalisé là, et puis elle écrirait à Nashe – quelques mots pour l'informer de ce qu'elle aurait découvert. Bien sûr, il pourrait y avoir un problème avec la lettre, mais c'était un risque à courir. Il n'avait pas l'impression que les lettres de Donna eussent été ouvertes. Du moins ne semblait-on pas avoir trafiqué les enveloppes, et pourquoi une lettre de Tiffany ne lui parviendrait-elle pas aussi bien ? De toute façon, cela valait la peine d'essayer. Plus Nashe réfléchissait à ce projet, plus il le trouvait prometteur. Qu'avait-il à perdre, sinon de l'argent ? Il s'assit à la table de la cuisine et commença à boire son thé en essayant de se représenter ce qui se passerait quand la fille viendrait lui rendre visite dans la roulotte. Avant d'avoir pu imaginer le premier des mots qu'il lui dirait, il s'aperçut qu'il était en érection.

Convaincre Murks n'alla pas sans peine, néanmoins. Quand Nashe lui expliqua qu'il souhaitait revoir la fille, Calvin manifesta d'abord de la surprise puis, presque aussitôt, un profond désappointement. On eût dit que Nashe le laissait tomber, qu'il reniait un accord tacite entre eux, et Murks n'allait pas permettre cela sans réagir.

— Ça n'a aucun sens, dit-il. Neuf cents dollars pour te rouler dans le foin. Ça fait neuf journées de travail, Nashe, quatre-vingt-dix heures de peine et de sueur pour rien. Ça colle pas. Tout ça pour un petit goût de chair fraîche. N'importe qui verrait que ça colle pas. T'es un type intelligent, Nashe, c'est pas comme si tu comprenais pas ce que je veux dire.

— Je ne vous demande pas comment vous dépensez votre argent, répliqua Nashe. Et ce que je fais du mien ne vous regarde pas.

— Ça me fait râler de voir un type se conduire comme un imbécile, c'est tout. Spécialement quand il en a pas besoin.

— Vos besoins ne sont pas les miens, Calvin. Du moment que le travail est fait, j'ai droit à tout ce que je peux sacrément bien vouloir. C'est stipulé dans le contrat, et vous n'êtes pas en position de le discuter.

Nashe l'emporta donc et, non sans continuer de rouspéter, Murks s'occupa d'organiser la visite de la fille. Elle devait venir le dix, moins d'une semaine après la découverte par Nashe de son numéro de téléphone dans le tiroir, et il valait mieux pour lui ne pas devoir attendre plus longtemps car, à partir du moment où il eut persuadé Murks de l'appeler, il lui fut impossible de penser à autre chose. Longtemps avant l'arrivée de la fille, il savait donc que ses raisons de l'inviter n'étaient qu'en partie liées à Pozzi. L'érection en était la preuve (de même que les suivantes) et il passa ces quelques jours ballotté entre des crises d'angoisse et d'excitation, traînant sa mauvaise humeur sur le pré comme un adolescent en proie à ses hormones. Il n'avait plus été avec une femme depuis le milieu de l'été – depuis ce jour, à Berkeley, où Fiona avait sangloté entre ses bras – et il était sans doute inévitable que la visite prochaine de la fille lui remplît la tête de pensées sexuelles. C'était son métier, après tout. Elle baisait pour de l'argent, et du moment qu'il avait payé, quel mal y aurait-il à réclamer sa part de l'échange ? Il ne lui en demanderait pas moins son aide, mais cela ne prendrait que vingt minutes, une demi-heure, et dans le but d'obtenir qu'elle vienne passer ce temps avec lui, il était obligé de payer ses services pour la soirée entière. Gaspiller ces heures n'aurait aucun sens. Elles lui appartenaient, et le fait qu'il eût besoin de la fille pour une chose ne signifiait pas qu'il fût mal de la désirer aussi pour une autre.

Le soir du dix, il faisait froid, un temps d'hiver plutôt que d'automne, avec un vent violent soufflant en rafales à travers le pré et un ciel plein d'étoiles. La fille arriva en manteau de fourrure, les joues rougies et les yeux brillants, et Nashe la trouva plus jolie que dans son souvenir, même si ce n'était dû qu'à la coloration de son visage. Elle était vêtue de façon moins provocante que la première fois – un pull blanc à col roulé, des jeans avec des jambières de laine, les éternels talons aiguilles – et le tout représentait une nette amélioration par rapport à la tenue criarde qu'elle avait arborée en octobre. Elle paraissait à peu près son âge maintenant et, quelque importance que cela pût avoir, Nashe décida qu'il la préférait ainsi, qu'il se sentait moins gêné de la regarder.

Le sourire qu'elle lui adressa en entrant dans la roulotte lui parut encourageant, bien qu'un peu excessif et théâtral, et assez chaleureux pour le persuader qu'elle n'était pas mécontente de le revoir. Il se rendit compte qu'elle s'était attendue à ce que Pozzi fût là aussi, et quand elle parcourut la pièce des yeux sans le voir, il n'était que naturel qu'elle demandât à Nashe où il était. Mais Nashe ne se sentit pas le courage de lui révéler la vérité – du moins pas tout de suite.

— Jack a été appelé sur un autre chantier, raconta-t-il. Tu te souviens de ce projet au Texas dont il t'avait parlé l'autre fois ? Eh bien, notre pétrolier se posait des questions à propos des dessins, et il a envoyé son jet privé hier soir pour emmener Jack à Houston. Il a décidé ça à l'improviste. Jack était tout à fait désolé, mais c'est comme ça dans notre boulot. Nous nous devons à nos clients.

— Mince, dit la fille, sans chercher à dissimuler sa déception. J'aimais vraiment beaucoup ce petit gars. Je me réjouissais de le revoir.

— Il est unique, fit Nashe. On n'en fait plus des comme lui.

— Ouais, c'est un mec terrible. Quand on a affaire à un jules comme ça, on n'a plus l'impression de travailler.

Nashe sourit à la fille puis, avançant une main timide, il lui toucha l'épaule.

— Tu devras te contenter de moi, ce soir, j'en ai peur, dit-il.

— Eh bien, j'ai vu pire, répondit-elle, se reprenant aussitôt, en le regardant par-dessous d'un air badin. Afin d'être bien claire, elle se passa la langue sur les lèvres avec un petit gémissement. Si je ne m'abuse, poursuivit-elle, nous n'en avions de toute façon pas terminé, nous deux.

Nashe eut envie de la prier de se déshabiller sur-le-champ, mais il se sentit soudain embarrassé, rendu muet par la montée de son désir, et au lieu de la prendre dans ses bras il resta planté là à se demander ce qu'il allait faire. Il pensait avec nostalgie aux blagues de Pozzi et regrettait que celui-ci ne lui eût pas laissé quelques bons mots afin de détendre l'atmosphère.

— Que dirais-tu d'un peu de musique ? suggéra-t-il, sautant sur la première idée qui lui passait par la tête. Avant que la fille ait pu répondre, il était déjà par terre, en train de chercher parmi les piles de cassettes qu'il rangeait sous la table basse. Après avoir farfouillé pendant près d'une minute dans les opéras et les morceaux classiques, il finit par dénicher son enregistrement des chansons de Billie Holiday, *Billie's Greatest Hits*.

La fille fit la grimace à ce qu'elle appelait une musique "démodée", mais quand Nashe lui proposa de danser, elle parut touchée par le pittoresque suranné de cette suggestion, comme s'il l'avait invitée à prendre part à quelque rituel préhistorique – se disputer un ruban de réglisse, par exemple, ou ce jeu qui consiste à attraper avec les dents des pommes flottant sur l'eau dans un baquet de bois. En fait, Nashe aimait danser, et il pensait que le mouvement lui apaiserait les nerfs. Entourant la fille d'un bras ferme, il se mit à décrire de petits cercles à travers le salon, et au bout de quelques minutes elle paraissait entrée dans le jeu et le suivait avec une grâce à laquelle il ne s'était pas attendu.

— Je n'ai encore jamais rencontré quelqu'un qui s'appelait Tiffany, dit-il. Je trouve ça très joli. Ça me fait penser à des choses belles et précieuses.

— C'est l'idée, répondit-elle. C'est supposé évoquer des diamants.

— Tes parents devaient savoir que tu serais belle.

— Mes parents n'y sont pour rien. Je me suis choisi ce nom moi-même.

— Ah ? Eh bien, c'est encore mieux. Il n'y a pas de raison de s'encombrer d'un nom qu'on n'aime pas, n'est-ce pas ?

— Je pouvais pas sentir le mien. Dès que je suis partie de chez moi, je l'ai changé.

— C'était si terrible ?

— Tu aimerais t'appeler Dolorès ? C'est à peu près ce que je peux imaginer de pire, comme nom.

— Ça c'est drôle. Ma mère s'appelait Dolorès, et ça ne lui plaisait pas non plus.

— Sans blague ? Ta vieille était une Dolorès ?

— Véridique. Dolorès du jour de sa naissance au jour de sa mort.

— Si ça ne lui plaisait pas, pourquoi elle a pas changé ?

— C'est ce qu'elle a fait. Pas aussi carrément que toi, mais elle avait adopté un surnom. En fait, jusque vers dix ans je ne savais même pas que son vrai nom était Dolorès.

— Comment on l'appelait ?

— Dolly.

— Ouais, j'ai essayé ça aussi pendant quelque temps, mais c'était pas beaucoup mieux. Ça ne va que si on est grosse. Dolly. C'est un nom pour une grosse femme.

— C'est vrai, ma mère était plutôt grosse, maintenant que tu m'y fais penser. Pas toute sa vie, mais dans les dernières années elle avait pris beaucoup de poids. Trop d'alcool. Ça fait cet effet à certaines personnes. Quelque chose à voir avec le métabolisme de l'alcool dans le sang.

— Mon paternel a bu comme un trou pendant des années, mais ce salaud restait tout maigre. La seule chose qu'on remarquait c'était les veines autour de son nez.

Cette conversation dura encore un moment et puis, quand la musique s'arrêta, ils s'assirent sur le canapé et ouvrirent une bouteille de scotch. De façon quasi prévisible, Nashe se mit à imaginer qu'il devenait amoureux d'elle et à lui poser toutes sortes de questions la concernant, tentant de créer entre eux une intimité capable de masquer en quelque sorte la nature de leur relation et de transformer Tiffany en une vraie personne. Mais la conversation aussi faisait partie de la transaction, et bien qu'elle lui parlât longuement d'elle-même, il comprenait au fond qu'elle ne faisait que son boulot, qu'elle ne parlait que parce qu'il était de ces clients qui aiment ça. Tout ce qu'elle racontait semblait plausible, et cependant il avait l'impression qu'elle répétait son texte, et que celui-ci était moins faux qu'inexact, une illusion qu'elle-même avait peu à peu confondue avec la réalité, comme Pozzi lui aussi s'était bercé de ses rêves à propos des championnats mondiaux de poker. Elle en arriva à lui expliquer que faire la pute n'était pour elle qu'une solution provisoire.

— Dès que j'aurai ramassé assez de fric, fit-elle, je change de vie, je vais dans le showbiz. Il eût été impossible de ne pas la plaindre, de ne pas s'attrister de sa banalité enfantine, mais Nashe était déjà trop loin pour se laisser arrêter par de telles considérations.

— Je suis sûr que tu feras une actrice merveilleuse, lui dit-il. Dès l'instant où nous avons commencé à danser, j'ai su que tu avais la classe. Tu as la grâce d'un ange.

— Baiser, ça garde la forme, répondit-elle avec sérieux, comme si elle citait une vérité médicale. C'est bon pour le bassin. Et s'il y a une chose que j'ai beaucoup pratiquée ces dernières années, c'est bien ça. Je dois être devenue aussi souple qu'une sacrée contorsionniste.

— Il se trouve que je connais quelques agents à New York, déclara Nashe, qui avait perdu tout contrôle de ses paroles. Il y en a un qui bosse sur une grande échelle, et je suis persuadé que ça l'intéresserait de te rencontrer. Un certain Sid Zeno. Si tu veux, je peux l'appeler demain pour te prendre un rendez-vous.

— C'est pas pour se mettre à poil, j'espère ?

— Non, non, pas du tout. Zeno est parfaitement régulier. Il s'occupe de quelques-uns des jeunes talents les plus prometteurs dans le cinéma d'aujourd'hui.

— C'est pas que je refuserais, vois-tu. Mais une fois qu'on commence, c'est difficile d'en sortir. On est catalogué, et après on n'a plus aucune chance de jouer habillé. Je veux dire, mon corps est pas mal, mais y a pas à en faire un plat. Je préférerais un truc où je pourrais vraiment jouer. Tu sais, décrocher un rôle dans un des feuilletons de l'après-midi, ou même peut-être essayer dans une de ces séries comiques. Tu ne t'en es sans doute pas aperçu, mais quand je m'y mets je peux être très drôle.

— Pas de problème. Sid a aussi de bons contacts avec la télévision. En fait, c'est comme ça qu'il a démarré. Dans les années cinquante, il était l'un des seuls agents qui travaillaient exclusivement pour la télévision.

Nashe ne savait plus ce qu'il disait. Rempli de désir, et pourtant mi-effrayé de ce que ce désir allait entraîner, il continuait à parler à tort et à travers comme si la fille avait pu réellement croire les inepties qu'il lui racontait. Mais lorsqu'ils passèrent dans la chambre à coucher, elle ne le déçut pas. Elle commença par lui permettre de l'embrasser sur la bouche et Nashe, qui n'avait pas osé espérer une chose pareille, se crut aussitôt amoureux d'elle. Effectivement, elle n'avait pas un très beau corps, mais lorsqu'il eut compris qu'elle n'allait ni l'obliger à la prendre à la hâte ni l'humilier en manifestant de l'ennui, il ne se soucia plus guère de son apparence. Il y avait si longtemps, après tout, et une fois qu'ils furent sur le lit elle démontra les talents de son bassin surmené avec tant de fierté et d'abandon qu'il ne songea pas un instant à mettre en doute l'authenticité du plaisir qu'il semblait lui donner. Au bout d'un moment, l'esprit totalement confus, il perdit la tête et finit par proférer une quantité d'idioties, de telles stupidités à vrai dire, si incongrues, que s'il n'avait pas été celui qui les prononçait il se serait pris pour un fou.

Ce qu'il lui proposait, c'était de rester là, de vivre avec lui pendant qu'il travaillait à son mur. Il prendrait soin d'elle, promettait-il, et dès qu'il en aurait terminé sur ce chantier ils iraient ensemble à New York et il s'occuperait de sa carrière. Oublié, Sid Zeno. Lui serait plus efficace parce qu'il croyait en elle, parce qu'il était fou d'elle. Ils n'auraient pas plus d'un mois ou deux à passer dans la roulotte, et elle n'aurait rien d'autre à faire que se reposer et se la couler douce. Il se chargerait de la cuisine, de toutes les corvées ménagères, et pour elle ça représenterait des vacances, une façon de se remettre des deux dernières années. La vie dans la clairière n'était pas désagréable. Elle était calme, simple, bonne pour l'âme. Il avait juste besoin de la partager avec quelqu'un. Il était resté seul trop longtemps, et il ne pensait plus pouvoir continuer ainsi. C'était trop demander à un homme, disait-il, et la solitude était en train de le rendre cinglé. La semaine précédente, il avait failli tuer quelqu'un, un innocent petit garçon, et il craignait que des choses pires encore ne lui arrivent s'il n'apportait très vite quelques changements dans son existence. Si elle acceptait de rester, il ferait n'importe quoi pour elle. Il lui donnerait tout ce qu'elle voulait. Il l'aimerait au point de la faire exploser de bonheur.

Heureusement, il prononça ce discours avec tant de passion et de sincérité qu'il ne laissait d'autre possibilité à la fille que de penser qu'il plaisantait. Nul n'aurait pu sans rire avancer des choses pareilles en s'attendant à être cru, et la sottise même de sa déclaration fut ce qui sauva Nashe de la confusion totale. La fille le prit pour un farceur, un farfelu doué d'une folle imagination, et au lieu de l'envoyer se faire voir (ce qui eût sans doute été sa réaction si elle l'avait pris au sérieux), elle sourit du tremblement suppliant de sa voix et joua le jeu comme s'il n'avait rien dit de plus drôle depuis le début de la soirée.

— J'aimerais beaucoup vivre ici avec toi, mon chou, dit-elle. T'as juste qu'à t'occuper de Régis, et je m'installe chez toi dès demain matin.

— Régis ? fit-il.

— Tu sais bien, le type qui s'occupe de mes honoraires. Mon mac.

En entendant cette réponse, Nashe comprit à quel point il avait dû sembler ridicule. Mais ce sarcasme lui offrait une issue, une chance d'échapper au désastre qui le menaçait, et au lieu de laisser paraître ses sentiments (la douleur, la désolation, la tristesse que ces paroles avaient provoquées), il se leva d'un bond, tout nu, et frappa des mains en feignant l'exubérance.

— Formidable ! s'écria-t-il. Ce soir je tue ce salaud, et puis tu m'appartiens pour toujours.

Elle se mit à rire, comme si une part d'elle-même avait réellement éprouvé du plaisir à entendre cela, et dès l'instant où il comprit ce que signifiait ce rire, il sentit monter en lui une amertume étrange et violente. Il se mit à rire à son tour, à rire avec elle afin de conserver en bouche le goût de cette amertume, de se repaître de la comédie de sa propre abjection. Puis, tout à coup, il se souvint de Pozzi. Ce fut comme un choc électrique, et la secousse faillit le projeter à terre. Depuis deux heures, il n'avait pas eu une seule pensée pour Jack, et il était horrifié de l'égoïsme dont témoignait un tel oubli. Il cessa de rire avec une brusquerie presque terrifiante et entreprit de se rhabiller, enfilant son pantalon comme si une cloche venait de sonner dans sa tête.

— Y a qu'un problème, disait la fille qui se calmait mais désirait prolonger le jeu. Qu'est-ce qui se passe quand Jack revient de voyage ? Ce que je veux dire, c'est que ça pourrait devenir un peu encombré ici dedans, tu crois pas ? Et puis il est mignon, ce petit gars, et y aurait peut-être des nuits où j'aurais envie de coucher avec lui. Qu'est-ce que tu en dirais ? Tu serais jaloux ?

— Justement, fit Nashe d'une voix soudain sombre et dure. Jack ne reviendra pas. Ça fait presque un mois qu'il a disparu.

— Qu'est-ce que tu racontes ? Je croyais qu'il était au Texas.

— C'était une invention. Il n'y a pas de boulot au Texas, il n'y a pas de pétrolier, il n'y a rien. Le lendemain du jour où tu es venue à notre fête, Jack a essayé de s'enfuir. Je l'ai retrouvé par terre devant la roulotte le lendemain matin. Il avait le crâne défoncé, et il était sans connaissance

– couché là dans une mare de son propre sang. Il doit être mort maintenant, mais je n'en suis pas certain. C'est ce dont je voudrais que tu t'assures pour moi.

Alors il lui raconta tout, toute l'histoire de Pozzi, de la partie de cartes et du mur, mais il lui avait déjà tellement menti ce soir-là qu'il avait de la peine à lui faire croire le moindre mot de ce qu'il disait. Elle le regardait comme elle aurait regardé un fou, un fou furieux déblatérant la bave aux lèvres à propos de petits hommes verts dans des soucoupes volantes. Cependant Nashe ne cessait d'insister et après quelque temps elle s'effraya de sa véhémence. Si elle ne s'était trouvée nue sur le lit, elle serait sans doute partie en courant, mais là elle était prise au piège et Nashe réussit à la longue à vaincre sa résistance en lui décrivant les résultats de la brutalité dont Pozzi avait été victime avec un tel luxe de détails si affreux qu'elle finit par admettre toute l'horreur de la réalité, et quand elle en arriva là, elle sanglotait sur le lit, le visage enfoui entre les mains et son dos maigre secoué de spasmes incontrôlables.

Oui, dit-elle. Elle allait téléphoner à l'hôpital. Elle le promettait. Pauvre Jack. Bien sûr qu'elle allait téléphoner à l'hôpital. Doux Jésus pauvre Jack. Doux Jésus pauvre Jack sainte mère de Dieu. Elle allait téléphoner à l'hôpital, et puis elle lui écrirait une lettre. Les salauds. Bien sûr qu'elle allait le faire. Pauvre Jack. Les ignobles salauds. Pauvre petit Jack ô Jésus pauvre Jésus pauvre mère de Dieu. Oui, elle le ferait. Elle le promettait. A la minute où elle arriverait chez elle, elle décrocherait le téléphone pour le faire. Oui, il pouvait compter sur elle. Dieu Dieu Dieu Dieu Dieu. Elle le promettait. Elle promettait de le faire.

9

Fou de solitude. Chaque fois que Nashe pensait à la fille, c'étaient les premiers mots qui lui venaient à l'esprit : *fou de solitude*. Il finit par se répéter si souvent cette phrase qu'elle en perdait son sens.

La lettre n'arriva jamais, mais il n'en voulut pas à Tiffany. Il était certain qu'elle avait tenu parole et cette conviction obstinée l'empêchait de désespérer. Au contraire, il se mit à reprendre courage. Il aurait été incapable d'expliquer ce changement, mais le fait était qu'il devenait optimiste, plus optimiste peut-être qu'à aucun moment depuis le premier jour dans la clairière.

Il n'eût servi à rien de demander à Murks ce qu'était devenue la lettre de la jeune femme. Il ne pouvait que mentir, et Nashe n'avait pas envie de faire état de ses soupçons tant qu'il n'avait rien à y gagner. Il finirait bien par découvrir la vérité. Il en était certain maintenant, et cette certitude lui donnait confiance, l'aidait à tenir bon d'un jour à l'autre. "Chaque chose en son temps", se disait-il. Avant d'apprendre la vérité, il fallait apprendre la patience.

En attendant, la construction du mur avançait. Après l'achèvement de la troisième rangée, Murks avait fabriqué une plate-forme en bois, et Nashe devait à présent gravir les marches de ce petit échafaudage chaque fois qu'il posait un bloc. Sa besogne en était ralentie, mais peu importait en comparaison du plaisir qu'il prenait à ne plus travailler au ras du sol. A partir du moment où il avait commencé la quatrième rangée, le mur lui avait paru différent. Il était devenu plus haut qu'un homme, plus haut même qu'un homme aussi grand que Nashe, et le fait de ne plus voir l'autre côté, le fait que ce qui se trouvait au-delà fût dissimulé donnait à celui-ci l'impression qu'une chose importante était en train de se produire. Tout à coup, les pierres se transformaient en mur et malgré la peine que celui-ci lui avait coûtée, il ne pouvait s'empêcher de l'admirer. Chaque fois qu'il s'arrêtait pour le contempler, il s'émerveillait de ce qu'il avait fait.

Pendant plusieurs semaines, il ne lut presque pas. Puis un soir de fin novembre il prit un livre de William Faulkner *(Le Bruit et la Fureur)*, l'ouvrit au hasard et tomba sur ces mots, en plein milieu d'une phrase : "... Jusqu'à ce qu'un jour, écœuré, il risque tout sur une seule carte retournée les yeux fermés..."

Moineaux, cardinaux, mésanges, geais. Ces oiseaux étaient les seuls à peupler encore les bois. Et les corbeaux. Les préférés de Nashe. Régulièrement, ils arrivaient en plongeant à travers le pré avec leurs curieux cris étranglés, et lui s'interrompait dans sa tâche pour les regarder passer. Il aimait la brusquerie de leurs allées et venues, leur façon de surgir et de s'envoler sans raison apparente.

Debout près de la roulotte au petit matin, il pouvait apercevoir entre les arbres nus la silhouette de la maison de Flower et Stone. Certains matins, cependant, il y avait trop de brouillard pour que le regard porte aussi loin. Même le mur pouvait alors disparaître, et il lui fallait longuement scruter le pré avant de distinguer les pierres grises de la grisaille environnante.

Il ne s'était jamais considéré comme un homme destiné à de grandes choses. Toute sa vie, il s'était estimé pareil à tout le monde. Maintenant, peu à peu, il commençait à soupçonner qu'il s'était trompé.

Ce fut durant cette période qu'il pensa le plus à la collection d'objets de Flower : les mouchoirs, les lunettes, les bagues, ces montagnes de souvenirs absurdes. Toutes les deux ou trois heures, l'un ou l'autre de ces objets lui apparaissait. Il n'en éprouvait aucune gêne, rien que de l'étonnement.

Chaque soir avant de se coucher, il notait le nombre de pierres qu'il avait ajoutées au mur ce jour-là. Les chiffres eux-mêmes ne lui importaient guère, mais à partir du moment où sa liste en compta une dizaine, il se mit à trouver du plaisir dans la simple accumulation, et il en étudiait les résultats de la même façon qu'il avait jadis lu les résultats sportifs dans le journal du matin. Il crut d'abord que ce plaisir était d'ordre purement statistique, mais ensuite il se rendit compte que cette liste répondait à une nécessité profonde, à un besoin de conserver trace de lui-même, de ne pas se perdre de vue. Au début de décembre, il avait commencé à l'envisager comme un journal, un livre de bord dans lequel les chiffres représentaient ses pensées les plus intimes.

Le soir, dans la roulotte, en écoutant *Les Noces de Figaro*, il imaginait par moments, quand survenait un air particulièrement beau, que Juliette chantait pour lui, que c'était sa voix qu'il entendait.

Il souffrait moins du froid qu'il ne l'aurait cru. Même par le temps le plus glacial, il n'était pas au travail depuis une heure qu'il tombait déjà la veste, et au milieu de l'après-midi il se retrouvait souvent en manches de chemise. Sous son gros manteau, Murks grelottait dans le vent, et Nashe ne sentait pratiquement rien. Il trouvait cela si incompréhensible qu'il se demandait si son corps n'avait pas pris feu.

Un jour, Murks suggéra qu'ils commencent à utiliser la jeep pour transporter les pierres. Ils augmenteraient ainsi les chargements, dit-il, et le mur s'édifierait plus vite. Mais Nashe refusa. Le bruit du moteur le distrairait, affirma-t-il. Et d'ailleurs, il était habitué à sa façon de procéder. Il aimait la lenteur du chariot, les longues marches à travers le pré, le curieux petit bruit des roues.

— Ça gaze comme ça, dit-il, pourquoi on se casserait la tête ?

Au cours de la troisième semaine de novembre, Nashe se rendit compte qu'il lui serait possible de se ramener à zéro le jour de son anniversaire, qui tombait le treize décembre. Même si cela nécessitait quelques légères mises au point de ses habitudes (réduire un peu ses dépenses en nourriture, par exemple, ou supprimer journaux et cigares), l'équilibre de cette perspective lui plaisait, et il décida que ça valait la peine. Si tout se passait bien, il regagnerait sa liberté le jour de ses trente-quatre ans. C'était une ambition arbitraire mais, dès qu'il y fut résolu, il s'aperçut qu'elle l'aidait à organiser ses pensées, à se concentrer sur ce qu'il y avait à faire.

Il révisait chaque matin ses comptes avec Murks, additionnant les plus et les moins pour s'assurer que tout concordait, vérifiant et revérifiant jusqu'à ce que leurs chiffres correspondent. La nuit du douze, par conséquent, il savait avec certitude que la dette serait remboursée le lendemain à trois heures. Il n'avait pourtant pas l'intention de s'en tenir là. Il avait déjà prévenu Murks de son intention de faire usage de l'avenant au contrat dans le but de gagner le prix de son voyage, et comme il connaissait exactement le montant dont il aurait besoin (de quoi payer des taxis, un billet d'avion vers le Minnesota et des cadeaux de Noël pour Juliette et ses cousins), il s'était résigné à l'idée de rester une semaine de plus. Ça le mènerait donc au vingt. La première chose qu'il ferait alors serait de se rendre en taxi à l'hôpital de Doylestown, et dès qu'il aurait vérifié que Pozzi n'y avait jamais été admis, il prendrait un second taxi et se ferait conduire à la police. Il faudrait sans doute qu'il s'attarde un certain temps dans les parages afin d'aider les enquêteurs, mais pas plus de quelques jours, pensait-il, peut-être pas plus d'un jour ou deux. Avec un peu de chance, il serait revenu dans le Minnesota à temps pour la veillée de Noël.

Il ne dit pas à Murks que c'était son anniversaire. Il se sentait tout drôle, ce matin-là et, cependant que la journée s'écoulait et que trois heures approchaient, il restait déprimé, accablé de tristesse. Jusque-là, il avait supposé qu'il aurait envie de marquer le coup – d'allumer un cigare imaginaire, peut-être, ou simplement de serrer la main de Murks – mais le souvenir de Pozzi pesait trop lourd, il n'arrivait pas à se réjouir de la circonstance. Chaque fois qu'il soulevait une pierre, il avait l'impression de porter à nouveau Pozzi dans ses bras, de le ramasser sur le sol et de voir son pauvre visage anéanti, et quand il fut deux heures et que le temps se réduisit à une affaire de minutes, il se rappela soudain ce jour d'octobre où le gosse et lui étaient arrivés ensemble au même point, en travaillant comme des forcenés dans un délire de bonheur. Il lui manquait tellement, songea-t-il. Il lui manquait tellement que ça faisait mal rien que de penser à lui.

La meilleure attitude serait de ne rien faire, décida-t-il, de continuer à travailler comme si de rien n'était, mais à trois heures un étrange bruit perçant le fit sursauter – cri ou hurlement, ou appel de détresse – et quand il releva la tête pour voir ce qui se passait, il aperçut Murks, à l'autre bout du pré, qui lui faisait signe en agitant son chapeau. *Ça y est*, entendit Nashe, *tu es un homme libre maintenant !* Il se redressa et répondit à Murks d'un geste distrait de la main puis se remit aussitôt à la tâche en concentrant son attention sur la brouette dans laquelle il était en train de mélanger du ciment. Pendant un instant très bref, il lutta contre une envie de pleurer, mais ça ne dura que quelques secondes et lorsque Murks arriva pour le féliciter il se dominait à nouveau tout à fait.

— J'ai pensé que tu aimerais venir prendre un verre avec Floyd et moi, ce soir, dit Calvin.

— Pour quoi faire ? demanda Nashe en le regardant à peine.

— Je sais pas. Juste pour sortir, pour revoir à quoi ressemble le monde. T'es resté enterré ici longtemps, fils. Ce serait peut-être pas une mauvaise idée de célébrer un peu ça.

— Je croyais que vous étiez contre les célébrations.

— Tout dépend du genre de célébration. Ce que je veux dire, c'est rien d'extraordinaire. Juste quelques verres chez Ollie, en ville. La soirée du travailleur.

— Vous oubliez que je n'ai pas d'argent.

— Ça fait rien. C'est moi qui régale.

— Merci, mais je crois que je m'abstiendrai. J'avais l'intention d'écrire quelques lettres ce soir.

— Tu peux toujours les écrire demain.

— C'est vrai. Mais je pourrais aussi être mort demain. On ne sait jamais ce qui va se passer.

— Raison de plus pour pas s'en faire.

— Une autre fois, peut-être. C'est gentil de le proposer, mais je ne suis pas d'humeur, ce soir.

— J'essaie simplement d'être sympa, Nashe.

— Je m'en rends bien compte, et j'apprécie. Mais ne vous en faites pas pour moi. Je me débrouille.

Mais ce soir-là, en préparant son repas seul dans la roulotte, Nashe regretta son obstination. Nul doute qu'il s'était conduit comme il fallait, mais en vérité il souhaitait désespérément une occasion de sortir de la clairière et la rectitude morale dont il avait fait preuve en refusant l'invitation de Murks ne lui paraissait plus qu'un bien pauvre triomphe. Il passait après tout dix heures par jour en sa compagnie, et ce n'était pas le fait d'avoir pris un verre ensemble qui allait l'empêcher de livrer ce salaud à la police. Les circonstances firent néanmoins que Nashe eut exactement ce qu'il voulait. A peine avait-il fini de dîner que Murks et son gendre arrivèrent à la roulotte pour lui demander s'il n'avait pas changé d'avis. Ils s'apprêtaient à sortir, disaient-ils, et il ne leur paraissait pas juste que Nashe n'y allât pas avec eux.

— C'est pas comme si tu étais le seul à avoir été libéré aujourd'hui, déclara Murks en se mouchant dans un grand mouchoir blanc. Je suis resté dehors dans ce pré juste comme toi, à me geler les couilles sept jours par semaine. C'est à peu près le pire boulot que j'ai eu de ma vie. Je n'ai rien contre toi personnellement, Nashe, mais c'était pas une partie de plaisir. Non, m'sieu, vraiment pas. Il est peut-être temps d'enterrer la hache de guerre.

— Tu sais, dit Floyd en souriant à Nashe comme pour l'encourager, on oublie ce qui s'est passé.

— Vous renoncez pas facilement, vous autres, hein ? fit Nashe en essayant de paraître encore hésitant.

— On veut pas t'obliger, reprit Murks. C'est simplement l'esprit de Noël, et tout ça.

— On est les assistants du père Noël, ajouta Floyd. On répand la bonne humeur partout où on va.

— D'accord, céda Nashe devant leurs mines implorantes. Je viens prendre un verre avec vous. Pourquoi pas, bon Dieu ?

Avant de partir en ville, ils devaient s'arrêter à la grande maison pour y prendre la voiture de Murks. La voiture de Murks, ça voulait dire la sienne, bien entendu, mais dans l'émotion du moment Nashe l'avait oublié. Il s'était assis à l'arrière de la jeep qui cahotait à travers les bois sombres et glacés, et ce n'est qu'à la fin de ce premier trajet qu'il se rendit compte de son erreur. Il aperçut la Saab rouge garée dans l'allée, et dès l'instant où il réalisa ce qu'il voyait, il se sentit paralysé de chagrin. L'idée de remonter dedans le rendait malade, mais il ne lui était plus possible de faire marche arrière. Ils partaient, et il avait déjà fait assez d'histoires pour un soir.

Il n'ouvrit pas la bouche. Installé sur le siège arrière, il ferma les yeux et tenta de faire le vide dans son esprit en écoutant le bruit familier du moteur tandis que la voiture roulait sur la route. Il entendait Murks et Floyd parler, à l'avant, mais ne prêtait aucune attention à ce qu'ils disaient et au bout d'un moment leurs voix se confondirent avec le bruit du moteur en un bourdonnement sourd et continu qui lui vibrait dans les oreilles, une musique qui le berçait, jouait à la surface de sa peau et s'enfonçait dans les profondeurs de son corps. Il ne rouvrit pas les yeux avant l'arrêt de la voiture, et se retrouva alors debout dans un parking à la périphérie d'une petite ville déserte, en train d'écouter les grincements d'un panneau de signalisation agité par le vent. Des décorations de Noël scintillaient au loin dans la rue, et l'air froid était rougi par le reflet des pulsations de lumière qui jaillissaient des vitrines et brillaient sur les trottoirs gelés. Nashe n'avait aucune idée de l'endroit où il était. Ils pouvaient être restés en Pennsylvanie, pensa-t-il, mais ils pouvaient tout aussi bien avoir traversé le fleuve et gagné le New Jersey. Il envisagea très brièvement de demander à Murks dans quel Etat ils se trouvaient, puis décida que ça lui était égal.

Ollie's était un endroit sombre et bruyant pour lequel il éprouva une antipathie immédiate. Dans un coin, un juke-box diffusait une musique *country-and-western* tonitruante, et le bar était encombré d'une foule de buveurs de bière – des hommes en chemise de flanelle, pour la plupart, coiffés de casquettes de base-ball fantaisistes et arborant des ceintures ornées de grandes boucles compliquées. Des fermiers, des mécaniciens, des routiers, supposait Nashe, et les quelques femmes disséminées parmi eux avaient l'air d'habituées – des alcooliques à la face bouffie qui riaient aussi fort que les hommes, perchées sur les tabou-rets du bar. Nashe avait connu des centaines d'endroits de ce genre, et il ne lui fallut pas trente secondes pour se rendre compte que ce soir ça lui paraissait insupportable, qu'il était resté trop longtemps loin des foules. Tout le monde parlait en même temps, semblait-il, et le chahut assour-dissant des voix et de la musique lui donnait déjà mal à la tête.

Ils burent plusieurs tournées à une table située dans un coin éloigné de la pièce, et après un ou deux bourbons Nashe commença à se sentir revivre un peu. Floyd était presque seul à parler, et au bout d'un moment il devint difficile de ne pas remarquer combien Murks prenait peu de part à la conversation. Il avait l'air moins en forme que d'habitude, et se retournait fréquemment pour masquer de son mouchoir une toux violente et expectorer de vilains paquets de mucosités. Ces crises paraissaient l'épuiser et il restait ensuite assis en silence, pâle et secoué par l'effort de calmer ses poumons.

— Grand-papa ne va pas trop bien, ces der-niers jours, dit Floyd à Nashe (il appelait toujours Murks grand-papa). J'ai essayé de le persuader de prendre quelques semaines de congé.

— C'est rien, dit Murks. Juste un peu d'in-fluenza, c'est tout.

— D'influenza ? s'exclama Nashe. Où diable avez-vous appris à parler, Calvin ?

— Qu'est-ce qu'elle a, ma façon de parler ? demanda Murks.

— Plus personne n'utilise des mots pareils, dit Nashe. Ils sont caducs depuis au moins cent ans.

— J'ai appris ça de ma mère, répliqua Murks. Et il n'y a que six ans qu'elle est morte. Elle aurait quatre-vingt-huit ans si elle vivait encore – ce qui te prouve que ce mot n'est pas si vieux que tu le crois.

Nashe trouva étrange d'entendre Murks parler de sa mère. Il avait de la peine à se figurer que

Murks avait un jour été enfant, et surtout que vingt ou vingt-cinq ans plus tôt il avait eu son âge – qu'il avait été un jeune homme avec la vie devant lui, avec l'espoir d'un avenir. Pour la première fois depuis qu'ils s'étaient trouvés réunis, Nashe se rendit compte qu'il ignorait pratiquement tout de Murks. Il ne savait pas où il était né ; il ne savait pas comment il avait rencontré sa femme ni combien d'enfants il avait ; il ne savait même pas depuis combien de temps il travaillait pour Flower et Stone. Murks était un personnage qui n'existait à ses yeux que dans le présent, et au-delà de ce présent il n'était plus rien, un être aussi privé de substance qu'une ombre ou une pensée. Et, tout bien considéré, cela convenait parfaitement à Nashe. Même si Murks s'était adressé à lui à ce moment-là en lui offrant de lui raconter sa vie, il aurait refusé de l'écouter.

Cependant, Floyd lui parlait de son nouvel emploi. Ayant apparemment contribué à le lui faire découvrir, Nashe dut subir la relation complète et détaillée de la façon dont Floyd avait engagé la conversation avec le chauffeur qui avait amené la fille d'Atlantic City le mois précédent. L'agence de location des limousines cherchait d'autres chauffeurs et Floyd s'y était rendu dès le lendemain pour proposer ses services. Il n'avait été engagé qu'à temps partiel, pas plus de deux ou trois jours par semaine, mais il espérait qu'ils auraient plus de travail pour lui après le premier janvier. Histoire de dire quelque chose, Nashe lui demanda quel effet ça lui faisait de porter l'uniforme. Floyd répondit que ça ne le dérangeait pas. C'était bien d'être habillé d'une façon spéciale, déclarat-il, ça lui donnait l'impression d'être quelqu'un d'important.

— Le principal, c'est que j'adore conduire, poursuivit-il. Ça m'est égal quelle voiture. Du moment que je suis assis au volant et que je roule sur la route, je suis un homme heureux. Je ne peux pas imaginer une meilleure façon de gagner ma vie. Pense donc, être payé pour faire ce qu'on aime. Ça n'a presque pas l'air juste.

— Oui, dit Nashe, c'est agréable de conduire. Là-dessus je suis d'accord avec toi.

— T'es bien placé pour le savoir, fit Floyd. Je veux dire, regarde la voiture de grand-papa. C'est une chouette bagnole. Pas vrai, grand-papa ? lança-t-il à Murks. Elle est formidable, hein ?

— Une belle machine, dit Calvin. Elle réagit vraiment bien. Elle prend les virages et elle grimpe les côtes comme si de rien n'était.

— Tu dois avoir eu du plaisir à circuler là-dedans, dit Floyd à Nashe.

— Oui, dit Nashe. C'est la meilleure voiture que j'aie jamais eue.

— Y a une chose qui m'intrigue, pourtant, remarqua Floyd. Comment tu t'es débrouillé pour faire autant de kilomètres ? Ce que je veux dire, c'est que c'est un modèle très récent, et le compteur indique près de cent trente mille kilomètres. Ça fait une sacrée distance à parcourir en un an.

— Oui, sans doute, fit Nashe.

— T'étais un genre de représentant ou quoi ?

— Oui, c'est ça, j'étais représentant. On m'avait confié un grand territoire et je devais faire beaucoup de route. Tu sais, le coffre bourré d'échantillons, toutes mes affaires dans une valise, une ville différente chaque soir. Je circulais tellement qu'à la fin j'oubliais parfois où j'habitais.

— Je crois que ça me plairait, dit Floyd. Ça m'a l'air d'un bon boulot.

— C'est pas mal. Il faut aimer être seul, mais du moment que ça c'est réglé, le reste est facile.

Floyd commençait à l'agacer. Cet homme était un innocent, songeait Nashe, un complet imbécile, et plus il parlait, plus il lui rappelait son fils. Le même désir désespéré de plaire les animait tous deux, avec la même timidité servile, le même regard perdu. En le voyant, on ne l'aurait jamais cru capable de faire mal à qui que ce fût – mais il avait brutalisé Jack ce soir-là, Nashe en était certain, et c'était précisément ce vide intérieur qui avait rendu cela possible, cette vertigineuse absence d'intention. Ce n'était pas que Floyd fût cruel ou violent, mais il était grand et fort et débordant de bonne volonté, et il aimait grand-papa plus que tout au monde. Ça se lisait sur sa figure, et chaque fois qu'il tournait les yeux vers Murks, on aurait dit qu'il contemplait un dieu. Grand-papa lui avait dit ce qu'il devait faire, et il s'était exécuté.

Après trois ou quatre tournées, Floyd demanda à Nashe si ça lui plairait de jouer au billard. Il y avait plusieurs tables dans l'arrière-salle, dit-il, et l'une d'elles devait bien être libre. Bien qu'il se sentît un peu vaseux, Nashe accepta néanmoins, heureux de cette occasion de se lever et d'arrêter là cette conversation. Il était près de onze heures, et la foule des clients était devenue moins compacte et moins bruyante. Floyd proposa à Murks de les accompagner, mais Calvin répondit qu'il préférait rester assis et finir son verre.

C'était une grande salle mal éclairée, avec quatre tables de billard au milieu et une quantité de machines à sous et de jeux électroniques le long des murs latéraux. Ils s'arrêtèrent devant le râtelier pour se choisir une queue, et en se dirigeant vers l'une des tables libres, Floyd demanda à Nashe s'il ne trouvait pas qu'un petit pari amical donnerait plus d'intérêt à la partie. Nashe n'avait jamais été très fort au billard, mais il n'hésita pas une seconde à répondre oui. Il se rendait compte qu'il avait une envie farouche de battre Floyd, et il ne faisait aucun doute que jouer pour de l'argent l'aiderait à se concentrer.

— Je n'ai pas un sou, dit-il. Mais tu peux compter sur moi dès que j'aurai été payé, la semaine prochaine.

— Je sais bien, dit Floyd. Si je ne savais pas que je peux compter sur toi, je ne l'aurais pas proposé.

— Combien veux-tu y mettre ?

— Je sais pas. Ça dépend, qu'est-ce que tu en penses ?

— Que dirais-tu de dix dollars la partie ?

— Dix dollars ? D'accord, pour moi c'est bon.

Ils jouèrent au billard à huit boules sur l'une de ces tables bosselées à vingt-cinq cents la partie, et Nashe n'ouvrit presque pas la bouche de tout le temps qu'ils y passèrent. Floyd n'était pas mauvais, mais en dépit de son ivresse Nashe était meilleur, et il y allait de tout son cœur, pointant ses coups avec une adresse et une précision qui dépassaient tout ce qu'il avait fait auparavant. Il se sentait complètement heureux et détendu, et dès qu'il eut saisi le rythme des billes et du cliquetis de leurs bousculades, la queue se mit à glisser entre ses doigts comme si elle était animée d'une vie propre. Il gagna les quatre premières parties avec des marges de plus en plus grandes (à une bille près, puis deux billes, puis quatre billes, puis six), et ensuite il remporta la cinquième avant même que Floyd eût pu prendre son tour, commençant par se débarrasser de deux billes rayées en donnant de l'effet et puis continuant dès lors à vider la table pour terminer avec panache en envoyant la huitième bille dans la poche du coin grâce à un coup à triple rebond.

— Ça me suffit, déclara Floyd après la cinquième partie. Je me disais que tu serais peut-être bon, mais là c'est ridicule.

— Pure chance, dit Nashe en s'efforçant de maîtriser son envie de sourire. D'habitude je suis plutôt faible. Ce soir ça allait tout seul.

— Faible ou pas, il me semble que je te dois cinquante dollars.

— Laisse tomber, Floyd. Pour moi ça ne fait aucune différence.

— Qu'est-ce que tu racontes, laisse tomber ? Tu viens de gagner cinquante dollars. Ils sont à toi.

— Non, non. Je te dis de les garder. Je ne veux pas de ton argent.

Floyd s'obstinait à glisser de force les cinquante dollars dans la main de Nashe, mais celui-ci était tout aussi obstiné dans son refus et au bout d'un moment Floyd réalisa que Nashe était sincère, qu'il ne s'agissait pas d'une comédie.

— Offre un cadeau à ton petit garçon, dit Nashe. Si tu veux me faire plaisir, dépense ça pour lui.

— T'es vachement généreux, dit Floyd. La plupart des gens ne laisseraient pas cinquante dollars leur glisser comme ça entre les doigts.

— Je ne suis pas la plupart des gens.

— Je te revaudrai ça, j'espère, dit Floyd en tapotant le dos de Nashe avec gaucherie pour lui montrer sa gratitude. Si jamais tu as besoin de quelque chose, tu n'as qu'à demander.

C'était une de ces déclarations polies et creuses que font souvent les gens en pareilles circonstances, et en toute autre occasion Nashe n'en aurait sans doute pas tenu compte. Mais il se sentit soudain envahi par la chaleur d'une inspiration et, plutôt que de laisser passer cette chance, il regarda Floyd en face en disant :

— Eh bien, puisque tu le proposes, tu peux me rendre un service. C'est peu de chose, à vrai dire, mais j'apprécierais beaucoup ton aide.

— Bien sûr, Jim. Qu'est-ce que c'est ?

— Je voudrais conduire la voiture pour rentrer, ce soir.

— Tu veux dire la voiture de grand-papa ?

— C'est ça, la voiture de grand-papa.

— Je ne crois pas que c'est à moi de décider si tu peux ou non, Jim. C'est la voiture de grand-papa, et c'est à lui que tu dois le demander. Mais je lui dirai sûrement un mot pour toi.

En fait, Murks n'y vit pas d'inconvénient. Il se sentait vraiment moche, dit-il, et avait de toute façon l'intention de demander à Floyd de prendre le volant. Si Floyd voulait le laisser à Nashe, il était d'accord. Du moment qu'ils arrivaient à destination, qu'est-ce que ça changeait ?

Lorsqu'ils sortirent du bar, ils s'aperçurent qu'il neigeait. C'était la première neige de l'année, et elle tombait à gros flocons humides, dont la plupart fondaient dès qu'ils touchaient le sol. Dans la rue, les décorations de Noël étaient maintenant éteintes. Le vent était tombé, il faisait calme, si calme que l'air paraissait presque chaud. Nashe respira profondément, leva les yeux vers le ciel, et demeura un instant immobile sous les flocons qui lui effleuraient le visage. Il se sentait heureux, plus heureux qu'il ne l'avait été depuis longtemps.

En arrivant au parking, Murks lui passa les clefs de la voiture. Nashe déverrouilla la portière avant, mais au moment de l'ouvrir et de s'asseoir à l'intérieur, il retira la main et se mit à rire.

— Hé, Calvin, dit-il, où diable sommes-nous ?

— Comment, où sommes-nous ? demanda Murks.

— Dans quel patelin ?

— Billings.

— Je croyais que Billings était dans le Montana.

— Billings, New Jersey.

— Alors on n'est plus en Pennsylvanie ?

— Non, il faut passer le pont pour y retourner. Tu ne te souviens pas ?

— Je ne me souviens de rien.

— Prends la route seize. Elle t'y mènera tout droit.

Il ne s'attendait pas à l'importance que cela aurait pour lui, mais lorsqu'il fut installé au volant, il remarqua que ses mains tremblaient. Il mit le moteur en marche, alluma les phares et les essuie-glace, puis sortit lentement en marche arrière de l'emplacement où la voiture était garée. Ça ne faisait pas si longtemps, songeait-il. A peine trois mois et demi, et pourtant il se passa un moment avant qu'il n'éprouvât à nouveau l'ancien plaisir. Il était distrait par la toux de Murks, assis à côté de lui, et par Floyd, à l'arrière, qui n'en finissait pas de raconter comment il avait perdu au billard, et ce n'est que lorsqu'il eut allumé la radio qu'il réussit à oublier leur présence, à oublier qu'il n'était plus seul comme il l'avait été pendant ces longs mois d'errance d'un bout à l'autre des Etats-Unis. Il se rendit compte qu'il ne souhaitait pas recommencer à vivre ainsi, mais dès que la ville eut disparu derrière lui et qu'il put accélérer sur la route déserte, il trouva difficile de ne pas faire semblant pendant quelque temps, de ne pas s'imaginer encore à cette époque qui avait précédé le début de la vraie histoire de sa vie. Il n'en aurait plus d'autre occasion, et il désirait savourer ce qui lui avait été donné, remonter aussi loin que possible dans le souvenir de celui qu'il avait un jour été. Devant lui, la neige descendait en tourbillons sur le pare-brise, et il voyait en pensée les corbeaux s'abattre sur la clairière en clamant leurs cris mystérieux tandis qu'il les regardait passer au-dessus de sa tête. Le pré serait beau sous la neige, se dit-il, et il espérait qu'elle tomberait toute la nuit et qu'à son réveil, le lendemain, il le verrait ainsi. Il imagina cette immense étendue immaculée, et la neige continuant à tomber jusqu'à ce que même les montagnes de pierres en fussent recouvertes, jusqu'à ce que tout disparût sous une avalanche de blancheur.

Il avait mis la radio sur un poste classique, et il reconnaissait la musique comme une chose familière, un morceau qu'il avait écouté souvent dans le passé. C'était l'andante d'un quatuor à cordes du XVIIIe, mais bien que Nashe en connût chaque passage par cœur, le nom du compositeur s'obstinait à lui échapper. Il s'était rapidement focalisé sur Mozart ou Haydn, mais là il était en panne. Pendant quelques instants, il croyait reconnaître l'œuvre de l'un et puis, presque aussitôt, cela commençait à ressembler à celle de l'autre. Il aurait pu s'agir de l'un des quatuors dédiés à Haydn par Mozart, pensait Nashe, et l'inverse également semblait possible. A un certain point, la musique de ces deux hommes paraissait coïncider et il n'était plus possible de les distinguer. Et pourtant Haydn avait atteint la maturité du grand âge, honoré de commandes, d'une position à la cour et de tous les avantages que le monde de l'époque pouvait offrir. Et Mozart était mort jeune et pauvre, et son corps avait été jeté à la fosse commune.

Nashe roulait alors à près de cent à l'heure, parfaitement maître de la voiture qui filait à travers la campagne sur la route étroite et sinueuse. La musique avait repoussé Murks et Floyd à l'arrière-plan, et il n'avait plus conscience de rien que des quatre instruments à cordes déversant leurs sonorités dans cet espace clos et obscur. Il dépassa le cent dix et, tout de suite après, il entendit Murks crier entre deux quintes de toux.

— Espèce d'imbécile, protestait-il, tu roules beaucoup trop vite ! En guise de réponse, Nashe enfonça l'accélérateur et monta à cent trente en négociant les virages d'une main à la fois légère et sûre. Que connaissait Murks à la conduite ? songeait-il. Que connaissait Murks à quoi que ce fût ?

Au moment précis où la voiture atteignait cent trente-six kilomètres à l'heure, Murks se pencha en avant et coupa la radio. Le silence soudain fit à Nashe l'effet d'une secousse, et par un réflexe automatique, il se tourna vers Murks pour lui dire de se mêler de ses affaires. Lorsqu'il regarda la route à nouveau, un instant plus tard, il vit devant lui le phare qui le menaçait. Il paraissait surgir du néant, étoile cyclopéenne précipitée droit vers ses yeux, et dans la panique brutale qui l'envahit, sa seule pensée fut que celle-ci était la dernière pensée qu'il aurait jamais. Il n'avait pas le temps de s'arrêter, pas le temps d'empêcher ce qui allait se produire, et au lieu d'écraser son pied sur le frein, il l'appuya davantage encore sur l'accélérateur. Il entendait au loin Murks et son gendre qui hurlaient, mais leurs voix étaient assourdies, noyées par le rugissement du sang dans sa tête. Et puis la lumière fut sur lui et Nashe, incapable de la soutenir plus longtemps, ferma les yeux.

Ouvrage réalisé
par les Ateliers graphiques Actes Sud.
Photocomposition : I.L.,
à Avignon.
Reproduit et achevé d'imprimer
sur Roto-Page en octobre 1993
par l'Imprimerie Floch à Mayenne
sur papier des
Papeteries de Jeand'heurs
pour le compte des
éditions ACTES SUD
Le Méjan
13200 Arles.

Dépôt légal
1re édition : août 1991
N° impr. 34949.
(Imprimé en France)